Contemporánea

Sylvia Plath (Boston, 1932-Londres, 1963) es una de las escritoras estadounidenses más admiradas del siglo XX. Poeta, novelista, diarista y autora de relatos, escribió una intensa obra confesional que se ha vuelto un clásico contemporáneo. Sus escritos, incluido su primer poemario, *El coloso* (1960), tuvieron una gran acogida, pero su máximo reconocimiento llegó con la publicación póstuma de su colección *Ariel* (1965). Plath padeció depresión clínica durante buena parte de su vida adulta y acabó suicidándose a los treinta años. Un mes antes de su muerte salió a la luz su única novela, *La campana de cristal*, en la que reflejaba su lucha con la enfermedad y los brutales tratamientos de la época. Más tarde se conocieron sus relatos, reunidos bajo el título de *Johnny Panic y la Biblia de los sueños* (1977), y sus desgarradores *Diarios completos* (2000). En 1982 se convirtió en la primera poeta en recibir un premio Pulitzer póstumo, por el conjunto de su poesía.

Sylvia Plath

La campana de cristal

Traducción de
Eugenia Vázquez Nacarino

DEBOLS!LLO

El papel utilizado para la impresión de este libro ha sido fabricado a partir de madera procedente de bosques y plantaciones gestionadas con los más altos estándares ambientales, garantizando una explotación de los recursos sostenible con el medio ambiente y beneficiosa para las personas.

Penguin Random House Grupo Editorial

La campana de cristal

Título original: *The Bell Jar*

Edición especial en tapa dura en España: octubre, 2024
Primera edición en tapa dura en México: marzo, 2026

ISBN: 978-607-387-167-9

Impreso en México – *Printed in Mexico*

Para Elizabeth y David

1

Fue un verano raro, tórrido, el verano en que electrocutaron a los Rosenberg, y yo no sabía qué había ido a hacer a Nueva York. Soy estúpida con esto de las ejecuciones. La idea de que te puedan electrocutar me asquea, y en los periódicos no se leía otra cosa: los titulares desencajados me acechaban desde todas las esquinas por la calle y en todas las bocas del metro hediondas, con un tufo rancio a cacahuetes. No tenía nada que ver conmigo, pero no me quitaba de la cabeza qué se sentiría, cuando te queman viva por dentro.

Creía que debía de ser lo peor del mundo.

Nueva York ya era un suplicio. A las nueve de la mañana, el aparente frescor húmedo del campo que de alguna manera calaba durante la noche se evaporaba como el último coletazo de un sueño dulce. Grises como espejismos al fondo de sus desfiladeros de granito, las calles calientes temblaban al sol, las capotas de los coches hervían y centelleaban, y el polvo seco, cargado de escoria, se me metía en los ojos y me bajaba por la garganta.

Seguí oyendo hablar de los Rosenberg por la radio y en la oficina hasta que no pude pensar en nada más. Igual que la primera vez que vi un cadáver. Durante semanas, la cabeza del cadáver –o lo que quedaba de ella– aparecía flotando detrás de los huevos con beicon de mi desayuno y de la cara de Buddy Willard, que de entrada fue el culpable de que lo viera, y muy pronto sentí que arrastraba de una cuerda la cabeza de aquel cadáver, como una especie de globo negro y sin nariz que apestaba a vinagre.

Ese verano sabía que no estaba fina porque solo podía pensar en los Rosenberg y en lo estúpida que había sido al comprarme todos aquellos vestidos incómodos y caros que colgaban en mi armario, lacios como pescados, y en que todos los pequeños éxitos que había ido sumando con tanta alegría en la universidad quedaban en nada frente a las lustrosas fachadas de mármol y cristal de Madison Avenue.

Se suponía que me lo estaba pasando en grande.

Se suponía que era la envidia de otras miles de universitarias como yo en toda América, que habrían dado cualquier cosa por andar a trompicones de un lado a otro con aquellos mismos zapatos de charol del número treinta y siete que me había comprado en Bloomingdale's un día a la hora del almuerzo, con un cinturón de charol negro y una cartera de charol a juego. Y cuando salió mi foto en el número de la revista donde las doce estábamos trabajando –tomando martinis con un escueto corpiño de lamé imitación plata pegado a una enorme nube de tul blanco, en la azotea de alguno de los rascacielos a la luz de las estrellas, en compañía de varios hombres jóvenes anónimos, ejemplares americanos de pura cepa contratados o prestados para la ocasión–, sin duda todo el mundo creyó que estaba en una nube.

Mira qué cosas pasan en este país, dirían. Una chica vive diecinueve años en un pueblo por ahí perdido, tan pobre que no puede comprarse ni una revista, y de pronto consigue una beca para la universidad, y gana un premio aquí y un premio allá, y acaba manejando Nueva York como si fuese su propio coche.

Solo que yo no manejaba nada, ni siquiera mi propio rumbo. Me limitaba a ir de mi hotel al trabajo y a las fiestas y de las fiestas a mi hotel y de vuelta al trabajo, dando bandazos como un tranvía. Supongo que debería de haberme sentido igual de emocionada que la mayoría de las otras chicas, pero no conseguía reaccionar. Me sentía muy quieta y muy vacía, como el ojo de un huracán, avanzando a duras penas en medio de la vorágine.

Éramos doce, en el hotel.

Todas habíamos ganado el concurso de una revista de moda, escribiendo artículos y cuentos y poemas y consejos de tendencias, y de premio nos dieron trabajo en Nueva York durante un mes, a gastos pagados, y montones y montones de obsequios, como entradas para el ballet o pases a desfiles de moda y cortes de pelo en un lujoso salón de belleza, además de la oportunidad de conocer a gente de éxito en el campo que deseáramos y consejos para realzar el cutis según nuestro tipo de piel.

Aún tengo el estuche de maquillaje que me regalaron, pensado expresamente para alguien de ojos castaños y pelo castaño: un tubo de rímel marrón con un cepillo minúsculo, un cuenco redondo de sombra azul donde apenas cabía la punta del dedo, y tres barras de labios que iban del rojo al rosa, todo en la misma cajita dorada con un espejo en uno de los lados. También tengo una funda blanca de plástico para las gafas de sol, con conchas de colores y lentejuelas cosidas y una gran estrella de mar verde.

Me daba cuenta de que seguíamos acumulando regalos porque eran publicidad gratuita para esas marcas, pero no podía andarme con escrúpulos. Me chiflaban todos aquellos regalos llovidos del cielo. Después los escondí durante mucho tiempo, pero cuando volví a encontrarme bien los saqué y todavía andan por casa. Uso las barras de labios de vez en cuando, y la semana pasada corté la estrella de plástico de la funda de las gafas y se la di al bebé para jugar.

Así que éramos doce en el hotel, en el mismo pasillo de la misma planta en habitaciones individuales, una después de la otra, y me recordaba a la residencia de mi colegio universitario. No era propiamente un hotel, en el sentido de que se alojaran hombres y mujeres mezclados en una misma planta.

Ese hotel, el Amazon, era solo para mujeres, y sobre todo había chicas de mi edad con padres ricos que querían asegurarse de que sus hijas vivieran donde los hombres no pudieran molestarlas y engañarlas; y todas estudiaban en exclusivas escuelas de secretariado como la de Katy Gibbs, donde tenían que ir a clase con sombrero y medias y guantes, o acababan de graduarse de sitios como la Escuela Katy Gibbs y ya eran secretarias de ejecutivos y subejecutivos y se limitaban a alternar en Nueva York a la espera de casarse con algún hombre de carrera.

Esas chicas me parecían tremendamente aburridas. Las veía en la terraza, bostezando y pintándose las uñas e intentando mantener el bronceado de las Bermudas, y parecían aburridas a más no poder. Hablé con una de ellas, y estaba aburrida de yates y aburrida de volar en avión y aburrida de esquiar en Suiza por Navidad y aburrida de los hombres en Brasil.

Las chicas así me asquean. Me dan tanta envidia que no puedo ni hablar. A mis diecinueve años, yo no había salido de Nueva Inglaterra salvo para ese viaje a Nueva York. Era mi primera gran oportunidad, pero ahí estaba, cruzada de brazos y dejando que se me escurriera entre los dedos como el agua.

Supongo que uno de mis problemas era Doreen.

No había conocido a una chica como Doreen hasta entonces. Doreen venía de una universidad del sur para chicas de sociedad, y tenía un pelo platino radiante que le envolvía la cabeza como algodón de azúcar y unos ojos azules que parecían dos ágatas transparentes, duras y bruñidas y casi indestructibles, y la boca colocada en un mohín perpetuo. No me refiero a un mohín desagradable, sino un mohín divertido, misterioso, como si todos a su alrededor fuesen tontos de remate y les hubiera podido tomar el pelo a su antojo.

Doreen se fijó en mí desde el primer momento. Hacía que me sintiera mucho más lista que las demás, y la verdad es que era divertidísima. Solía sentarse a mi lado en la mesa de conferencias y, mientras hablaban las celebridades que venían a visitarnos, me susurraba comentarios sarcásticos al oído.

Iba a una universidad donde se tomaban la moda tan en serio, decía, que todas las chicas se mandaban hacer una funda para la cartera con la misma tela del vestido, de modo que cada vez que se cambiaban de ropa tenían una cartera a juego. Ese grado de detalle me impresionó. Sugería toda una vida de prodigiosa y cultivada decadencia que me atraía como un imán.

La única cosa que Doreen me reprochó alguna vez fue que me molestara en cumplir los plazos de entrega.

–¿Para qué te matas?

Doreen estaba repantigada en mi cama con un salto de cama de seda salmón arreglándose las uñas largas y amarillentas de nicotina con una lima de esmeril, mientras yo mecanografiaba el borrador de una entrevista a un novelista de éxito.

Esa era otra cosa: las demás teníamos camisones de algodón almidonados y batas enguatadas, o como mucho batines de felpa que servían también para la playa, pero Doreen llevaba aquellos modelitos de raso y blonda medio trasparentes hasta los pies, y saltos de cama color carne, que se le pegaban al cuerpo como electrizados. Desprendía un olor interesante, con un ligero aroma a sudor que me recordaba a las hojas festoneadas del helecho dulce que arrancas y estrujas entre los dedos para sacarles el almizcle.

–Sabes que a la vieja Jay Cee le importa un rábano que ese artículo llegue mañana o el lunes. –Doreen encendió un cigarrillo y echó lentamente el humo por la nariz, que le veló los ojos–. Jay Cee es más fea que un pecado –añadió Doreen fríamente–. Seguro que el carcamal de su marido apaga las luces antes de arrimarse a ella, porque si no vomitaría.

Jay Cee era mi jefa, y a mí me encantaba, a pesar de lo que dijera Doreen. No era una de esas pánfilas de las revistas de moda con pestañas postizas y joyas estrafalarias. Jay Cee tenía cerebro, así que sus pintas feas no parecían importar. Leía en un par de idiomas y conocía a todos los escritores con talento del ramo.

Traté de imaginar a Jay Cee sin el estricto traje de oficina ni el sombrero de rigor que se ponía al salir a almorzar y en la cama con el gordo de su marido, pero no pude. Siempre me costaba horrores imaginar a la gente en la cama.

Jay Cee quería enseñarme algo, todas las señoras mayores a las que conocía querían enseñarme algo, pero de pronto sentí que no tenían nada que enseñarme. Puse la tapa en mi máquina de escribir y la cerré con un chasquido.

Doreen sonrió.

–Chica lista.

Alguien llamó a la puerta.

–¿Quién es? –No me molesté en levantarme.

–Soy yo, Betsy. ¿Vienes a la fiesta?

–Supongo –contesté, todavía sin ir a abrir la puerta.

Importaron a Betsy directamente desde Kansas, con su coleta rubia saltarina y su sonrisa de novia de Sigma Chi. Recuerdo que un productor de televisión con la sombra de una barba cerrada y traje de raya diplomática nos citó a las dos una vez en su despacho para ver si teníamos ideas con las que montar un programa, y Betsy empezó a hablarle del maíz macho y hembra de Kansas. Se entusiasmó tanto con el maldito maíz que hasta el productor acabó con lágrimas en los ojos, aunque desgraciadamente, dijo, no le sirviera.

Más adelante, el redactor de belleza convenció a Betsy de que se cortara el pelo y la hizo chica de portada, y aún veo su cara de vez en cuando, sonriendo en esos anuncios de «La esposa de P. Q. viste de B. H. Wragge».

Betsy siempre me invitaba a hacer cosas con ella y las otras chicas, como si de alguna manera intentara salvarme. A Doreen nunca la invitaba. Cuando estábamos a solas, Doreen la llamaba Pollyanna Vaquera.

–¿Quieres venir en nuestro taxi? –preguntó Betsy a través de la puerta.

Doreen negó con la cabeza.

–No te preocupes, Betsy –dije–. Voy con Doreen.

–De acuerdo.

Oí a Betsy alejarse en silencio por el pasillo.

–Vamos a ir hasta que nos hartemos –me dijo Doreen, apagando el cigarrillo en el pie de la lámpara de mi mesilla de noche–, y luego nos largamos al centro. Esas fiestas que montan aquí me recuerdan a los viejos bailes en el gimnasio de la escuela. ¿Por qué siempre reúnen a los niñatos de Yale? ¡Son estúpidos!

Buddy Willard iba a Yale, pero ahora me daba cuenta de que, bien mirado, su problema es que era estúpido. Claro que se las había arreglado para sacar buenas notas, y para liarse con una camarera horrenda en Cape Cod, una tal Gladys, pero intuición no tenía ni pizca. Doreen sí que tenía intuición. Todo lo que decía era como una voz secreta que hablaba directamente desde mis propios huesos.

Nos quedamos varadas en el atasco a la hora punta de los teatros. Nuestro taxi estaba encajado detrás del taxi de Betsy y delante de un taxi con cuatro de las otras chicas, y nada se movía.

Doreen estaba impresionante. Llevaba un vestido blanco de encaje, con escote palabra de honor, ceñido sobre una especie de corsé que le marcaba la cintura y le daba una turgencia espectacular por arriba y por abajo, y su piel brillaba como el bronce bajo el lustre pálido del maquillaje. Olía como una perfumería andante.

Yo llevaba un vestido de tubo negro de seda salvaje que me había costado cuarenta dólares. Fue una de las compras que hice a lo loco con dinero de la beca cuando supe que era una de las afortunadas que iría a Nueva York. Ese vestido tenía un corte tan raro que no podía ponerme ningún tipo de sujetador debajo, pero tampoco importaba, porque era flaca como un niño y apenas tenía curvas, y me gustaba sentirme casi desnuda las noches calurosas de verano.

Sin embargo, la ciudad me había apagado el bronceado. Se me veía más amarilla que un chino. En otras circunstancias habría estado nerviosa, con ese vestido y el extraño tono de mi piel, pero con Doreen todos mis temores se desvanecieron. Me sentía endiabladamente descarada y cínica.

Cuando el hombre de la camisa azul a cuadros, los pantalones de loneta negros y las botas vaqueras de cuero repujado que había estado mirando nuestro taxi desde debajo del toldo a rayas del bar echó a andar hacia nosotras, no me hice ilusiones. Supe que venía por Doreen. Sorteó a los otros coches detenidos y se apoyó con aire seductor en nuestra ventanilla abierta.

–¿Y qué hacen, si me permitís la pregunta, dos chicas bonitas como vosotras solas en un taxi una noche tan bonita como esta?

Tenía una sonrisa grande y espléndida, de anuncio de dentífrico.

–Vamos a una fiesta –contesté sin pensar, al ver que Doreen de repente se había quedado muda y disimulaba jugueteando con la funda de encaje blanco de su cartera de mano.

–Suena aburrido –dijo el hombre–. ¿Por qué no venís conmigo a tomar un par de copas en ese bar de ahí? Tengo a varios amigos esperando.

Señaló con la cabeza hacia varios hombres vestidos de calle que estaban bajo el toldo. No le habían quitado ojo, y cuando los miró se echaron a reír.

La risa debería haberme alertado. Era una especie de burla disimulada, guasona, pero pareció que el tráfico iba a avanzar de nuevo, y supe que si me quedaba allí sentada, en dos segundos desearía haber aprovechado la oportunidad que se presentaba de ver algo de Nueva York al margen del meticuloso programa que la gente de la revista nos había preparado.

–¿Qué te parece, Doreen? –dije.

–¿Qué te parece, Doreen? –dijo el hombre, con su gran sonrisa.

Hasta hoy no he sido capaz de recordar cómo era su cara cuando no sonreía. Creo que debió de sonreír todo el rato. Supongo que para él era natural, sonreír así.

–De acuerdo, vamos –me dijo Doreen.

Abrí la puerta y nos bajamos del taxi justo cuando arrancaba, y empezamos a andar hacia el bar.

Hubo un tremendo chirrido de frenos seguido de un topetazo.

–¡Eh, vosotras! –Nuestro chófer sacó la cabeza por la ventanilla, colorado de rabia–. ¿Qué creéis que estáis haciendo?

Había parado tan en seco que el taxi de atrás lo embistió, y pudimos ver a las cuatro chicas que iban dentro agitando los brazos y gateando para levantarse del suelo.

El tipo se echó a reír y nos dejó en la acera y volvió para darle un billete al conductor en medio de los bocinazos y de algunos gritos, y entonces vimos que las chicas de la revista se alejaban en una hilera de taxis, como la caravana de una boda donde solo hubiera damas de honor.

–Ven, Frankie –le dijo el hombre a uno de sus amigos del grupo, y un tipo bajo y achaparrado se apartó y entró en el bar con nosotros.

Era la clase de tipo que no soporto. Mido metro setenta y siete descalza, y cuando estoy con hombres más bajos me encorvo un poco y saco una cadera, balanceando el peso sobre la otra, para que no se me vea tan alta, y me siento desgarbada y morbosa, como si fuese un fenómeno de feria.

Por un momento tuve la descabellada esperanza de que nos emparejáramos por estatura, de modo que me tocaría con el hombre que nos había entrado al principio y medía más de uno ochenta, pero él se adelantó con Doreen y no volvió a mirarme. Intenté fingir que no veía a Frankie siguiéndome como un perro y al llegar a la mesa me senté al lado de Doreen.

Estaba tan oscuro en el bar que apenas distinguía nada, aparte de Doreen. Con su pelo platino y su vestido blanco resplandecía tanto que parecía de plata. Creo que reflejaba las luces de neón que había encima de la barra. Sentí que me fundía en las sombras como el negativo de una persona a la que no había visto en mi vida.

–Y bien, ¿qué tomaremos? –preguntó el hombre con una gran sonrisa.

–Creo que yo tomaré un clásico –me dijo Doreen.

Pedir bebidas siempre me anulaba. No distinguía el whisky de la ginebra, y nunca acertaba a pedir algo con un sabor que me gustara. Buddy Willard y los otros universitarios que conocía no solían tener dinero para comprar licores fuertes, o directamente pasaban de la bebida. Es increíble la cantidad de chicos universitarios que no beben ni fuman. Y por lo visto yo los conocía a todos. A lo más que Buddy Willard se atrevió fue a comprar una botella de Dubonnet para los dos, y solo lo hizo porque pretendía demostrar que tenía buen gusto a pesar de que estudiaba para médico.

–Tomaré un vodka –dije.

El hombre me miró con más detenimiento.

–¿Combinado?

–Solo –contesté–. Siempre lo tomo solo.

Pensé que quedaría en ridículo si decía que lo iba a tomar con hielo o soda o ginebra o lo que fuera. Había visto un anuncio de vodka una vez, aparecía nada más un vaso lleno de vodka en medio de una nevada bajo una luz azul, y el vodka parecía claro y puro como el agua, así que pensé que tomar vodka solo podría estar bien. Mi sueño era pedir algún día una bebida y descubrir qué me encantaba su sabor.

Entonces se acercó el camarero y el hombre pidió una ronda para los cuatro. Se lo veía tan cómodo con su atuendo vaquero en aquel bar de ciudad que pensé que tal vez era famoso.

Doreen no decía ni media palabra, se limitaba a toquetear el posavasos de corcho y al final encendió un cigarrillo, pero al hombre no parecía molestarle. La miraba igual que la gente mira a la gran cacatúa blanca en el zoo, esperando a que articulara un sonido humano.

Llegaron las bebidas, y la mía se veía clara y pura, igual que en el anuncio de vodka.

–¿Y qué haces? –le pregunté al hombre para romper el silencio que me cercaba por todos lados, denso como maleza de la jungla–. ¿Qué haces aquí, en Nueva York, quiero decir?

Lentamente, y con lo que parecía ser un enorme esfuerzo, el hombre apartó los ojos del hombro de Doreen.

–Soy pinchadiscos –dijo–. A lo mejor habéis oído hablar de mí. Me llamo Lenny Sheperd.

–Yo te conozco –dijo Doreen de pronto.

–Me alegro, encanto –dijo el hombre, y se echó a reír–. Eso nunca viene mal. Me conocen hasta en el infierno.

Entonces Lenny Sheperd miró a Frankie con insistencia.

–¿Y vosotras? ¿De dónde sois? –preguntó Frankie, pegando un brinco–. ¿Cómo os llamáis?

–Esta es Doreen.

Lenny pasó una mano alrededor del brazo desnudo de Doreen y le dio un achuchón.

Lo que más me sorprendió fue que Doreen hizo como si no se diera cuenta de las confianzas que él se tomaba. Permaneció impasible, morena como una negra con aquel pelo decolorado y el vestido blanco, y tomó delicadamente un sorbo de su copa.

–Yo me llamo Elly Higginbottom –dije–. Soy de Chicago.

Después me sentí más segura. No quería que nada de lo que dijera o hiciera esa noche se relacionase conmigo y mi verdadero nombre o con que fuera de Boston.

–Bueno, Elly, ¿qué me dices, bailamos un poco?

La idea de bailar con aquel mequetrefe, que llevaba zapatos de ante naranja con plataforma y una triste camiseta debajo de una chaqueta azul fachosa, me hizo reír. Si hay algo que desprecio es un hombre vestido de azul. De negro o gris, o de marrón, aun. El azul me parece ridículo.

–No estoy de humor –contesté con frialdad, dándole la espalda y acercando más mi silla hacia Doreen y Lenny.

A esas alturas parecía que aquellos dos se conocieran desde hacía años. Doreen estaba pescando los trozos de fruta del fondo de su vaso con una cuchara larga plateada, y Lenny gruñía cada vez que la veía llevarse la cuchara a la boca, y fingía dar mordiscos como un perro o algo por el estilo, intentando atrapar la fruta de la cuchara. Doreen se reía y seguía sacando los trozos de fruta.

Empezaba a pensar que el vodka era mi bebida, por fin. No sabía a nada, pero iba directo al estómago como el sable de un tragasables y me hacía sentir poderosa y divina.

–Será mejor que me vaya –dijo Frankie, levantándose.

No podía distinguirlo bien, en la oscuridad del local, pero por primera vez oí su voz aguda y ridícula. Nadie le hizo ningún caso.

–Eh, Lenny, me debes algo. Te acuerdas de que me debes algo, Lenny, ¿no?

Me extrañó que Frankie le recordara a Lenny que le debía algo delante de nosotras, unas perfectas desconocidas, pero

Frankie siguió allí plantado repitiendo lo mismo hasta que Lenny hurgó en el bolsillo y sacó un gran rollo de billetes verdes, separó uno y se lo dio a Frankie. Creo que eran diez dólares.

–Silencio y largo de aquí.

Por un momento pensé que Lenny se refería también a mí, pero entonces oí que Doreen decía:

–No iré a menos que venga Elly.

Me impresionó que pillara al vuelo mi nombre falso.

–Ah, Elly vendrá, ¿a que sí, Elly? –dijo Lenny, guiñándome un ojo.

–Claro que iré –dije.

Frankie se había desvanecido en la noche, así que no pensaba despegarme de Doreen. Quería ver todo lo que pudiera.

Me gustaba mirar a otra gente en situaciones cruciales. Si había un accidente de tráfico o una pelea callejera o un bebé en formol dentro de un frasco en un laboratorio, me quedaba mirándolo hasta que se me quedaba grabado y no se me olvidaba nunca más.

Desde luego así aprendí muchas cosas que de otro modo nunca habría aprendido, e incluso cuando me impactaban o me daban asco no lo dejaba entrever, sino que fingía saber que las cosas eran siempre así.

2

No me habría perdido la casa de Lenny por nada.

Por dentro era una réplica exacta del interior de un rancho, solo que en medio de un edificio de pisos de Nueva York. Había tirado varios tabiques para dar amplitud al espacio, dijo, y luego revistió de madera de pino las paredes y colocó una barra de bar especial de pino en forma de herradura. Creo que el suelo era de pino, también.

Grandes pieles blancas de oso yacían diseminadas por el suelo, y el único mobiliario eran varios divanes bajos cubiertos con tapices indios. En lugar de cuadros en las paredes, había colgado cornamentas de ciervo y astas de búfalo y una cabeza de conejo disecada. Lenny apuntó con el pulgar hacia el hociquito gris y las orejas tiesas del animal.

–A esa liebre la atropellé en Las Vegas.

Cruzó el salón, sus botas de vaquero resonando como disparos de pistola.

–La acústica –dijo, y se hizo cada vez más pequeño hasta desparecer por una puerta en la distancia.

De pronto del aire empezó a salir música por todas partes. Luego se paró, y oímos la voz de Lenny: «Aquí está vuestro pinchadiscos de las doce, Lenny Sheperd, con una selección de los mejores temas de éxito. El número diez de la caravana esta semana es nada menos que esa chica de cabellos dorados de la que tanto habéis oído hablar últimamente... ¡La única e inimitable *Sunflower*!

Nacín Kansas, me crié en Kansas,
y cuando me case, en Kansas me quedaré...

–¡Vaya un figura! –dijo Doreen–. ¿No es un figura?

–Y que lo digas –dije.

–Oye, Elly, hazme un favor. –Parecía pensar que en realidad ahora me llamaba Elly.

–Claro –dije.

–Quédate por aquí, ¿vale? Estaría perdida si él intentara algo raro. ¿Has visto esos músculos? –dijo Doreen ahogando la risa.

Lenny apareció de la habitación del fondo.

–Tengo veinte de los grandes en equipo de grabación aquí dentro.

Se paseó hasta la barra y preparó tres vasos y una cubitera plateada y una jarra grande y empezó a mezclar bebidas de varias botellas distintas.

... con una chica fiel que prometió esperarme.
Es el girasol del estado de los girasoles...

–Impresionante, ¿eh?

Lenny se acercó, sosteniendo los tres vasos en equilibrio. Unas gotas grandes se adherían al vidrio como si fueran sudor, y los cubitos de hielo tintinearon mientras los repartía. Entonces la música languideció y oímos la voz de Lenny anunciando el siguiente tema.

–Nada como escucharte a ti mismo hablando. Oye –Lenny me miró, recreándose–. Frankie se ha esfumado y deberías tener compañía, llamaré a uno de los muchachos.

–Tranquilo –dije–. No te molestes.

No quise ser tan lanzada de pedirle a alguien con varias tallas más que Frankie.

Lenny pareció aliviado.

–Mientras no te moleste a ti… No querría incomodar a una amiga de Doreen. –Miró a Doreen con una gran sonrisa resplandeciente–. ¿A que no, cielo?

Le tendió una mano y, sin mediar palabra, empezaron a bailar con mucho swing sosteniendo aún los vasos.

Me senté con las piernas cruzadas en uno de los divanes e intenté adoptar una pose devota e impasible, como un hombre de negocios a quien vi una vez mirando a una bailarina del vientre argelina, pero en cuanto me recosté en la pared debajo de la liebre disecada, el diván empezó a rodar hacia el centro del salón, así que opté por sentarme sobre una piel de oso en el suelo con la espalda apoyada en el diván.

Mi bebida estaba aguada y deprimente. Cada vez que tomaba un sorbo, más me sabía a agua estancada. En el centro del vaso había un lazo rosa pintado con topos amarillos. Seguí bebiendo hasta un par de dedos por debajo de la franja y esperé un poco, y cuando fui a tomar otro trago, se había vuelto a llenar hasta el nivel del lazo.

La voz espectral de Lenny retumbó. «¿Por qué, oh, por qué me fui de Wyoming…?»

Ellos dos ni siquiera dejaban de bailar en los intervalos entre canción y canción. Sentí que me encogía hasta convertirme en un insignificante punto negro contra todas aquellas alfombras rojas y blancas y la madera de pino. Me sentí como un agujero en el suelo.

Hay algo desmoralizante en ver a dos personas perdiendo la cabeza una por la otra, en especial cuando no hay nadie más aparte de ti en la habitación.

Es como ver París desde el furgón de cola de un tren expreso que va en dirección contraria: cada segundo que pasa la ciudad se hace más pequeña, pero sientes que en realidad eres tú quien se hace más y más pequeño y está más y más solo, alejándote velozmente de todas esas luces y efervescencia a un millón de kilómetros por hora.

De vez en cuando Lenny y Doreen chocaban y se besaban, y luego se apartaban de nuevo para tomar un trago largo y volvían a acercarse. Se me ocurrió que tal vez me echaría a dormir en la piel de oso hasta que Doreen quisiera volver al hotel.

Entonces Lenny soltó un rugido terrible. Me incorporé. Vi que Doreen apresaba con los dientes el lóbulo de la oreja izquierda de Lenny.

—¡Suéltame, perra!

Lenny se agachó y Doreen se montó de un salto encima de su hombro, y el vaso de la mano salió disparado en un arco largo y amplio hasta estrellarse contra la madera de pino de la pared con un tintineo ridículo. Lenny seguía rugiendo y dando vueltas tan rápido que no me dejaba ver la cara de Doreen.

Me fijé, con la misma naturalidad con que te fijas en el color de los ojos de una persona, que los pechos de Doreen se habían salido del vestido y se balanceaban ligeramente como unos melones llenos y maduros mientras giraba cargada bocabajo sobre el hombro de Lenny, pataleando en el aire y chillando, y entonces los dos se empezaron a reír y frenaron, y Lenny estaba intentando morderle la cadera a Doreen a través de la falda cuando me escabullí por la puerta antes de que pasara nada más y conseguí bajar las escaleras apoyándome con las dos manos en una barandilla y medio resbalando todo el camino.

No me di cuenta de que en casa de Lenny había aire acondicionado hasta que salí tambaleándome a la calle. El calor tropical y viciado que las aceras habían absorbido el día entero me golpeó en la cara como un último insulto. No sabía dónde diantre estaba.

Por un momento barajé la idea de tomar un taxi e ir a la fiesta a pesar de todo, pero al final la descarté porque el baile quizá habría terminado, y no me apetecía acabar en una sala de fiestas vacía y sembrada de confeti y colillas de cigarrillo y servilletas de cóctel arrugadas.

Fui con cuidado hasta la siguiente esquina, rozando con la punta del dedo la pared de los edificios a mi izquierda para no tambalearme. Miré el rótulo con el nombre de la calle. Luego saqué de la cartera el mapa de Nueva York. Estaba a cuarenta y tres manzanas más otras cinco paralelas de mi hotel.

Caminar nunca me ha importado. Eché a andar en la dirección correcta, contando las manzanas en voz baja, y cuando entré en el vestíbulo del hotel estaba completamente sobria y con los pies solo un poco hinchados, aunque eso era culpa mía porque no me había molestado en ponerme medias.

El vestíbulo estaba desierto, salvo por un conserje nocturno que dormitaba en su garita iluminada, entre el casillero de las llaves y los teléfonos mudos.

Me colé en el ascensor de autoservicio y pulsé el botón de mi planta. Las puertas se cerraron desplegándose como un acordeón silencioso. Entonces se me taparon los oídos, y reparé en una china grande de ojos turbios que me miraba embobada. Era yo misma, por supuesto. Me horrorizó verme tan demacrada y consumida.

No había ni un alma en el pasillo. Entré con sigilo en mi habitación. Estaba llena de humo. Al principio pensé que el humo se había materializado de la nada como una especie de castigo, pero entonces recordé que era el humo de Doreen y pulsé el botón que abría la rejilla de ventilación de la ventana. Tenían ventanas fijas, así que en realidad no podías abrirlas y asomarte, y por alguna razón eso me dio rabia.

De pie a la izquieda de la ventana, con la cara pegada al marco de madera, vi la ciudad hasta donde las Naciones Unidas se sostenían en equilibrio en la oscuridad como una tétrica colmena verde marciana. Vi las luces rojas y blancas que se movían en la avenida, y las luces de los puentes cuyos nombres no conocía.

El silencio me deprimió. No era el silencio del silencio. Era mi propio silencio.

Sabía perfectamente que los coches hacían ruido, y que la gente que iba dentro o la que estaba detrás de las ventanas iluminadas de los edificios hacía ruido, y que el río hacía ruido, y sin embargo no podía oír nada. La ciudad colgaba de mi ventana, lisa como un póster, resplandeciente y centelleante, pero podría no haber estado allí, para lo que me servía.

El teléfono de la mesilla, blanco como la porcelana, podría haberme conectado con la realidad, pero ahí estaba, igual de mudo que una calavera. Intenté recordar a quién le había dado mi número de teléfono, para hacer una lista de todas las posibles llamadas que tal vez estaba a punto de recibir, pero solo podía pensar en que le había dado mi número a la madre de Buddy Willard para que se lo diera a un intérprete simultáneo que conocía en Naciones Unidas.

Solté una risita seca.

Imaginé a qué clase de intérprete simultáneo me presentaría la señora Willard cuando en todo momento quería que me casara con Buddy, que se estaba tratando la tuberculosis en algún lugar al norte del estado de Nueva York. La madre de Buddy incluso había conseguido que me dieran un trabajo de camarera en el sanatorio ese verano para que Buddy no se sintiera solo. Ni ella ni Buddy entendieron que optara en cambio por irme a Nueva York.

El espejo que había encima de mi escritorio parecía ligeramente alabeado y con demasiado azogue. La cara se reflejaba como en una bola de mercurio dental. Pensé en acurrucarme entre las sábanas e intentar dormir, pero se me antojaba como meter una carta sucia llena de garabatos en un sobre limpio y terso. Decidí darme un baño caliente.

Seguro que hay cosas que un baño caliente no cura, pero no conozco muchas. Siempre que estoy triste porque me voy a morir, o tan nerviosa que no puedo dormir o enamorada de alguien a quien no veré durante una semana, me hundo y me hundo hasta un punto en que digo: «Voy a darme un baño caliente».

Yo medito en el baño. El agua tiene que estar muy caliente, tanto que apenas soportes meter el pie. Luego te sumerges, poco a poco, hasta que el agua te llega al cuello.

Recuerdo los techos sobre todas las bañeras en las que me he tendido. Recuerdo la textura de esos techos, y las grietas, los colores, las manchas de humedad y las luces. Recuerdo las bañeras, también: bañeras antiguas con garras de león, y bañeras modernas en forma de ataúd, y sofisticadas bañeras de mármol rosado que miran a estanques de interior con nenúfares, y recuerdo la forma y el tamaño de los grifos y las distintas jaboneras.

Nunca me siento tanto yo misma como cuando me doy un baño caliente.

Me tendí en aquella bañera de la decimoséptima planta de ese hotel exclusivo para mujeres, por encima del trajín y el ímpetu de Nueva York, durante cerca de una hora, y sentí que volvía a ser pura. No creo en el bautismo o las aguas del Jordán o nada por el estilo, pero supongo que para mí un baño caliente es como el agua bendita para los creyentes.

«Doreen se disuelve, Lenny Shepherd se disuelve, Frankie se disuelve, Nueva York se disuelve, todos se están disolviendo y ya no importan –me dije–. No los conozco, nunca los he conocido y soy muy pura. Todo ese licor y esos besos pegajosos que vi y la suciedad que se adhirió a mi piel en el camino de vuelta se está convirtiendo en algo puro.»

Mientras más tiempo me quedaba sumergida en el agua caliente y clara, más pura me sentía, y cuando por fin salí y me envolví con una de las grandes toallas blancas y suaves del hotel, me sentí pura y dulce como un recién nacido.

No sé cuánto había dormido antes de que me despertaran unos golpes en la puerta. Al principio no presté atención, porque quien llamaba no paraba de decir, «Elly, Elly, Elly, déjame entrar», y yo no conocía a ninguna Elly. Entonces oí unos golpes distintos de los primeros mamporros sordos, un toc-toc seco, y otra voz, mucho más cortante, que decía, «Señorita Greenwood, su amiga la necesita», y supe que era Doreen.

Me levanté de un salto y me tambaleé unos instantes en medio de la habitación a oscuras. Estaba enfadada con Doreen por despertarme. La única manera de escapar de aquella triste noche era dormir, y no se le ocurría otra cosa que despertarme y fastidiarlo. Pensé que si fingía estar dormida, al final se cansaría de llamar y me dejaría en paz, pero esperé y no paró.

«Elly, Elly, Elly», murmuraba la primera voz, mientras la otra seguía susurrando, «Señorita Greenwood, señorita Greenwood, señorita Greenwood», como si yo tuviera doble personalidad o algo por el estilo.

Abrí la puerta y me asomé parpadeando al pasillo iluminado. Me dio la impresión de que no era de noche ni era de día, sino un tercer intervalo tétrico que de pronto se había deslizado entre ambos y que no acabaría jamás.

Doreen estaba apoyada contra el marco de la puerta. Cuando salí se desplomó en mis brazos. No pude verle la cara, porque la cabeza le colgaba sobre el pecho y el pelo rubio apelmazado caía de las raíces oscuras igual que una falda hawaiana.

Reconocí a la mujer retacona con bigote y uniforme negro como la sirvienta del turno de noche que planchaba los vestidos de calle y los de fiesta en un atestado cubículo de nuestra misma planta. No entendí de qué conocía a Doreen o por qué la ayudaba a despertarme en lugar de acompañarla en silencio a su propia habitación.

Al ver que Doreen se sostenía en mis brazos y estaba callada salvo por unos hipidos llorosos, la mujer volvió airada a su cubículo con la vetusta máquina de coser Singer y la tabla de planchar blanca. Quise correr tras ella y decirle que yo no tenía nada que ver con Doreen, porque parecía una mujer seria, trabajadora e íntegra como las inmigrantes europeas de antaño y me recordaba a mi abuela austríaca.

–Deja que me acueste, deja que me acueste –farfullaba Doreen–. Deja que me acueste, deja que me acueste.

Temí que si llevaba a Doreen al otro lado del umbral de mi habitación y la ayudaba a acostarse en mi cama, nunca más me libraría de ella.

Descansaba en mi brazo todo el peso de su cuerpo tibio y blando como un montón de almohadas, y arrastraba ridículamente los pies, con sus altos tacones de aguja. Pesaba demasiado para que pudiera cargar con ella hasta la otra punta del pasillo.

Decidí que la única alternativa era soltarla en la moqueta, cerrar la puerta de mi cuarto con llave y volver a la cama. Cuando se despertara, no recordaría lo que había ocurrido y pensaría que se había desmayado delante de mi puerta mientras yo dormía, y se levantaría por su propio pie y tendría el sentido común de irse a su habitación.

Intenté acostarla con delicadeza en la moqueta verde del pasillo, pero soltó un gemido y se abalanzó hacia delante soltándose de mis brazos. Un chorro de vómito marrón salió disparado de su boca y se esparció formando un charco a mis pies.

De repente Doreen se hizo aún más pesada. La cabeza se le cayó hacia delante y los mechones rubios de su pelo se empaparon en el charco como las raíces de un árbol en una ciénaga, y comprendí que estaba dormida. Me aparté. Sentí que también yo estaba medio dormida.

Tomé una decisión acerca de Doreen esa noche. Decidí que la observaría y escucharía lo que me dijera, pero en el fondo no tendría nada que ver con ella. En el fondo sería leal a Betsy y sus inocentes amigas. Era a Betsy a quien me parecía de corazón.

En silencio, volví a entrar en mi habitación y cerré la puerta. Pensándolo mejor, no eché la llave. No me atreví.

Cuando me desperté a la mañana siguiente en medio del calor turbio y sin sol, me vestí, me eché agua fría en la cara y me di un toque de pintalabios, y luego abrí la puerta despacio. Creo que aún esperaba encontrar el cuerpo de Doreen en el charco de vómito como un testimonio horrendo y concreto de mi propia vileza.

No había nadie en el pasillo. La moqueta se extendía de una punta a la otra del pasillo, limpia y eternamente verde salvo por una tenue mancha oscura e irregular ante mi puerta, como si alguien hubiera derramado sin querer un vaso de agua pero hubiera procurado secarlo.

3

Dispuestas en la mesa del banquete de *Ladies' Day* había aguacates rellenos de cangrejo con mayonesa, fuentes de rosbif crudo y fiambre de pollo, y cada tanto un cuenco de cristal tallado lleno a rebosar de caviar negro. No me había dado tiempo a desayunar nada en la cafetería del hotel esa mañana, aparte de una taza de café recocido y tan amargo que me hizo arrugar la nariz, así que estaba desfallecida de hambre.

Antes de ir a Nueva York nunca había comido en un restaurante de verdad. No cuento los Howard Johnson's, donde solo tomaba patatas fritas y hamburguesas con queso y batidos de vainilla con gente como Buddy Willard. No sé muy bien por qué, pero me gusta la comida más que nada en el mundo. Por mucho que coma, nunca engordo. Con una sola excepción, he pesado lo mismo los últimos diez años.

Mis platos favoritos están cargados de mantequilla y queso y crema agria. En Nueva York nos invitaban tanto a comer por ahí con la gente de la revista y las celebridades que nos visitaban que desarrollé la costumbre de recorrer con la mirada aquellas interminables cartas escritas a mano, donde una guarnición de guisantes costaba cincuenta o sesenta centavos, hasta que detectaba los platos más suculentos y caros y los pedía de carrerilla.

Como los gastos siempre corrían a cargo de la empresa, nunca me sentí culpable. Me afanaba para comer muy rápido y no hacer nunca esperar a los demás, que por norma solo pedían la ensalada de la casa y mosto de uva porque intentaban adelgazar. Casi toda la gente que conocí en Nueva York intentaba adelgazar.

–Quiero dar la bienvenida al grupo de señoritas más preciosas e inteligentes que nuestra plantilla ha tenido la suerte de conocer hasta ahora –anunció resollando el maestro de ceremonias rollizo y calvo por el micrófono de la solapa–. Este banquete es solo una pequeña muestra de la hospitalidad que nuestras Cocinas de Degustación Gastronómica aquí en *Ladies' Day* desea ofreceros en agradecimiento a vuestra visita.

Tras una delicada salva de aplausos, como perfectas damas, nos sentamos a la enorme mesa con manteles de hilo.

Éramos once chicas de la revista, junto con la mayoría de nuestros supervisores de redacción, y el personal al completo de las Cocinas de Degustación Gastronómica de *Ladies' Day* con pulcras batas blancas, redecillas para el pelo y maquillaje impecable en un tono uniforme de tarta de melocotón.

Éramos solo once porque faltaba Doreen. La habían colocado a mi lado por alguna razón, y la silla estaba vacía. Guardé la tarjeta de la mesa con su nombre: un espejo de bolsillo donde se leía DOREEN pintado encima en letras como de encaje y una guirnalda de margaritas escarchadas alrededor del borde, enmarcando el hueco plateado donde aparecería su cara.

Doreen estaba pasando el día con Lenny Shepherd. Ahora pasaba casi todo su tiempo libre con Lenny Shepherd.

En la hora previa a nuestro almuerzo en *Ladies' Day* –la gran revista femenina que despliega a doble página suntuosos festines de comida en tecnicolor, con un tema y un escenario diferentes cada mes– nos habían paseado por las interminables cocinas relucientes y mostrado qué difícil es fotografiar una tarta de manzana à la mode bajo la luz de los focos, porque el helado se derrite y hay que apuntalarlo por detrás con palillos y cambiarlo cada vez que empieza a ponerse como una sopa.

Solo de ver toda la comida amontonada en aquellas cocinas me mareaba. No es que en casa nos faltara de comer, solo que mi abuela cocinaba siempre piezas de carne y pasteles de carne económicos y acostumbraba decir, apenas te llevabas el primer bocado a la boca, «Disfrútalo, que va a cuarenta y un centavos la libra», con lo que siempre sentía como si comiese peniques en lugar del asado del domingo.

Mientras aguardábamos de pie detrás de nuestras respectivas sillas escuchando el discurso de bienvenida, había inclinado la cabeza para estudiar con disimulo la posición de los cuencos de caviar. Vi un cuenco estratégicamente colocado entre mi sitio y la silla vacía de Doreen.

Supuse que la chica enfrente de mí no lo alcanzaría, con el colosal centro de mesa de frutas de mazapán que había en medio, y que Betsy, a mi derecha, sería demasiado amable para pedirme que lo compartiera con ella si me limitaba a taparlo con el codo junto a mi plato del pan y la mantequilla. Además, había otro cuenco de caviar un poco hacia la derecha de la chica al otro lado de Betsy, y podía comer de ese.

Con mi abuelo siempre nos hacíamos la misma broma. Era el mâitre en un club de campo cerca de mi pueblo, y el domingo mi abuela iba en el coche a buscarlo para que pasara el lunes de fiesta en casa. Mi hermano y yo nos turnábamos para ir con ella, así que los domingos mi abuelo nos servía la cena a mi abuela y a quien la acompañara de los dos como si fuésemos clientes habituales. Le encantaba educarme el paladar con exquisiteces, y a los nueve años yo había cultivado un gusto apasionado por la vichyssoise fría y el caviar y la crema de anchoas.

La broma era que, el día de mi boda, mi abuelo se encargaría de traer caviar para que comiera hasta hartarme. Era una broma porque yo no pensaba casarme nunca, y aunque me casara, mi abuelo no podría haberse permitido traer tanto caviar a menos que lo robara de la cocina del club de campo y se lo llevara en una maleta.

Amparada por el tintineo de los vasos de agua y los cubiertos y la porcelana fina, llené mi plato de lonchas de pollo. Luego cubrí las lonchas de pollo con una capa de caviar tan generosa como si untara una rebanada de pan con manteca de cacahuete. Luego enrollé una por una las lonchas de pollo con los dedos, para que no chorreara el caviar, y me las fui comiendo.

Había descubierto, después de mucha angustia dudando qué cuchara usar, que si haces algo incorrecto en la mesa con cierta arrogancia, como si estuvieras convencida de que lo haces como es debido, puedes salir airosa y nadie pensará que no tienes modales o te tachará de maleducada. Pensarán que eres original y muy ocurrente.

Aprendí ese truco el día en que Jay Cee me llevó a almorzar con un poeta famoso. El poeta llevaba una chaqueta horrenda y desgarbada de espiguilla marrón, pantalones grises y un suéter de pico a cuadros rojos y azules en un restaurante muy formal lleno de fuentes ornamentales y arañas de luces, donde todos los demás hombres vestían de traje oscuro e inmaculada camisa blanca.

Este poeta se comió la ensalada con los dedos, hoja por hoja, mientras me hablaba de la antítesis entre naturaleza y arte. Yo no podía apartar la mirada de los dedos blancuzcos y regordetes que viajaban sin cesar del plato de la ensalada del poeta a la boca del poeta con una hoja de lechuga goteante tras otra. Nadie se rio ni murmuró escandalizado. El poeta hizo que comer ensalada con los dedos pareciese el único comportamiento natural y sensato posible.

Ninguno de los redactores de nuestra revista o de los miembros de la plantilla de *Ladies' Day* se sentaban cerca de mí, y

Betsy era toda dulzura y amabilidad, ni siquiera parecía que le gustara el caviar, así que me fui envalentonando. Cuando terminé el primer plato de fiambre de pollo con caviar, me preparé otro. Entonces ataqué el aguacate y la ensalada de cangrejo.

Los aguacates son mi fruta preferida. Cada semana mi abuelo solía traerme un aguacate escondido en el fondo de su maletín, bajo seis camisas sucias y las tiras cómicas del domingo. Me enseñó a comer aguacates derritiendo jalea de uva con una vinagreta en la sartén y llenando el hueco de la semilla con la salsa morada. Añoraba esa salsa. El cangrejo, en comparación, me pareció insípido.

–¿Cómo ha ido el desfile de pieles? –le pregunté a Betsy cuando dejó de preocuparme la competencia por el caviar.

Rebañé las últimas huevas saladas y negras del plato con la cuchara sopera y la limpié con la lengua.

–De maravilla. –Betsy sonrió–. Nos han enseñado cómo hacer una boa muy versátil con colas de visón y una cadena dorada, una de esas cadenas de las que venden copias idénticas en Woolworth's por un dólar con noventa y ocho, y apenas salimos Hilda ha comprado un puñado de colas de visón a precio de mayorista, con un gran descuento, en el almacén de pieles, y luego ha pasado por Woolworth's y lo ha cosido todo mientras veníamos en el autobús.

Observé a Hilda, que se sentaba al otro lado de Betsy. En efecto, llevaba una estola de aspecto caro, con colas de pieles unidas en una punta por una cadena dorada colgante.

Nunca acabé de entender a Hilda. Era una chica de metro ochenta con unos ojazos verdes rasgados, gruesos labios rojos y expresión ausente. Hacía sombreros. Estaba de aprendiz con la redactora de moda, y eso la distinguía de las que teníamos un perfil más literario, como Doreen o Betsy o yo, que escribíamos columnas, aunque algunas solo trataran de salud y belleza. No sé si Hilda sabía leer, pero hacía unos sombreros extraordinarios. Iba a una escuela de Nueva York especializada en confección de sombreros, y cada día traía puesto un sombrero nuevo al trabajo, fabricado con sus propias manos a partir de un retal de paja o de piel o cintas o velos en tonos sutiles, insólitos.

–Es increíble –dije–. Increíble.

Eché de menos a Doreen. Habría murmurado algún comentario oportuno y mordaz sobre la milagrosa prenda de pieles de Hilda para animarme.

Me sentía muy baja de ánimos. Esa misma mañana Jay Cee, ni más ni menos, me había desenmascarado, y ahora parecía que todas las señales de desconfianza en mí misma se confirmaban y que no podría ocultar la verdad mucho más tiempo. Después de diecinueve años persiguiendo buenas notas y premios y becas de una u otra clase, de pronto me rendía, frenaba, abandonaba la carrera de golpe.

–¿Por qué no has venido con nosotras al desfile de pieles? –preguntó Betsy. Me dio la sensación de que se repetía, y de que me acababa de hacer esa pregunta un minuto antes, solo que no había estado escuchándola–. ¿Te has escapado por ahí con Doreen?

–No –dije–. Quería ir al desfile, pero Jay Cee me llamó y me hizo ir a la oficina.

No era del todo cierto que quisiera ir al desfile, pero ahora intenté convencerme de que sí, para poder sentirme herida de verdad por lo que me había hecho Jay Cee.

Le conté a Betsy que esa mañana me había levantado con la idea de ir al desfile de pieles. Lo que no le conté fue que justo antes Doreen había entrado en mi habitación. «¿Para qué vas a ir a ese estúpido desfile? –me había dicho–. Lenny y yo nos vamos a Coney Island, ¿por qué no te vienes? Lenny te puede buscar a un chico majo, y de todos modos el día ya está pifiado con ese almuerzo y el estreno de la película por la tarde, o sea que nadie nos echará de menos.»

Por un momento estuve tentada. El desfile parecía una estupidez, desde luego. Nunca me habían interesado las pieles. Al final decidí que me quedaría en la cama hasta que me apeteciera y luego iría a Central Park y me pasaría el día tumbada en la hierba, la hierba más alta que encontrara en aquella jungla calva y sembrada de estanques con patos.

A Doreen le dije que no iría al desfile ni al almuerzo ni al estreno de la película, pero tampoco iría a Coney Island, me quedaría en la cama. Cuando se marchó, me pregunté por qué de pronto me costaba tanto cumplir con mis obligaciones. Eso me hizo sentir triste y cansada. Entonces pensé por qué me costaba tanto no cumplir con mis obligaciones, como hacía Doreen, y me sentí aún más triste y más cansada.

No sé qué hora era, pero había oído el ajetreo de las chicas que se llamaban unas a otras en el pasillo preparándose para ir al desfile de pieles, y luego todo volvió a quedar en silencio, y mientras contemplaba el techo liso y blanco tumbada en la cama, el silencio pareció crecer más y más hasta que sentí que los tímpanos me iban a estallar. Entonces sonó el teléfono.

Observé el aparato durante unos momentos. Vi que el auricular temblaba en su cuna de color hueso, así que supe que sonaba de verdad. Pensé que quizá le había dado mi número a alguien en un baile o una fiesta y luego me había olvidado por completo. Levanté el auricular y hablé con una voz ronca, receptiva.

–¿Hola?

–Soy Jay Cee –me soltó bruscamente Jay Cee–. Me preguntaba si por casualidad pensabas venir hoy a la oficina.

Me hundí en las sábanas. No entendía por qué Jay Cee pensaba que iría a la oficina. Teníamos unas tarjetas con los horarios mimeografiados para poder hacer un seguimiento de todas nuestras actividades, y pasábamos muchas mañanas y tardes sin pisar el despacho para asistir a diversos actos en la ciudad. Por supuesto, algunos de esos actos eran opcionales.

Tardé en contestar. Luego dije dócilmente: «Pensaba ir al desfile de pieles.» Por supuesto, no había pensado tal cosa, pero no se me ocurrió nada más.

–Le dije que pensaba ir al desfile de pieles –le conté a Betsy–. Pero me dijo que fuese a la oficina, quería tener una pequeña charla conmigo, y había trabajo que hacer.

–¡Oh..., oh! –exclamó Betsy, compasiva.

Debió de ver los lagrimones que caían en el merengue y helado de brandy de mi plato de postre, porque me acercó su postre intacto y lo ataqué distraídamente cuando me acabé el mío. Me avergoncé un poco por las lágrimas, pero eran sinceras. Jay Cee me había dicho cosas terribles.

Cuando hice mi entrada lánguida en la oficina alrededor de las diez, Jay Cee se levantó y rodeó el escritorio para cerrar la puerta de su despacho, y yo me senté en la silla giratoria delante de mi máquina de escribir de cara a ella, y ella se sentó de nuevo en la silla giratoria de su escritorio de cara a mí, con la ventana atestada de plantas en macetas, hileras e hileras de plantas, brotando a sus espaldas como un jardín tropical.

–¿No te interesa tu trabajo, Esther?

–Oh, sí, sí –dije–. Me interesa mucho.

Sentí ganas de contestar a gritos, como si por eso fuera a sonar más convincente, pero me controlé.

Llevaba toda la vida repitiéndome que estudiar y leer y escribir y trabajar como una loca era lo que quería hacer, y de hecho parecía ser cierto, se me daba bastante bien y sacaba sobresalientes en todo, y cuando llegué a la facultad nadie podía pararme.

Fui corresponsal de la universidad en la gaceta municipal, redactora de la revista literaria y secretaria del consejo disciplinario, que se ocupa de las infracciones y los castigos académicos y sociales, un cargo que goza de popularidad, y tenía una conocida poeta y catedrática de la facultad avalándome para que siguiera mis estudios en una de las universidades más grandes del este, y promesas de becas que me cubrirían todos los gastos, y ahora estaba de aprendiz con la mejor redactora de una revista de moda intelectual, ¿y qué hacía, si no cocear y cocear como una terca mula?

–Estoy muy interesada en todo. –Las palabras cayeron inanes y huecas sobre el escritorio de Jay Cee, igual que unas monedas de madera.

–Me alegra oír eso –dijo Jay Cee con un punto de mordacidad–. Ya sabes que puedes aprender mucho durante este mes en la revista, solo has de remangarte. La chica que pasó por aquí antes que tú no perdió el tiempo con esas pamplinas de los desfiles de moda. Fue directa de este despacho a las oficinas de *Time*.

–Caray –dije con el mismo tono sepulcral–. Qué rapidez.

–Claro que aún te queda un año para acabar la carrera –continuó Jay Cee con un poco más de suavidad–. ¿Qué tienes en mente cuando termines?

Siempre había creído que tenía en mente conseguir una beca sustanciosa para seguir estudiando un doctorado o una beca para ir a estudiar por toda Europa, y luego pensaba que daría clases en la universidad y escribiría libros de poemas o que escribiría libros de poemas y sería editora. Normalmente esos eran los planes que tenía en la punta de la lengua.

–La verdad es que no lo sé –me oí decir. Sentí un profundo impacto al oírme decir aquello, porque en cuanto lo dije supe que era cierto.

Sonó sincero, y reconocí esa certeza, de la misma manera que reconoces a un tipo anónimo que ha estado rondando cerca de tu puerta durante siglos y de pronto se acerca y te anuncia que en realidad es tu padre, y os parecéis muchísimo, así que sabes que realmente es tu padre, y que quien toda la vida creías que era tu padre es un farsante.

–La verdad es que no lo sé.

–Así nunca llegarás a ninguna parte. –Jay Cee hizo una pausa–. ¿Qué idiomas manejas?

–Bueno, me las arreglo para leer en francés, más o menos, y siempre he querido aprender alemán. –Hacía cinco años que le decía a todo el mundo que siempre había querido aprender alemán.

Mi madre hablaba alemán en casa, de pequeña, y por eso en la escuela los niños le tiraban piedras durante la primera guerra mundial. Mi padre, que murió cuando yo tenía nueve años, era germanoparlante y había nacido en una aldea maniacodepresiva del corazón negro de Prusia. Mi hermano menor participaba en ese momento en el Experimento de Convivencia Internacional en Berlín y hablaba alemán como un nativo.

Lo que no decía, en cambio, era que cada vez que abría un diccionario o un libro en alemán, solo con ver aquellas letras densas y negras como alambre de espino, mi mente se cerraba como una ostra.

–Siempre he pensado que me gustaría trabajar en el mundo editorial. –Traté de recuperar un hilo que me devolviera mi antigua labia deslumbrante–. Supongo que intentaré entrar en alguna editorial.

–Deberías leer en francés y alemán –dijo Jay Cee implacable–, y probablemente en varios idiomas más, como español e italiano; o mejor aún, ruso. Cada año en junio Nueva York se inunda de cientos de chicas que creen que serán editoras. Has de ofrecer algo más si quieres destacar del montón. Aprende idiomas.

Me faltó valor para contarle a Jay Cee que en el horario de mi último curso de carrera no me quedaría ningún hueco para aprender idiomas. Iba a seguir uno de esos programas de honores donde te enseñan a pensar con autonomía, y salvo por un curso de Tolstói y Dostoievski y un seminario de composición avanzada de poesía, dedicaría todo mi tiempo a escribir sobre algún oscuro tema en las obras de James Joyce. No había elegido aún mi tema, porque no me había puesto a leer *Finnegan's Wake*, pero mi profesora estaba muy entusiasmada con mi tesina y había prometido darme algunas claves sobre las imágenes de los mellizos.

–Veré lo que puedo hacer –le dije a Jay Cee–. Quizá consiga meterme en uno de esos cursos intensivos acelerados de alemán básico que han montado.

En ese momento de veras creí que podría. Sabía cómo ganarme a la coordinadora académica para que me diera manga ancha. Me veía como una especie de experimento interesante.

En la facultad me exigían hacer un curso de física y química. Ya había estudiado una asignatura de botánica, y me había ido muy bien. No contesté mal ni una sola pregunta en un examen en todo el curso, y durante un tiempo acaricié la idea de ser botánica y estudiar las praderas silvestres de África o las selvas húmedas sudamericanas, porque puedes conseguir becas sustanciosas para ese tipo de investigaciones peregrinas en regiones ignotas con mucha más facilidad que una beca para estudiar bellas artes en Italia o literatura inglesa en Inglaterra, no hay tanta competencia.

La botánica era genial, porque me encantaba cortar hojas y examinarlas en el microscopio y dibujar diagramas del moho del pan y la curiosa hoja en forma de corazón en el ciclo sexual del helecho, todo me parecía tan real...

El día que entré en la clase de física fue la muerte.

Un profesor retacón, moreno, de voz aguda y ceceante, un tal señor Manzi, se plantó delante de la clase enfundado en su traje azul sosteniendo una pequeña bola de madera en la mano. Colocó la bola encima de una rampa acanalada y la dejó caer. Acto seguido empezó a hablar de que suponiendo que *a* era igual a aceleración y *t* era igual a tiempo, y de pronto estaba garabateando letras y números y signos de igual por toda la pizarra y se me fundieron los plomos.

Me llevé el libro de física a la residencia. Era un mamotreto en papel poroso mimeografiado –cuatrocientas páginas sin dibujos ni fotografías, nada más que diagramas y fórmulas– entre tapas de cartulina, rojiza como un ladrillo. Ese manual lo había escrito el señor Manzi para explicar física a jovencitas universitarias, y si le funcionaba con nosotras intentaría publicarlo.

Bueno, pues estudié aquellas fórmulas, fui a clase y observé las bolas rodando por las rampas y esperé a que sonara la campana y al final del trimestre la mayoría de las demás chicas habían suspendido y yo saqué un sobresaliente. Oí que el señor Manzi hablaba con varias chicas que se quejaban de que el curso era demasiado difícil. «No, no puede ser tan difícil cuando una alumna ha sacado un sobresaliente.» «¿Quién?», preguntaron, pero él negó con la cabeza y no dijo nada y me miró con una sonrisita cómplice.

Así fue como se me ocurrió la idea de librarme de la química el siguiente semestre. Quizá había sacado un sobresaliente en física, pero estaba aterrorizada. La física me asqueaba, no dejé de aborrecerla en ningún momento mientras estudiaba. No soportaba esa manera de reducirlo todo a letras y números. En lugar de las formas de las hojas y los diagramas ampliados de los agujeros por los que respiran las hojas y de palabras fascinantes como «caroteno» y «xantófila» en la pizarra, todo eran horrendas fórmulas apretujadas con letra de escorpión en la tiza roja especial del señor Manzi.

Sabía que con la química sería peor, porque había visto una gran tabla de noventa y tantos elementos colgada en el laboratorio, y palabras tan magníficas como oro y plata y cobalto y aluminio se acortaban con feas abreviaturas seguidas de distintos números decimales. Si embutía a la fuerza en mi cerebro aquellos rollos, me volvería loca. Fracasaría sin remedio. Solo gracias a una tremenda fuerza de voluntad había conseguido salvar la primera parte del curso.

Así que acudí a la coordinadora académica con un plan astuto.

Le expliqué que necesitaba ese tiempo para hacer un curso sobre Shakespeare, porque a fin de cuentas iba a especializarme en literatura inglesa. Ella sabía tan bien como yo que volvería a sacar un sobresaliente en química, y entonces ¿qué sentido tenía que hiciera los exámenes, por qué no bastaba con que fuera a clase de oyente a aprender y me olvidara de las notas o los méritos? Era una cuestión de honor entre personas de honor, y el contenido significaba más que la forma, y las notas eran poco menos que una tontería, en el fondo, cuando sabías que siempre sacabas sobresalientes, ¿no? Reforzaba mi propuesta el hecho de que la facultad acabara de eliminar la asignatura de ciencia obligatoria en segundo curso, así que mi promoción sería la última que sufriría bajo el viejo reglamento.

El señor Manzi estuvo completamente de acuerdo con mi propuesta. Creo que lo halagó que yo disfrutase con sus clases hasta el punto de querer asistir no por razones materialistas como el mérito y un sobresaliente sino por la mera belleza de la química en sí. Me pareció ingenioso por mi parte sugerir que iría de oyente al curso de química aun después de haberme pasado al de Shakespeare. Era un gesto innecesario, y parecía que simplemente no pudiera vivir sin la química.

Desde luego, la estratagema nunca me habría salido bien de no haber sacado aquel sobresaliente de entrada. Y si la coordinadora hubiese sabido lo asustada y deprimida que estaba, y hasta qué punto llegué a plantearme en serio recursos desesperados como conseguir un certificado médico que me declarara incapacitada para estudiar química, porque las fórmulas me mareaban y demás cuentos, estoy segura de que me habría escuchado, pero me habría exigido hacer el curso a pesar de todo.

Resultó, en cambio, que el claustro aprobó mi petición, y la coordinadora de estudios me contó luego que a varios de los profesores les conmovió. La interpretaron como un verdadero paso de madurez intelectual.

Me tenía que reír cuando pensaba en el resto de aquel curso. Fui a clase de química cinco veces a la semana y no me perdí ni una sola. El señor Manzi se plantaba en el fondo del gran anfiteatro antiguo y desvencijado y hacía llamas azules y destellos rojos y nubes de una sustancia amarilla vertiendo el contenido de un tubo de ensayo en otro, y yo silenciaba su voz en mis oídos fingiendo que era solo un mosquito a lo lejos, y disfrutaba contemplando las brillantes luces y los fuegos de colores y escribía una página tras otra de villanelas y sonetos.

El señor Manzi me miraba de vez en cuando y al verme escribiendo esbozaba una sonrisa dulce y elogiosa. Supongo que me creía enfrascada anotando todas aquellas fórmulas, no con vistas al examen, como las demás chicas, sino porque su presentación me fascinaba tanto que no podía evitarlo.

4

No sé por qué aquella afortunada evasión de la química me tuvo que venir a la cabeza justo allí, en el despacho de Jay Cee.

Mientras me hablaba, veía en todo momento al señor Manzi flotando en el aire detrás de la cabeza de Jay Cee, como salido de una chistera, con su bolita de madera en la mano y el tubo de ensayo que soltó una enorme nube de humo amarillo el día antes de las vacaciones de Pascua y olía a huevos podridos e hizo reír a todas las chicas y el señor Manzi.

Me dio pena el señor Manzi. Deseé ir arrastrándome de rodillas a pedirle perdón por ser tan embustera.

Jay Cee me pasó una pila de manuscritos de cuentos y me habló con mucha más amabilidad. Dediqué el resto de la mañana a leer los cuentos y a mecanografiar un informe valorándolos en las hojas rosas de comunicación interna y enviándolos al despacho de la editora de Betsy para que Betsy las leyera al día siguiente. Jay Cee me interrumpía de vez en cuando para darme algún dato práctico o contarme algún chisme.

Jay Cee iba a comer ese mediodía con dos escritores famosos, un hombre y una señora. El hombre acababa de vender seis cuentos al *New Yorker*, y otros seis a Jay Cee. Eso me sorprendió, porque no sabía que las revistas compraran relatos en lotes de seis, y me quedé pasmada pensando en la cantidad de dinero que podían dar seis cuentos. Jay Cee dijo que tendría que ser muy cauta en esa comida, porque la escritora también era autora de cuentos, pero nunca había publicado ninguno en el *New Yorker* y Jay Cee le había comprado solo uno en cinco años. Jay Cee tenía que halagar al escritor más famoso, procurando a la vez no herir a la escritora menos famosa.

Cuando los querubines del reloj de pared francés de Jay Cee movieron las alas y se llevaron los clarines dorados a los labios y tañeron diez notas, una después de la otra, Jay Cee me dijo que por ese día había trabajado bastante, y que me fuera a la visita y el banquete de *Ladies' Day* y al estreno de la película, y que nos veríamos a primera hora a la mañana siguiente.

Después se puso la americana del traje sobre la blusa lila, se colocó un sombrero con unas lilas artificiales en la coronilla, se empolvó la nariz y se ajustó las gruesas gafas. Estaba horrorosa, pero parecía muy sabia. Al salir del despacho me dio una palmada en el hombro con la mano lila enguantada.

–No dejes que la maldita ciudad te hunda.

Me quedé en silencio unos minutos en la silla giratoria y pensé en Jay Cee. Intenté imaginar cómo me sentiría en la piel de E. G., la famosa editora, en un despacho lleno de macetas con potos y violetas africanas que mi secretaria debería regar cada mañana. Deseé tener una madre como Jay Cee. Entonces sabría qué hacer.

Mi madre no era de gran ayuda. Daba clases de taquigrafía y mecanografía para mantenernos desde que mi padre había muerto, y en secreto odiaba ese trabajo y odiaba a mi padre por morirse sin dejarnos nada porque no se fiaba de los vendedores de seguros de vida. Siempre me iba detrás para que aprendiera taquigrafía al acabar la carrera, así tendría un oficio además de un título universitario. «Hasta los apóstoles eran tenderos –decía–. Tenían que vivir, igual que nosotros.»

Sumergí los dedos en el cuenco de agua tibia que una camarera de *Ladies' Day* me puso delante en lugar de los dos platos vacíos de helado. Luego me sequé los dedos uno por uno cuidadosamente con la servilleta de hilo, que aún estaba bastante limpia. Luego doblé la servilleta de hilo y me la puse entre los labios y apreté los labios con precisión sobre la tela. Cuando volví a poner la servilleta sobre la mesa, una marca de labios rosada floreció justo en medio como un corazón diminuto.

Pensé en qué lejos había llegado.

La primera vez que vi un aguamanil, fue en casa de mi benefactora. Era costumbre en mi universidad, me explicó la señora pecosa y menuda de la oficina de becas, escribir a tus patrocinadores, si aún vivían, y darles las gracias.

A mí me habían concedido la beca patrocinada por Philomena Guinea, una novelista rica que fue a mi universidad a principios de siglo y vio su primera novela convertida en una película muda protagonizada por Bette Davis, además de una serie radiofónica que aún se emitía, y resultó que estaba viva y vivía en una gran mansión no muy lejos del club de campo de mi abuelo.

Así que escribí a Philomena Guinea una larga carta en tinta negra como el carbón sobre papel gris con el membrete de la universidad estampado en relieve en rojo. Describí las hojas de los árboles en otoño cuando iba en bicicleta por las colinas, y le conté que era maravilloso vivir en un campus en lugar de viajar a diario en autobús a una facultad de la ciudad y tener que vivir en casa, y cómo todo el conocimiento se estaba abriendo ante mí y quizá algún día sería capaz de escribir grandes libros, igual que ella.

Había leído uno de los libros de la señora Guinea en la biblioteca municipal –por alguna razón, no los tenían en la biblioteca de la universidad– y estaba atestado de principio a fin de largas preguntas llenas de suspense: «¿Advertiría Evelyn que Gladys conocía a Roger del pasado?, se preguntaba Hector enfebrecido» y «¿Cómo podría Donald casarse con ella cuando supiera de la existencia de la niña, Elsie, escondida con la señora Rollmop en la remota granja en el campo?, interrogó Griselda a su almohada lóbrega, iluminada por la luna». Philomena Guinea, que más adelante me confesó que había sido un zoquete en la universidad, ganó con esos libros millones y millones de dólares.

La señora Guinea contestó a mi carta y me invitó a su casa a almorzar. Allí fue donde vi mi primer aguamanil.

En el agua flotaban unas pocas flores de cerezo, y pensé que debía de ser una especie de consomé japonés para la sobremesa y me lo tomé, con las florecitas frescas y todo. La señora Guinea no dijo nada, y solo mucho más adelante, cuando le hablé a una joven de sociedad que conocía en la universidad de aquella comida, me di cuenta de lo que había hecho.

Cuando salimos del soleado interior artificial de las oficinas de *Ladies' Day*, las calles estaban grises y vaporosas por la lluvia. No era una de esas lluvias benignas que te limpian, sino el tipo de lluvia que imagino que tienen en Brasil. Caía a plomo del cielo en goterones del tamaño de un platito de café, y golpeaba las aceras calientes con un siseo que levantaba nubes de vaho desde el cemento reluciente y oscuro.

La secreta esperanza de pasar la tarde a solas en Central Park murió en la batidora de vidrio de las puertas giratorias de *Ladies' Day*. Me encontré escupida fuera bajo la lluvia y luego empujada a la caverna oscura y palpitante de un taxi, junto con Betsy y Hilda y Emily Anna Offenbach, una chica menuda y remilgada con un moño pelirrojo y marido y tres hijos en Teaneck, Nueva Jersey.

La película era muy floja. La protagonizaban una chica rubia bonita que se parecía a June Allyson pero en realidad era otra, y una chica morena y sensual que se parecía a Elizabeth Taylor pero también era otra, y dos zopencos de espaldas anchas con nombres como Rick y Gil.

Era un romance estudiantil y era en tecnicolor.

Odio el tecnicolor. En una película en tecnicolor parece que todo el mundo se siente obligado a llevar un modelito nuevo en cada escena y posar como un perchero con un fondo de árboles muy verdes o trigo muy amarillo o un océano muy azul que se pierde hasta donde alcanza la vista.

La mayor parte de la acción de esa película transcurría en las gradas del campo de fútbol, desde donde las dos chicas saludaban y animaban con trajes elegantes y crisantemos naranjas grandes como coles prendidos en la solapa, o en un salón de baile, en el que las chicas se deslizaban por la pista con sus pretendientes y unos vestidos que parecían salidos de *Lo que el viento se llevó*, y luego se escabullían al tocador y se lanzaban comentarios venenosos.

Finalmente vi que la buena chica acabaría con el chico noble, el héroe del equipo, y que la chica sexy acabaría sola, porque el otro tipo, el tal Gil, desde el principio solo buscaba una amante y no una esposa, y ahora hacía el equipaje para marcharse a Europa con un billete de ida.

Más o menos en ese punto empecé a tener unas sensaciones peculiares. Me volví a mirar las hileras de cabecitas embelesadas, con el mismo resplandor plateado por delante y la misma sombra negra por detrás, y me parecieron ni más ni menos que un montón de lunáticos estúpidos.

Me entraron unas ganas terribles de vomitar. No sabía si era la espantosa película que me daba dolor de barriga o todo el caviar que había comido.

–Vuelvo al hotel –le susurré a Betsy en la penumbra.

Betsy miraba la pantalla con suma concentración.

–¿No te encuentras bien? –susurró, sin apenas mover los labios.

–No –dije–. Me encuentro fatal.

–Yo también, me voy contigo.

Nos deslizamos de las butacas y dijimos, «Perdón, perdón, perdón», hasta llegar al final de la fila, mientras la gente gruñía y chistaba y apartaba las botas de lluvia y los paraguas para dejarnos pasar, y pisé tantos pies como pude porque así me distraía de aquellas inmensas ganas de vomitar que se hinchaban ante mí tan rápido como un globo y me impedían ver más allá.

Caían aún restos de una lluvia tibia cuando salimos a la calle.

Betsy tenía un aspecto espantoso. El rubor había abandonado sus mejillas y su cara lívida flotaba ante mí, verde y sudorosa. Nos desplomamos en uno de esos taxis a cuadros amarillos y negros que siempre están esperando en la acera cuando intentas decidir si quieres un taxi, y cuando llegamos al hotel yo había vomitado una vez y Betsy otras dos.

El taxista tomaba las esquinas con tanto ímpetu que nos lanzaba primero hacia un lado del asiento trasero y luego hacia el otro. Cada vez que nos entraba una arcada, nos agachábamos hacia delante en silencio como si se recogiéramos del suelo algo que se nos había caído, y la otra tarareaba un poco y fingía mirar por la ventanilla.

Por lo visto el taxista se dio cuenta de lo que hacíamos, a pesar de todo.

–Eh –protestó, saltándose un semáforo que acababa de ponerse en rojo–. No podéis hacer eso en mi taxi, mejor que salgáis y lo hagáis en la calle.

Pero no dijimos nada, y supongo que calculó que casi habíamos llegado al hotel, así que no nos hizo salir hasta que aparcamos delante de la entrada principal.

No esperamos a saber cuánto costaba la carrera. Soltamos un puñado de monedas en la mano al taxista y tapamos el desastre del suelo con un par de kleenex, y entramos corriendo y nos subimos en el ascensor vacío. Por suerte para nosotras, a esa hora estaba todo tranquilo. Betsy vomitó de nuevo en el ascensor y le sostuve la cabeza, y luego vomité yo y me la sostuvo ella a mí.

Normalmente, después de una buena vomitona enseguida te sientes mejor. Nos abrazamos y nos despedimos antes de irnos a la habitación, cada una en una punta del pasillo. No hay nada como vomitar con alguien para sellar una amistad.

Pero en cuanto cerré la puerta y me desvestí y llegué a rastras a la cama, me sentí peor que nunca. Sentí que necesitaba ir al lavabo inmediatamente. Me puse como pude el albornoz blanco con el estampado de flores azules de aciano y llegué tambaleándome al cuarto de baño.

Betsy ya estaba allí. La oí gemir al otro lado de la puerta, así que me apresuré para llegar al cuarto de baño que había doblando la esquina. Creí morir, de tan lejos que estaba.

Me senté en la taza y asomé la cabeza por el borde del lavabo y pensé que echaba las tripas con la comida. Me recorrían arcadas de náusea. Después de cada ola se calmaba y me dejaba lánguida y temblando como una hoja mojada, y entonces volvía a subirme por dentro, y las relucientes baldosas blancas de la cámara de tortura que se cernía bajo mis pies y sobre mi cabeza y en las cuatro paredes me oprimían hasta hacerme pedazos.

No sé cuánto tiempo me pasé así. Abrí el grifo del lavabo y dejé correr el agua sin poner el tapón, para que si se acercaba alguien pensara que hacía la colada, y luego, cuando me sentí razonablemente a salvo, me estiré en el suelo y me quedé muy quieta.

Ya no parecía que fuera verano. Sentí que el invierno me sacudía los huesos y me hacía entrechocar los dientes, y noté bajo la cabeza la toalla blanca del hotel, que había arrastrado hasta allí, inerte como un montón de nieve.

Me pareció de muy mala educación que alguien aporrease la puerta del cuarto de baño como la estaban aporreando. Podía doblar la esquina y encontrar otro cuarto de baño, igual que había hecho yo, y dejarme en paz. Pero quienquiera que fuese seguía aporreando y pidiéndome que abriera. Entonces creí reconocer vagamente la voz. Sonaba un poco como la de Emily Ann Offenbach.

–Un momento –dije. Las palabras me salieron pastosas como la melaza.

Recobré la compostura y, poco a poco, me levanté y tiré de la cadena por décima vez y limpié la taza y enrollé la toalla para disimular un poco las manchas de vómito y abrí el cerrojo de la puerta y salí al pasillo.

Supe que sería fatídico mirar a Emily Ann o a quien fuese, así que fijé la vista en una ventana que oscilaba al fondo del pasillo y me concentré en caminar poniendo un pie, y luego el otro.

A continuación vi un zapato.

Era un zapato recio de cuero negro agrietado y bastante viejo, con un calado en la puntera y un lustre mate, y señalaba hacia mí. Parecía colocado sobre una superficie verde y dura que me estaba lastimando el pómulo derecho.

Me quedé muy quieta, esperando una pista que me indicara cómo debía reaccionar. A la izquierda del zapato vi un borroso haz de flores de aciano en una tierra blanca y me entraron ganas de llorar. Era la manga de mi albornoz lo que miraba, y mi mano izquierda asomaba de la manga, pálida como un bacalao.

–Ya ha vuelto en sí.

La voz procedía de una región fría, racional, muy por encima de mi cabeza. Por un momento no me pareció que hubiera nada extraño en ella, y luego pensé que era extraña. Era una voz de hombre, y en nuestro hotel no podían entrar hombres a ninguna hora del día o de la noche.

–¿Cuántas más hay? –continuó la voz.

Escuché con interés. El suelo parecía prodigiosamente sólido. Reconfortaba saber que había caído y que no pasaría de ahí.

–Once, creo –contestó una voz de mujer. Supuse que pertenecía al zapato negro–. Creo que hay once más, pero falta una, así que solo son diez.

–Bueno, lleve a esta a la cama, y yo me ocuparé del resto.

Noté un pum pum hueco en el oído, que poco a poco se hizo más débil. Entonces una puerta se abrió a lo lejos, y llegó un rumor de voces y gemidos, y la puerta se cerró otra vez.

Dos manos se deslizaron por debajo de mis axilas.

–Vamos, vamos, cielo, lo conseguiremos –dijo la voz de la mujer, y sentí que me incorporaba, y a mi lado empezaron a pasar puertas a cámara lenta, una tras otra, hasta que llegamos a una puerta abierta y entramos.

La sábana de mi cama estaba doblada, y la mujer me ayudó a acostarme y me arropó hasta la barbilla y descansó un momento en la butaca junto a la cabecera, abanicándose con una mano rolliza y sonrosada. Llevaba gafas con montura dorada y una cofia de enfermera.

–¿Quién es usted? –pregunté con un hilo de voz.

–Soy la enfermera del hotel.

–¿Qué me pasa?

–Intoxicada –dijo escuetamente–. Intoxicadas, todas las de vuestra pandilla. Nunca había visto nada igual. Vómitos por aquí, vómitos por allá, ¿de qué os habéis atiborrado, jovencitas?

–¿Las otras también se han puesto malas? –pregunté con un atisbo de esperanza.

–Toda la pandilla –dijo con fruición–. Malísimas y llamando a mamá a gritos.

La habitación flotaba suavemente a mi alrededor, como si las sillas y las mesas y las paredes aligeraran su peso compadeciéndose de mi súbita fragilidad.

–El médico te ha puesto una inyección –dijo la enfermera desde el vano de la puerta–. Ahora dormirás.

Y la puerta ocupó su lugar como una hoja de papel en blanco, y entonces una hoja más grande ocupó el lugar de la puerta, y vagué hacia ella y sonreí mientras me dormía.

Había alguien de pie junto a mi almohada con una taza blanca.

–Bébete esto –dijo.

Sacudí la cabeza. La almohada crujió como un montón de paja.

–Bébetelo y te sentirás mejor.

Me pusieron un tazón de porcelana blanca debajo de la nariz. A la pálida luz de lo que podía ser el anochecer o podía ser el alba, contemplé el líquido claro y ambarino. Cubitos de mantequilla flotaban en la superficie y un leve aroma a pollo me subió por la nariz.

Mis ojos se movieron tentativamente hacia la falda detrás de la taza.

–Betsy –murmuré.

–De Betsy, nada, soy yo.

Miré hacia arriba y vi la silueta de la cabeza de Doreen frente a la ventana, su pelo rubio iluminado en las puntas a contraluz como un halo de oro. La cara quedaba en la sombra, así que no pude distinguir su expresión, pero sentí que una especie de ternura experta emanaba de las yemas de sus dedos. Podría haber sido Betsy o mi madre o una enfermera con aroma a helechos.

Incliné la cabeza y tomé un sorbo del caldo. Sentí que tenía la boca hecha de arena. Tomé otro sorbo, y luego otro y otro hasta que la taza quedó vacía.

Me sentí purgada y santa y dispuesta para una nueva vida.

Doreen dejó la taza en la ventana y se sentó con cuidado en la butaca. Me fijé en que no hacía ademán de sacar un cigarrillo, y como fumaba uno detrás de otro, me sorprendió.

–Bueno, por poco te mueres –dijo por fin.

–Supongo que fue un empacho de caviar.

–¡De caviar, nada! Fue el cangrejo. Lo analizaron y estaba hasta los topes de tomaína.

Tuve una visión de las blancas cocinas celestiales de *Ladies' Day* extendiéndose hasta el infinito. Vi cómo rellenaban una tras otra las mitades de aguacate con cangrejo y mayonesa y las fotografiaban bajo luces brillantes. Vi la delicada carne con vetas rosadas de las pinzas asomando seductoramente a través de la capa de mayonesa y la pulpa amarilla con el borde verde caimán acunando toda aquella bazofia tóxica.

Veneno.

–¿Quién lo analizó?

Pensé que quizá el médico le había hecho un lavado de estómago a alguien y luego había analizado lo que encontró en su laboratorio del hotel.

–Esos carcamales de *Ladies' Day*. Cuando empezasteis a caer como moscas, alguien llamó a la oficina y desde la oficina llamaron a *Ladies' Day* y analizaron todo lo que quedaba de la comilona. ¡Ja!

–¡Ja! –repetí como un eco. Era estupendo volver a estar con Doreen.

–Han mandado regalos –añadió–. Están en una caja enorme en el pasillo.

–¿Cómo es que han llegado tan deprisa?

–Reparto especial urgente, ¿qué te crees? No se pueden permitir que vayáis por ahí contando que os intoxicaron en *Ladies' Day*. Podríais demandarlos y sacarles hasta el último penique, si conocierais a un abogado listo.

–¿Qué regalos son?

Empecé a pensar que si el regalo valía la pena, no me importaría el mal rato que había pasado, porque a resultas de eso me sentía muy pura.

–Nadie ha abierto la caja todavía, están todas planchadas. Se supone que tengo que llevar sopa a todo el mundo, porque soy la única que se tiene en pie, pero a ti te la he traído primero.

–Ve a ver cuál es el regalo –le supliqué. Entonces me acordé y añadí–: Yo también tengo un regalo para ti.

Doreen salió al pasillo. La oí rebuscar durante unos momentos y luego el ruido del papel al rasgarse. Finalmente volvió con un libro grueso, de cubierta satinada y llena de nombres de gente impresos.

–*Los treinta mejores cuentos del año.* –Dejó caer el libro en mi regazo–. Hay once más ahí fuera, en la caja. Supongo que pensaron que así tendríais algo para leer mientras estáis enfermas. –Hizo una pausa–. ¿Dónde está el mío?

Rebusqué en mi cartera y le di a Doreen el espejo con su nombre y las margaritas. Doreen me miró y yo la miré y nos echamos a reír.

–Tómate mi sopa, si quieres –dijo–. Por error han puesto doce tazones en la bandeja, pero Lenny y yo nos hemos atiborrado de perritos calientes mientras esperábamos a que parara de llover, así que no me entra ni un bocado más.

–Tráemela –dije–. Estoy muerta de hambre.

5

A las siete de la mañana siguiente sonó el teléfono.

Lentamente emergí de las profundidades de un sueño negro. Ya tenía un telegrama de Jay Cee pegado en el espejo, donde me decía que no hacía falta que fuera a trabajar y que me tomara el día de descanso para recuperarme del todo, y cuánto lamentaba lo del cangrejo en mal estado, así que no pude imaginar quién llamaba.

Alargué el brazo y acerqué el aparato a la almohada sosteniendo el micrófono sobre la clavícula y el auricular encima del hombro.

–¿Diga?

Oí la voz de un hombre.

–¿Hablo con la señorita Esther Greenwood? –Me pareció detectar un leve acento extranjero.

–La misma –dije.

–Soy Constantin Nosecuantos.

No entendí el apellido, pero estaba lleno de eses y kas. No conocía a ningún Constantin, pero no me atreví a decir nada.

Entonces me acordé de la señora Willard y su intérprete simultáneo.

–¡Claro, claro! –exclamé, incorporándome y agarrando el teléfono con ambas manos.

Nunca habría creído que la señora Willard me presentaría a un hombre llamado Constantin.

Yo coleccionaba hombres con nombres interesantes. Conocía ya a un Socrates. Era alto y feo e intelectual e hijo de un gran productor de cine griego en Hollywood, pero también católico, cosa que para nosotros fue un fiasco. Aparte de Socrates, conocí a un ruso blanco llamado Attila en la Escuela de Administración Empresarial de Boston.

Poco a poco me di cuenta de que Constantin intentaba concertar una cita conmigo para ese mismo día.

–¿Le gustaría ver las Naciones Unidas esta tarde?

–Ya veo las Naciones Unidas –dije, con una risita histérica.

Pareció desconcertado.

–Veo el edificio desde mi ventana. –Pensé que quizá mi inglés era un poco demasiado rápido para él.

Se hizo un silencio.

–Quizá después le apetezca tomar un bocado –dijo luego.

Detecté el vocabulario de la señora Willard y se me cayó el alma a los pies. La señora Willard siempre te invitaba a tomar un bocado. Recordé que ese hombre se había alojado en la casa de la señora Willard cuando llegó a América; la señora Willard participaba en uno de esos convenios en los que abres tus puertas a los extranjeros y luego cuando viajas fuera te abren las suyas.

De pronto vi claramente que la señora Willard simplemente había intercambiado su casa abierta en Rusia por mi bocado en Nueva York.

–Sí, me gustaría tomar un bocado –dije con frialdad–. ¿A qué hora vendrá?

–Pasaré a recogerla en mi coche a eso de las dos. Es el Amazon, ¿verdad?

–Sí.

–Ah, sé dónde está.

Por un momento creí detectar en su tono un doble sentido, pero después me figuré que probablemente algunas de las chicas del Amazon eran secretarias en Naciones Unidas y quizá en una época hubiera salido con una de ellas. Dejé que colgara primero, y luego colgué y me recosté de nuevo en los almohadones, desalentada.

Ya volvía a las andadas, fantaseando con un hombre que se enamoraría apasionadamente de mí a primera vista, y todo por unas tristes migajas. ¡Una visita de rigor a las Naciones Unidas rematada con un bocadillo!

Intenté levantarme la moral.

Seguro que el intérprete simultáneo de la señora Willard sería bajo y feo y acabaría por despreciarlo tanto como despreciaba a Buddy Willard. Pensar eso me dio cierta satisfacción. Porque despreciaba a Buddy Willard, y aunque todo el mundo seguía pensando que iba a casarme con él cuando saliera del sanatorio de tuberculosos, yo sabía que nunca me casaría con él aunque fuera el último hombre sobre la faz de la tierra.

Buddy Willard era un hipócrita.

Al principio yo no sabía que era un hipócrita, por supuesto. Pensaba que era el chico más maravilloso que había visto jamás. Me pasé cinco años adorándolo de lejos antes de que se dignara mirarme, y después llegó una época preciosa en la que seguí adorándolo y él empezó a fijarse en mí, y luego, justo cuando me prestaba cada vez más atención, descubrí casi sin querer que era un hipócrita redomado, y ahora quería casarse conmigo y yo no lo podía ni ver.

Lo peor de todo fue que me quedé con las ganas de decirle a la cara lo que pensaba de él, porque pilló la tuberculosis antes de que se me presentara la ocasión, y ahora tenía que seguirle la corriente hasta que se curara y pudiera encajar la verdad pura y dura.

Decidí no bajar a la cafetería a desayunar. Tendría que vestirme, ¿y para qué te vas a vestir si piensas pasarte la mañana en la cama? Podría haber llamado a recepción para pedir que me subieran la bandeja con el desayuno, supongo, pero entonces tendría que dar propina a quien me la subiera, y nunca sabía cuánta propina dar. Había vivido varias experiencias muy perturbadoras intentando dar propina en Nueva York.

Nada más llegar al Amazon, un tipo pequeñajo y calvo con uniforme de botones me cargó la maleta en el ascensor y me abrió la puerta de la habitación. Como es natural, al entrar fui directa hacia la ventana para contemplar la vista. Al cabo de un rato me di cuenta de que el botones abría los grifos del lavabo y decía:

–Este es el del agua caliente y este el de la fría.

Y luego encendía la radio y enumeraba todas las emisoras de Nueva York, y empecé a sentirme incómoda, así que me quedé dándole la espalda y dije con firmeza:

–Gracias por subirme la maleta.

–Gracias, gracias, gracias, ¡ja! –dijo en un tono insinuante, muy desagradable, y antes de que pudiera darme la vuelta para ver qué mosca le había picado, se había ido cerrando con un portazo.

Más adelante le hablé a Doreen de su curioso comportamiento y me dijo:

–Boba, ¡quería la propina!

Le pregunté cuánto debería haberle dado, y me dijo que un cuarto de dólar por lo menos, o treinta y cinco centavos si la maleta pesaba demasiado. A mí no me habría importado cargar la maleta hasta la habitación, ni mucho menos, pero el botones parecía tan deseoso de hacerlo que lo dejé. Creí que era un servicio incluido en el precio del hotel.

Detesto pagar a nadie por algo que puedo hacer yo misma, me exaspera.

Según Doreen había que dar el diez por ciento de propina, pero se ve que yo nunca llevaba suelto el dinero exacto, y me habría sentido tonta de remate dándole a alguien medio dólar para decirle: «Cóbrese de aquí quince centavos de propina y devuélvame treinta y cinco, por favor».

La primera vez que tomé un taxi en Nueva York le di al chófer diez centavos de propina. La carrera costaba un dólar, así que pensé que diez céntimos era perfecto, así que le di la moneda al chófer con un gesto elegante y una sonrisa. Pero él la sostuvo en la palma de la mano y mirándola fijamente, y cuando me bajé del taxi, confiando en no haberle dado una moneda canadiense por error, se puso a gritar:

–¡Señorita, yo tengo que vivir, igual que usted y que todo el mundo!

Me asusté tanto de las voces que pegaba que eché a correr. Por suerte estaba parado en un semáforo, o si no creo que me habría seguido con el coche dando aquellos gritos escandalosos.

Cuando le pregunté a Doreen, dijo que quizá el porcentaje de propina había aumentado del diez al quince por ciento desde la última vez que ella estuvo en Nueva York. Eso, o aquel taxista era un granuja de tomo y lomo.

Cogí el libro que había mandado la gente de *Ladies' Day*.

Al abrirlo, cayó una tarjeta. Delante aparecía un caniche sentado en una cesta, con una mañanita floreada y la cara triste, y en el interior de la tarjeta aparecía el caniche sonriente, tumbado en el cesto, durmiendo bajo una tela con letras bordadas que decía «Reposa, reposa, y estarás como una rosa». Abajo alguien había escrito «¡Que te recuperes muy pronto! Atentamente, tus amigos de *Ladies' Day*» con tinta violeta.

Me puse a hojear los cuentos, uno tras otro, hasta que finalmente llegué a un cuento sobre una higuera.

Era una higuera plantada en un prado verde entre la casa de un judío y un convento, y el judío y una monja hermosa y morena siempre se encontraban en el árbol para recoger los higos maduros, hasta que un día vieron un polluelo rompiendo el cascarón en un nido sobre la rama del árbol, y mientras observaban cómo el polluelo salía del huevo, sus manos se rozaron, y a partir de entonces la monja no volvió a salir a recoger higos con el judío, sino que iba una cocinera católica con cara de malas pulgas, y al terminar contaba los higos que el hombre se llevaba para asegurarse de que no recogiese más que ella, y el hombre se enfurecía.

Me pareció una historia preciosa, en especial el pasaje de la higuera en invierno bajo la nieve y luego el de la higuera en primavera con todos los frutos verdes. Me dio pena llegar a la última página. Deseé colarme entre aquellas líneas negras de letra impresa igual que te cuelas a través de una valla, y dormir bajo aquella higuera verde, grande y hermosa.

Sentí que Buddy Willard y yo éramos como aquel judío y aquella monja, aunque por descontado no éramos judíos ni católicos, sino unitarios. Nos habíamos encontrado bajo nuestra propia higuera imaginaria, y en lugar de ver un polluelo saliendo de un huevo vimos un bebé saliendo de una mujer, y después ocurrió algo espantoso y cada uno se fue por su camino.

Tumbada en mi cama blanca del hotel sintiéndome sola y frágil, pensé en Buddy Willard, tumbado aún más solo y frágil que yo en aquel sanatorio de las montañas de Adirondack, y me sentí una desalmada de la peor especie. En sus cartas Buddy siempre me contaba que leía poemas de un poeta que también era médico, y que había indagado sobre un escritor de cuentos ruso famoso y ya muerto que también había sido médico, así que tal vez los médicos y los escritores pudieran llevarse bien, después de todo.

Vaya, pues eso no tenía nada que ver con la cantinela que Buddy Willard había estado repitiendo durante los dos años enteros que pronto haría que nos conocíamos. Recuerdo el día que me sonrió y me dijo:

—¿Sabes lo que es un poema, Esther?

–No, ¿qué? –contesté.

–Un rastro de polvo.

Y pareció tan orgulloso de que se le hubiera ocurrido aquello que solo me quedé mirando su pelo rubio y sus ojos azules y sus dientes blancos (tenía unos dientes blancos muy largos, fuertes), y dije:

–Supongo que sí.

En pleno centro de Nueva York, un año entero después, se me ocurrió una respuesta oportuna.

Pasaba mucho tiempo enfrascada en conversaciones imaginarias con Buddy Willard. Era un par de años mayor que yo y muy científico, así que siempre podía demostrar las cosas. Cuando estaba con él, pasaba apuros para mantener la cabeza fuera del agua.

En esas conversaciones que recreaba en mi cabeza se solía repetir el principio de conversaciones que había tenido de verdad con Buddy, pero que terminaban cuando yo le daba una respuesta tajante en lugar de quedarme como un pasmarote diciendo «Supongo que sí».

Ahora, echada bocarriba en la cama, imaginé a Buddy diciendo: «¿Sabes lo que es un poema, Esther?».

«No, ¿qué?», le diría.

«Un rastro de polvo.»

Entonces, justo cuando sonriera y empezara a ponerse orgulloso, yo le diría: «Igual que los cadáveres que diseccionas. Igual que las personas a las que crees que estás curando. Son polvo, polvo al polvo. Supongo que un buen poema perdura mucho más que cien de esas personas juntas».

Y por supuesto Buddy no sabría qué contestar, porque era la verdad. La gente está hecha de polvo, nada más, y yo no entendía que curar a todo ese polvo tuviera que ser ni una pizca mejor que escribir poemas que la gente recordaría y se repetiría cuando se sintiera triste o enferma y no pudiera dormir.

El problema es que creía que todo lo que salía por boca de Buddy Willard era sagrado. Recuerdo la primera noche que me besó. Fue después del baile de graduación en Yale.

Buddy me había invitado a aquel baile.

Se presentó en mi casa de buenas a primeras durante unas vacaciones de Navidad, con un grueso jersey blanco de cuello alto y tan guapo que apenas podía dejar de mirarlo, y me dijo:

–Quizá me pase a verte por la universidad algún día, ¿vale?

Me quedé de una pieza. Solo veía a Buddy en la iglesia los domingos que volvíamos a casa de la universidad, y siempre de lejos, y no entendí qué se le había pasado por la cabeza para venir corriendo a verme; había corrido los tres kilómetros que separaban su casa de la mía para entrenar, dijo.

Claro que nuestras madres eran buenas amigas. Habían ido juntas a la escuela y luego las dos se casaron con sus profesores y se asentaron en la misma ciudad, pero Buddy siempre estaba fuera, en otoño se iba al internado donde estudiaba bachillerato con una beca o en verano a ganar dinero combatiendo el hongo del pino en Montana, así que en realidad poco importaba que nuestras madres hubiesen sido uña y carne en la infancia.

Después de esa visita repentina no supe nada de Buddy hasta una espléndida mañana de sábado a principios de marzo. Estaba arriba, en mi habitación del colegio universitario, estudiando sobre Pedro el Ermitaño y Gualterio el Indigente para el examen de historia de las Cruzadas del lunes siguiente cuando sonó el teléfono.

Por norma se supone que la gente hace turnos para contestar el teléfono del pasillo, pero como era la única alumna de primero en un piso donde todas eran de cuarto, casi siempre me tocaba a mí. Esperé a ver si alguien se me adelantaba. Entonces supuse que todo el mundo debía de estar fuera jugando al squash o de fin de semana, así que contesté.

–¿Eres tú, Esther? –dijo la chica de guardia desde el vestíbulo, y cuando dije que sí, me dijo–: Aquí hay un hombre que pregunta por ti.

Me sorprendió, porque de todos los chicos con los que había tenido una cita a ciegas ese año, ninguno me había vuelto a llamar para repetir. La suerte no me acompañaba. Detestaba bajar las escaleras todos los sábados por la noche, expectante y con las manos sudorosas, para que una de las mayores me presentara al hijo de la mejor amiga de su tía y encontrarme a un tipo pálido con cara de acelga y orejas de soplillo o dientes saltones o una pierna tullida. No creía merecerlo. A fin de cuentas yo no tenía ninguna tara, solo estudiaba demasiado y no sabía cuándo parar.

Me peiné, me retoqué el pintalabios y cogí mi libro de historia –para poder decir que iba a la biblioteca si resultaba ser alguien espantoso– y bajé, y allí estaba Buddy Willard, recostado en la consola del correo con una cazadora caqui y unos vaqueros azules y unas zapatillas raídas de lona gris, sonriéndome.

–Solo he pasado a saludar –dijo.

Me pareció raro que viniera desde Yale, y encima a dedo, como hizo para ahorrar dinero, solo a saludar.

–Hola –dije–. Salgamos a sentarnos en el porche.

Quería salir al porche porque la chica de guardia era una entrometida de cuarto que me observaba con curiosidad. Era obvio que creía que Buddy había cometido un gran error.

Nos sentamos uno al lado del otro en dos mecedoras de mimbre. La luz del sol era limpia y, como no había viento, casi cálida.

–No me puedo entretener más que unos minutos –dijo Buddy.

–Anda, quédate a almorzar –le dije.

–Qué va, no puedo. He venido para ir con Joan al baile de segundo.

Me sentí una idiota de campeonato.

–¿Cómo está Joan? –pregunté fríamente.

Joan Gilling era una chica de nuestro pueblo que iba a la misma iglesia que nosotros y un curso por delante del mío en la universidad. Era un peso pesado: delegada de la clase, especializada en física y campeona de hockey de la universidad. Siempre me incomodaba verla embobada con sus ojos grises como guijarros, sus dientes resplandecientes como una lápida y su voz jadeante. Y era grande como un caballo, encima. Empecé a pensar que Buddy tenía bastante mal gusto.

–¿Joan? –dijo–. Bueno, me invitó a este baile con dos meses de antelación y su madre le preguntó a la mía si podía acompañarla, así que ¿cómo iba a negarme?

–¿Y por qué aceptaste, si no querías? –pregunté con malicia.

–Joan me cae bien. No le importa si gastas mucho o poco con ella, y disfruta haciendo cosas al aire libre. La última vez que vino a Yale de fin de semana fuimos de excursión en bicicleta a East Rock, y es la única chica a la que no he tenido que empujar cuesta arriba. Joan es maja.

Me quedé fría de la envidia. Nunca había ido a Yale, y Yale era el sitio que todas las chicas mayores de mi residencia preferían para ir de fin de semana. Decidí no esperar nada de Buddy Willard. Si no esperas nada de alguien, no te decepciona.

–Pues mejor que vayas a buscar a Joan –dije con flema–. He quedado y van a pasar a recogerme de un momento a otro, y vale más que no me encuentren aquí contigo.

–¿Has quedado? –Buddy pareció sorprendido–. ¿Con quién?

–Son dos –dije–. Pedro el Ermitaño y Gualterio el Indigente.

Vi que Buddy no contestaba, así que aclaré:

–Es como los apodan.

Y luego añadí:

–Son de Dartmouth.

Supongo que Buddy no había leído mucho de historia, porque apretó los labios. Se levantó de un salto de la mecedora y por despecho le dio un empujón innecesario. Luego dejó caer en mi regazo un sobre azul claro con el emblema de Yale.

–Es una carta que pensaba dejarte si no te encontraba. Dentro hay una pregunta que me puedes contestar por correo. Ahora mismo no me apetece hablar.

Después de que Buddy se marchara, abrí el sobre. Era una carta para invitarme al baile de graduación de Yale.

Me quedé tan sorprendida que se me escaparon un par de chillidos y entré corriendo gritando: «¡Voy a ir, voy a ir, voy a ir!». Deslumbrada por la luz radiante del porche, dentro todo parecía oscuro y no veía ni torta. Sin darme cuenta abracé a la chica de guardia. Cuando se enteró de que iba al baile de graduación de Yale me trató con asombro y respeto.

Curiosamente, a partir de entonces las cosas cambiaron en la residencia. Las demás empezaron a hablar conmigo, y de vez en cuando alguna espontánea incluso contestaba al teléfono, y ya nadie despotricaba delante de mi puerta sobre esa gente que echa por la borda sus años dorados en la universidad con la nariz hundida en un libro.

Y total para que en el baile Buddy me tratara como a una amiga o una prima suya.

Bailamos a un kilómetro de distancia todo el rato, hasta que durante «Auld Lang Syne», de pronto, apoyó la barbilla en mi cabeza como si estuviera muy cansado. Después, con el viento frío y negro de las tres de la madrugada, volvimos andando muy despacio los ocho kilómetros hasta la casa en la que me alojaba, donde dormiría en un sofá del salón en el que apenas cabía, porque solo costaba cincuenta centavos la noche en lugar de dos dólares que pagabas en los demás sitios con camas como es debido.

Me sentía torpe y chafada y llena de ilusiones rotas.

Había imaginado que Buddy se enamoraría de mí ese fin de semana y que no tendría que preocuparme más de lo que haría los sábados por la noche el resto del año.

–Subamos al laboratorio de química –dijo Buddy justo antes de llegar a la casa donde me alojaba.

Me horroricé.

–¿Al laboratorio de química?

–Sí. –Buddy me dio la mano–. Hay una vista preciosa desde ahí arriba, detrás del laboratorio.

Y en efecto, había un sitio escarpado detrás del laboratorio desde el que se veían las luces de un par de las casas de New Haven.

Me quedé de pie fingiendo admirarlas mientras Buddy buscaba un claro donde sentarnos. Mientras me besaba mantuve los ojos abiertos e intenté memorizar el dibujo que trazaban las luces de las casas, para no olvidarlas nunca.

Finalmente Buddy se apartó.

–¡Uf! –dijo.

–Uf ¿qué? –dije, sorprendida.

Había sido un beso seco, poco inspirador, y recuerdo que pensé que era una pena que tuviéramos la boca tan áspera después de caminar ocho kilómetros con aquel viento frío.

–Uf, me parece increíble besarte.

Modestamente, no dije nada.

–Supongo que sales con muchos chicos –dijo entonces Buddy.

–Bueno, supongo que sí. –Pensé que debía de haber salido con un chico distinto cada semana del año.

–Ya, es que yo tengo que estudiar mucho.

–¡Y yo también! –me apresuré a decir–. No puedo perder la beca, desde luego.

–Aun así, creo que me las podría ingeniar para ir a verte cada tres semanas.

–Estupendo. –Me sentía a punto de desmayarme y muriéndome por volver a la universidad y contárselo a todo el mundo.

Buddy me besó otra vez al pie de la escalera, y al otoño siguiente, cuando recibió la beca para entrar en la facultad de medicina, fui a visitarlo allí en lugar de a Yale, y entonces descubrí cómo me había estado engañando durante todos aquellos años y lo hipócrita que era.

Lo descubrí el día que vimos nacer al bebé.

6

Había estado suplicándole a Buddy que me enseñara cosas del hospital interesantes de verdad, así que un viernes me salté todas las clases para ir a pasar un fin de semana largo y dejó para el arrastre.

Empecé poniéndome una bata blanca y sentándome en un taburete alto en una sala con cuatro cadáveres, mientras Buddy y sus amigos los troceaban. Esos cadáveres parecían tan poco humanos que no me dieron ningún repelús. Tenían la piel dura, correosa y morada, y olían como tarros de escabeche rancio.

A continuación, Buddy me llevó a un pasillo donde guardaban grandes frascos de vidrio con bebés que habían muerto antes de nacer. El bebé del primer frasco tenía una cabeza enorme y blanca inclinada sobre un cuerpecito encogido del tamaño de una rana. El bebé del siguiente frasco era más grande, y el bebé al lado de ese era más grande aún, y el bebé del último frasco era del tamaño de un bebé normal y parecía que me miraba y me sonreía como un cochinillo.

Me sentí orgullosa de contemplar con tanta calma todas aquellas cosas truculentas. La única vez que me sobresalté fue al apoyar un codo en el estómago del cadáver de Buddy para ver de cerca cómo diseccionaba un pulmón. Al cabo de un par de minutos noté un escozor en el codo y se me ocurrió que el cadáver quizá estuviera medio vivo, porque todavía parecía tibio, así que salté del taburete con un respingo. Buddy me explicó que el escozor se debía solo al líquido de embalsamar, y volví a sentarme en la misma posición de antes.

La hora antes del almuerzo Buddy me llevó a una clase sobre anemia falciforme y otras enfermedades deprimentes, donde sacaban al estrado a pacientes en una silla de ruedas y les hacían preguntas y luego se los llevaban y mostraban diapositivas en color.

Recuerdo una diapositiva en la que aparecía una chica preciosa y risueña, con un lunar negro en la mejilla.

–Veinte días después de que apareciera ese lunar, la chica estaba muerta –dijo el médico, y todo el mundo guardó silencio unos instantes y entonces sonó la campana, así que nunca llegué a saber qué era aquel lunar o de qué murió la chica.

Por la tarde fuimos a ver cómo nacía un bebé.

Primero encontramos un armario en el pasillo del hospital de donde Buddy sacó una mascarilla blanca que me tuve que poner y un poco de venda.

Un estudiante de medicina alto y gordo, grande como Sidney Greenstreet, andaba cerca, observando cómo Buddy me enrollaba la cabeza con vueltas y vueltas de venda hasta que me cubrió todo el pelo y solo me asomaron los ojos por encima de la mascarilla blanca.

El estudiante soltó un bufido de desdén.

–Al menos tu madre te quiere –dijo.

Me había quedado tan absorta pensando en lo gordo que estaba, y en la desgracia que debía de ser para un hombre estar así de gordo, y más un hombre joven, porque qué mujer iba a querer hundirse en esa enorme barriga para besarlo, que tardé en comprender que lo que me había dicho era un insulto. Cuando llegué a la conclusión de que debía de creerse el no va más y se me ocurrió pegarle un corte diciéndole que a un gordo solo lo quiere su madre, ya se había ido.

Buddy estaba examinando una extraña placa de madera en la pared con una hilera de agujeros, que empezaba con un agujero más o menos del tamaño de un dólar de plata y acababa con uno del tamaño de un plato llano.

–Estupendo, estupendo –me dijo–. Hay alguien a punto de dar a luz.

En la puerta de la sala de partos había un estudiante flacucho y cargado de hombros al que Buddy conocía.

–Hola, Will –dijo Buddy–. ¿Quién hará la faena?

–Yo –dijo Will apesadumbrado, y me fijé en las gotitas de sudor que le cubrían la frente pálida y las entradas–. Yo, y es la primera vez.

Buddy me contó que Will estaba en tercero y tenía que traer al mundo a ocho bebés para poder licenciarse.

Se oyó jaleo al final del pasillo y varios hombres con batas verdes y gorros y algunas enfermeras vinieron hacia nosotros en tropel empujando una camilla con un gran bulto blanco encima.

–No deberías ver esto –me murmuró Will al oído–. Si lo ves, nunca querrás tener un bebé. No deberían permitir que las mujeres lo vieran. Será el fin de la raza humana.

Buddy y yo nos reímos, y luego Buddy le estrechó la mano a Will y entramos todos en la sala.

Me dio tanta impresión ver la mesa en la que tendían a la mujer que no dije una palabra. Parecía un espantoso potro de tortura, con aquellos estribos metálicos atravesando el aire en un lado y toda clase de instrumentos y cables y tubos que no acertaba a distinguir en el otro.

Buddy y yo nos quedamos de pie al lado de la ventana, a unos pasos de la mujer, desde donde había una vista perfecta.

La barriga de la mujer abultaba tanto que me impedía completamente verle la cara o el torso. Parecía no tener nada más que una enorme panza, como la de una araña, con dos patitas flacas apuntaladas en los altos estribos, y mientras el bebé nacía la madre no dejó en ningún momento de dar alaridos inhumanos.

Después Buddy me contó que estaba bajo los efectos de una droga que la haría olvidar que había sufrido ningún dolor, y que cuando maldecía y gemía en realidad no se enteraba de nada, porque estaba en una especie de sueño crepuscular.

Pensé que sonaba exactamente a la clase de droga que inventaría un hombre. Ahí estaba una mujer sufriendo dolores terribles, que obviamente sentía en todo momento o de lo contrario no habría gemido así, y luego volvería directa a casa y empezaría a buscar otro bebé, porque la droga la haría olvidar todo lo que había sufrido, cuando en un rincón secreto dentro de ella ese pasadizo largo y ciego de dolor sin puertas ni ventanas aguardaba siempre para abrirse y atraparla de nuevo.

–Empuje, señora Tomolillo, empuje, así, buena chica, empuje –le repetía a la mujer el médico responsable, que supervisaba a Will.

Hasta que al fin, a través del hueco rasurado entre sus piernas, amarillento por el desinfectante, vi aparecer una masa oscura y peluda.

–La cabeza del bebé –me susurró Buddy, encubriéndose con los gemidos de la mujer.

Pero por lo visto la cabeza del bebé se atascó, y el médico le dijo a Will que tendría que hacer un corte. Oí que las tijeras rasgaban la piel de la mujer como una tela, y empezó a chorrear sangre de un rojo feroz, brillante. Acto seguido me pareció ver que el bebé saltaba a las manos de Will, morado como una ciruela y embadurnado de una sustancia blanca y con rastros de sangre.

–Se me va a caer, se me va a caer, se me va a caer –repetía Will aterrorizado.

–No, no se le va a caer –dijo el médico, y le quitó a Will el bebé de las manos y empezó a masajearlo, y el color morado se desvaneció y el bebé rompió en un llanto desamparado y ronco, y vi que era un niño.

Lo primero que hizo el bebé fue mearse en la cara del médico. Después le confesé a Buddy que no entendía cómo podía ser, pero me dijo que a veces ocurría, aunque era insólito.

En cuanto nació el bebé, la gente de la sala se dividió en dos grupos: las enfermeras anudaron una cinta con una chapa metálica en la muñeca del bebé y le limpiaron los ojos con un bastoncito de algodón, antes de taparlo y colocarlo en un moisés de lona, mientras el médico y Will empezaban a coserle el corte a la mujer con una aguja y una larga hebra de hilo.

Creo que alguien dijo: «Es un niño, señora Tomolillo», pero la mujer no contestó ni levantó la cabeza.

–Bueno, ¿qué te ha parecido? –preguntó Buddy con una expresión satisfecha mientras atravesábamos el patio de césped al volver a su habitación.

–Maravilloso –dije–. No me cansaría de ver estas cosas todos los días.

No me atreví a preguntarle si había otras maneras de tener bebés. Por alguna razón me parecía que lo más importante en realidad era ver que el bebé salía de ti y asegurarte de que era tuyo. Pensé que si había que sufrir tanto de todos modos, valía la pena mantenerte despierta.

Siempre había imaginado que me incorporaría sobre los codos en la mesa de partos, una vez que todo acabara, blanca como una muerta y sin maquillaje, por supuesto, después del espantoso trance, pero sonriente y radiante, con el pelo suelto hasta la cintura, y que tendería los brazos hacia la criatura resbaladiza que acababa de traer al mundo y diría su nombre, cualquiera que fuese.

–¿Por qué estaba todo cubierto de harina? –pregunté entonces, para mantener viva la conversación, y Buddy me habló de la sustancia viscosa que protegía la piel del bebé.

Cuando regresamos a la habitación de Buddy, que me recordaba más que nada a la celda de un monje, con las paredes desnudas y la cama desnuda y el suelo desnudo y el escritorio cargado con la *Anatomía* de Gray y otros tochos truculentos, Buddy encendió una vela y descorchó una botella de Dubonnet. Entonces nos tumbamos en la cama uno al lado del otro, y mientras Buddy tomaba sorbos de vino le leí en voz alta «en un lugar al que nunca he viajado» y otros poemas de un libro que me había llevado.

Buddy decía que la poesía debía de tener algo si una chica como yo le dedicaba tantas horas, así que cada vez que quedábamos le leía algunos poemas y le explicaba lo que encontraba en ellos. Fue una idea de Buddy. Siempre organizaba nuestros fines de semana para que nunca lamentáramos perder el tiempo. El padre de Buddy era maestro, y creo que Buddy también habría podido ser maestro, siempre intentaba explicarme las cosas y abrirme nuevos horizontes.

–Esther –me dijo de pronto, cuando acabé un poema–: ¿Alguna vez has visto a un hombre?

Por cómo lo dijo, supe que no se refería a un hombre cualquiera o a un hombre en general, sino a un hombre desnudo.

–No –contesté–. Estatuas, nada más.

–Bueno, ¿y no te gustaría verme a mí?

No supe qué decir. Mi madre y mi abuela habían empezado a lanzarme muchas indirectas últimamente del chico tan bueno y virtuoso que era Buddy, viniendo de una familia tan buena y virtuosa, y que en la iglesia todos lo consideraban una persona ejemplar, tan cariñoso con sus padres y los mayores, además de atlético y apuesto e inteligente.

Tan solo oía hablar, en realidad, de qué bueno y virtuoso era Buddy y de que era la clase de muchacho al que debía aspirar una chica buena y virtuosa. Así que juro que no veía ninguna maldad en nada que viniera de Buddy.

–No sé, supongo que sí –dije.

Miré a Buddy mientras se bajaba la cremallera de los pantalones de pinzas y se los quitaba y los dejaba encima de una silla, y después se quitaba los calzoncillos, que estaban hechos de algo parecido a una malla de nailon.

–Son frescos, y mi madre dice que son fáciles de lavar –me explicó.

Luego se plantó delante de mí y seguí mirándolo. No pude pensar en nada más que en el cuello y las barbas de un pavo, y me llevé una desilusión.

Buddy pareció dolido por que no dijera nada.

–Creo que deberías acostumbrarte a mí así –dijo–. Ahora, deja que yo te vea.

Desvestirme delante de Buddy de pronto se me antojó como hacerme la fotografía postural en la universidad, donde has de plantarte desnuda delante de una cámara sabiendo que habrá una fotografía tuya en cueros, de frente y de perfil, en el archivo del gimnasio calificada como A, B, C o D según lo recta que estés.

–Bah, en otro momento –dije.

–De acuerdo. –Buddy volvió a vestirse.

Después nos besamos y nos quedamos abrazados y me animé un poco. Me bebí el resto del Dubbonet, me senté con las piernas cruzadas en el borde de la cama de Buddy y le pedí un peine. Empecé a peinarme echándome el pelo hacia delante para que no me viera la cara.

–¿Alguna vez has tenido una aventura con alguien, Buddy? –le pregunté de pronto.

No sé por qué lo dije, las palabras salieron de mi boca sin previo aviso. Nunca había pensado ni por asomo que Buddy Willard hubiese tenido una aventura. Esperaba que dijera: «No, me he estado reservando para cuando me case con una chica pura y virgen como tú».

Pero Buddy no dijo nada, solo se puso colorado.

–¿Y bien?

–¿Qué quieres decir, una aventura? –preguntó entonces Buddy con voz ahogada.

–Ya sabes, ¿te has acostado con alguien?

Seguía pasándome el peine rítmicamente por el mismo lado para que Buddy no me viera la cara, y sentía cómo los filamentos electrizados se pegaban a mis mejillas calientes y quería gritar «¡Basta, basta, no me lo cuentes, no digas nada!», pero no lo hice, me quedé callada.

–Bueno, pues sí –dijo Buddy por fin.

Casi me caigo redonda. Desde la primera noche en que Buddy Willard me besó y me dijo que yo debía de salir con un montón de chicos, hizo que me creyera mucho más sexy y experimentada que él, y que todos los besos y abrazos y caricias que me daba le salían de dentro, no podía contenerse aunque no supiera de qué iba el asunto.

De pronto vi que durante todo ese tiempo se había hecho el inocente conmigo.

–Cuéntame. –Seguí peinándome despacio, notando que las púas del peine se me clavaban en la mejilla con cada pasada–. ¿Con quién fue?

Buddy pareció aliviado de que no me enfadara. Incluso pareció aliviado de tener a alguien a quien contarle cómo lo sedujeron.

Porque naturalmente lo habían seducido, Buddy no había empezado y en realidad no tenía la culpa. Fue aquella camarera en el hotel de Cape Cod donde trabajó de lavaplatos el verano anterior. Buddy se había fijado en cómo lo miraba y le restregaba los pechos en el ajetreo de la cocina, así que al final un día le preguntó qué era lo que quería y ella lo miró a los ojos y le dijo:

–Te quiero a ti.

–¿Servido con perejil? –había bromeado Buddy ingenuamente.

–No –repuso ella–. Una de estas noches.

Y así fue como Buddy perdió su pureza y su virginidad.

Al principio pensé que se habría acostado con la camarera una sola vez, pero cuando le pregunté cuántas fueron, solo para asegurarme, dijo que no se acordaba, pero un par de veces por semana el resto del verano. Multipliqué tres por diez y me dieron treinta, que parecía más allá de cualquier excusa razonable.

A partir de entonces, algo se heló dentro de mí.

De vuelta en la universidad me puse a preguntar a una chica de cuarto por aquí y otra por allá qué harían si un chico al que conocían confesara de pronto que se había acostado treinta veces con una camarera golfa durante un verano, cuando ya salían juntos. Pero todas me dijeron que la mayoría de los chicos eran así y que, sinceramente, no podías acusarlos de nada hasta que fueras en serio o te comprometieras para casarte.

En realidad, no era la idea de que Buddy se acostara con alguien lo que me molestaba. Quiero decir que había leído historias de toda clase de personas que se acostaban unas con otras, y si hubiese sido cualquier otro chico me habría limitado a preguntarle los detalles más interesantes, y quizá habría salido y me habría acostado también con alguien para igualar las cosas, y luego no le habría dado más vueltas.

Lo que no podía soportar era que Buddy me hubiera hecho creer que yo era tan sexy y él tan puro, cuando el muy farsante se había liado con aquella camarera fulana y debía de sentir que se reía en mi cara.

–¿Y qué opina tu madre de esa camarera? –le pregunté a Buddy aquel fin de semana.

Buddy estaba increíblemente unido a su madre. Siempre repetía las frases que ella decía sobre la relación entre un hombre y una mujer, y yo sabía que la señora Willard creía con fanatismo en la virginidad, tanto de los hombres como de las mujeres. La primera vez que fui a cenar a su casa me echó una mirada rara, taimada y escrutadora, y supe que intentaba descubrir si era virgen o no.

Tal y como imaginaba, Buddy se avergonzó.

–Mi madre me preguntó por Gladys –reconoció.

–Bueno, ¿y qué le dijiste?

–Dije que Gladys era libre, blanca y mayor de edad.

Ahí supe que Buddy nunca le hablaría de mí a su madre con tanto descaro. Siempre me contaba que su madre decía: «Un hombre busca una compañera, y una mujer busca seguridad infinita», o «Un hombre es una flecha hacia el futuro y una mujer es el lugar desde donde se dispara esa flecha», hasta que me hartaba.

Cada vez que intentaba discutir, Buddy aseguraba que su madre aún disfrutaba con su padre, y que eso era maravilloso para alguien de su edad, así que ella debía de saber lo que se decía.

Bueno, pues acababa de decidirme a romper con Buddy de una vez por todas, no porque se hubiera acostado con aquella camarera sino porque no había tenido las agallas de admitirlo sin tapujos y dar la cara asumiendo que era parte de su carácter, cuando sonó el teléfono del pasillo y alguien me llamó con un sonsonete sabihondo.

–Es para ti, Esther, de Boston.

Inmediatamente deduje que pasaba algo, porque Buddy era la única persona que conocía en Boston, y nunca hacía llamadas de larga distancia porque era mucho más caro que hablar por carta. Una vez, para hacerme llegar un mensaje cuanto antes, se plantó en la salida de la facultad de medicina a preguntar quién iba en coche a mi universidad ese fin de semana, y claro, al final encontró a alguien, y le dio una nota para mí y la recibí ese mismo día. Se ahorró hasta el sello.

Era Buddy, en efecto. Me contó que en la radiografía del pecho que le hacían cada año en otoño le habían detectado tuberculosis, y que se iba con una beca para estudiantes de medicina que pillaban tuberculosis a un sanatorio en las montañas de Adirondack. Después me dijo que no le había escrito desde el fin de semana anterior y esperaba que no hubiera ningún problema entre nosotros, pero por favor ¿procuraría escribirle al menos una vez por semana e ir a visitarlo en las vacaciones de Navidad?

Nunca había oído a Buddy tan disgustado. Siempre presumía de su salud de hierro, y cuando se me tapaba la nariz y no podía respirar, me decía que era psicosomático. Me parecía una actitud curiosa viniendo de un futuro médico y que tal vez le convenía más estudiar para psiquiatra, aunque desde luego nunca me atreví a decírselo.

Traté de consolar a Buddy por lo de la tuberculosis y prometí escribirle, pero cuando colgué no sentí ninguna pena. Solo sentí un alivio increíble.

Pensé que la tuberculosis quizá fuera un castigo por llevar la doble vida que Buddy llevaba y por creerse tan superior a los demás. Y pensé que me venía de perlas no tener que anunciar a los cuatro vientos en la universidad que había roto con Buddy y empezar de nuevo con esa lata de las citas a ciegas.

Le conté a todo el mundo que Buddy tenía tuberculosis y que estábamos prácticamente comprometidos, y cuando me quedaba los sábados por la noche a estudiar todos eran de lo más cariñosos conmigo porque me creían muy valiente, trabajando como trabajaba solo para ocultar que tenía roto el corazón.

7

Constantin era demasiado bajo para mí, sin duda, aunque atractivo a su manera, con un pelo castaño claro y ojos azules oscuros y una expresión alegre, desafiante. Podría haber pasado por americano, tan moreno y con tan buena dentadura, pero enseguida me di cuenta de que no lo era. Tenía eso que nunca he visto en ningún hombre americano: intuición.

Desde el principio Constantin adivinó que yo no era ninguna protegida de la señora Willard. Enarqué una ceja aquí y dejé caer una risita seca allá, y pronto los dos estábamos despellejándola, y pensé: «A este Constantin no le importará si soy demasiado alta y no sé bastantes idiomas y no he estado en Europa, sabrá ver cómo soy en realidad más allá de esas historias».

Constantin me llevó a las Naciones Unidas en su viejo descapotable verde, con los asientos agrietados y cómodos de cuero marrón y la capota abierta. Me contó que estaba moreno de jugar al tenis, y mientras volábamos por las calles a pleno sol me dio la mano, y me sentí más feliz de lo que había sido desde los nueve años, cuando corría por las playas de arena blanca y caliente con mi padre el verano antes de que muriera.

Y mientras Constantin y yo estábamos sentados en uno de aquellos auditorios silenciosos enmoquetados de las Naciones Unidas, al lado de una joven rusa seria y musculosa sin maquillaje que era intérprete simultánea como Constantin, me extrañó no haber pensado nunca antes que solo había conocido la felicidad pura hasta los nueve años.

Después –a pesar de las excursiones con las girl scouts y las clases de piano y las clases de acuarela y las clases de baile y los campamentos de vela, que tantos sacrificios le costaban a mi madre, y a pesar de la universidad, saliendo a remar en la bruma antes de desayunar o con las tartas de chocolate o las cascadas de nuevas ideas que estallaban cada día– nunca había vuelto a ser feliz de verdad.

Miré a la joven rusa con su traje de chaqueta gris cruzado ensartando una expresión tras otra en su lengua inescrutable, que según Constantin era lo más difícil, porque las expresiones en ruso no son las nuestras, y deseé con todo mi corazón meterme en su piel y pasarme el resto de la vida soltando expresiones de carrerilla. Quizá no me hiciera más feliz, pero sería una manera eficaz de poner mi granito de arena.

Entonces pareció que Constantin y la intérprete rusa y toda la tropa de hombres negros y blancos y amarillos que debatían allí abajo tras los micrófonos con sus respectivos rótulos se alejaran poco a poco. Vi que sus bocas se abrían y se cerraban sin articular ningún sonido, como si zarparan sentados en la cubierta de un barco, abandonándome a mi suerte en medio de un silencio inmenso.

Me puse a enumerar todas las cosas que no sabía hacer.

Empecé con la cocina.

Mi abuela y mi madre eran tan buenas cocineras que las dejaba encargarse de todo. Siempre intentaban enseñarme a preparar tal o cual plato, pero yo solo miraba y decía, «Sí, sí, ya veo», mientras las instrucciones me resbalaban de la cabeza como el agua, y después siempre estropeaba adrede la receta y así nadie me pedía que la hiciera otra vez.

Recuerdo que Jody, mi mejor y única amiga en el primer año de la universidad, me preparó unos huevos revueltos en su casa una mañana. Tenían un sabor curioso, y cuando le pregunté si había puesto algún ingrediente nuevo, me dijo que llevaban queso y sal de ajo. Le pregunté quién le había dado el truco, y dijo que nadie, que se le acababa de ocurrir. Aunque claro, Jody era práctica y estudiaba sociología.

Tampoco sabía taquigrafía.

Eso significaba que al acabar los estudios no conseguiría un buen puesto de trabajo. Mi madre no se cansaba de repetirme que nadie quería a una simple licenciada en letras. En cambio, una licenciada en letras que supiera taquigrafía ya era otra cosa. Se la rifarían. Estaría muy solicitada entre los jóvenes ejecutivos con futuro y transcribiría cartas, a cual más apasionante.

El problema era que odiaba la idea de servir a los hombres, en todos los sentidos. Quería dictar mis propias cartas apasionantes. Además, aquellos simbolitos de taquigrafía del libro que me enseñaba mi madre me parecían tan odiosos como suponer que *t* es igual a tiempo y *d* es igual a distancia total.

La lista iba creciendo.

Era una pésima bailarina. No podía seguir una melodía. No tenía sentido del equilibrio, y cuando nos hacían caminar por una barra con los brazos en cruz y un libro encima de la cabeza en la clase de gimnasia, siempre me caía. No sabía montar a caballo ni esquiar, las dos cosas que más deseaba, porque eran aficiones demasiado caras. No hablaba alemán ni leía hebreo ni escribía chino. Ni siquiera habría sabido situar en un mapa la mayoría de los países remotos a los que representaban los hombres de las Naciones Unidas que tenía delante.

Por primera vez en mi vida, sentada en el corazón insonorizado de las Naciones Unidas entre Constantin, que sabía jugar al tenis tan bien como hacía de intérprete simultáneo, y la chica rusa, que sabía tantas expresiones, me sentí tremendamente inepta. El problema era que siempre había sido una inepta, solo que no me había parado a pensarlo.

La única cosa que se me daba bien era conseguir becas y premios, y esa época estaba tocando a su fin.

Me sentí como un caballo de carreras en un mundo sin hipódromos, o como un campeón de fútbol universitario plantando cara de pronto a Wall Street y un traje de ejecutivo, viendo sus días de gloria reducidos a una pequeña copa de oro sobre la repisa, con una fecha grabada como la fecha en una lápida.

Vi la vida ramificándose ante mí igual que la higuera verde del cuento.

De la punta de cada rama, como un suculento higo morado, un futuro maravilloso me atraía y me tentaba. Un higo era un marido y un hogar feliz y niños, y otro higo era una poeta famosa, y otro higo una profesora brillante, y otro higo era E.G., la fantástica editora, y otro higo era Europa y África y Sudamérica, y otro higo era Constantin y Socrates y Attila y un pelotón de otros amantes con nombres curiosos y profesiones estrafalarias, y otro higo era una campeona olímpica de remo, y más allá y por encima de esos higos había muchos más que no acertaba a distinguir.

Me vi sentada en la horcadura de esa higuera, muriendo de hambre solo porque no podía decidir cuál de los higos deseaba. Los quería todos, pero elegir uno significaba perder los demás, y mientras permanecía allí sentada, incapaz de decidirme, los higos empezaban a arrugarse y a ponerse negros, y uno por uno caían en el suelo a mis pies.

El restaurante de Constantin olía a hierbas aromáticas y especias y crema agria. En todo el tiempo que llevaba en Nueva York nunca había encontrado un restaurante así. Solo encontraba esos sitios donde sirven esas Hamburguesas Divinas gigantescas y sopa del día y cuatro clases de pasteles sofisticados en un mostrador muy limpio frente a un largo espejo resplandeciente.

Para llegar a ese restaurante tuvimos que bajar siete escalones apenas iluminados que conducían a una especie de sótano.

Carteles de lugares exóticos empapelaban las paredes oscuras por el humo, como otros tantos ventanales desde los que se veían lagos suizos y montañas japonesas y mesetas africanas, y unas gruesas botellas con velas que parecían haber derramado durante siglos hilos de cera roja y azul y verde en un espléndido encaje tridimensional arrojaban un halo de luz alrededor de cada mesa donde los rostros flotaban, enrojecidos y flamígeros.

No sé qué comí, pero me sentí inmensamente mejor después del primer bocado. Se me ocurrió que la visión de la higuera y de todos los higos suculentos que se marchitaban y caían sobre la tierra tal vez había surgido de las profundidades de un estómago vacío.

Constantin no paraba de llenar nuestras copas con un vino griego dulce, que sabía a corteza de pino, y cuando me di cuenta estaba contándole que iba a aprender alemán y que viajaría a Europa y sería corresponsal de guerra como Maggie Higgins.

Me sentía tan estupendamente que cuando llegamos al yogur con confitura de fresa decidí que dejaría que Constantin me sedujera.

Desde que Buddy Willard me contó lo de aquella camarera había estado pensando que debía salir y acostarme también con alguien. Acostarme con Buddy no contaría, claro, porque seguiría llevándome ventaja, así que tendría que ser con otro.

El único chico con el que me planteé irme a la cama era un sureño de Yale, amargado y con nariz aguileña, que vino a la universidad un fin de semana y se enteró de que la chica con la que salía se había fugado con un taxista el día antes. Como la chica vivía en mi residencia, y casualmente yo era la única que estaba en casa esa noche en concreto, me tocó animarlo.

En la cafetería del barrio, encogidos en uno de los reservados con respaldos altos y cientos de nombres grabados en la madera, tomamos una taza de café tras otra y hablamos sin tapujos de sexo.

Ese chico –se llamaba Eric– dijo que le parecía asqueroso que todas las chicas de mi universidad se pusieran en el porche justo debajo de la luz, o a plena vista entre los setos, a pegarse el lote como locas antes del toque de queda de la una, donde cualquiera que pasaba podía verlas. Un millón de años de evolución, dijo Eric amargamente, ¿y qué somos? Animales.

Entonces Eric me contó cómo había sido su primera vez con una mujer.

Iba a un internado del sur especializado en forjar caballeros versátiles, y cuando te graduabas era una regla tácita que tenías que haber conocido a una mujer. Conocer en el sentido bíblico, dijo Eric.

Así que un sábado Eric y varios compañeros de clase se fueron en autocar a la ciudad más próxima y visitaron una célebre casa de putas. La puta que estuvo con Eric ni siquiera se quitó el vestido. Era una mujer de mediana edad, gorda, pelirroja de bote y con unos labios sospechosamente gruesos y una piel parduzca, como de rata, y no quiso apagar la luz, así que la tenía bajo una bombilla de veinticinco vatios con salpicaduras de mosca, y no fue para nada el jolgorio que se suponía. Fue tan aburrido como ir al lavabo.

Yo le dije que tal vez si amabas a una mujer no parecería tan aburrido, pero Eric dijo que todo se estropearía al pensar que esa mujer era tan solo un animal igual que el resto, así que si amara a alguien nunca se iría a la cama con ella. Iría con una puta si tenía necesidad, y mantendría a la mujer que amara al margen de esa inmundicia.

En ese momento se me pasó por la cabeza que quizá Eric podía ser un buen candidato para irme a la cama, porque ya lo había hecho y, a diferencia de los chicos que corrían por ahí, no parecía malpensado o ridículo cuando hablaba del tema. Pero entonces Eric me escribió una carta diciendo que creía que podría amarme de verdad, porque me veía inteligente y cínica y aun así tenía cara de ángel, era increíble cómo me parecía a su hermana mayor; de modo que supe que no había nada que hacer, nunca se iría a la cama con una chica como yo, y le contesté que por desgracia estaba a punto de casarme con un amor de la infancia.

Cuantas más vueltas le daba, más me gustaba la idea de que me sedujera un intérprete simultáneo en Nueva York. Constantin parecía maduro y considerado en todos los sentidos. No había ningún conocido con quien luego quisiera ir fanfarroneando, como fanfarroneaban los chicos de acostarse con chicas en el asiento trasero de un coche delante de sus compañeros de cuarto o del equipo de baloncesto en la universidad. Y me encantaba la ironía de acostarme con un hombre que me había presentado la señora Willard, como si la culpa, siguiendo un camino tortuoso, fuese suya.

Cuando Constantin me preguntó si quería subir a su apartamento a escuchar algunos discos de balalaika, sonreí para mis adentros. Mi madre siempre me había advertido que nunca, bajo ninguna circunstancia, fuese con un hombre a sus habitaciones después de una velada juntos: solo podía significar una cosa.

–Me encanta la música de la balalaika.

La habitación de Constantin tenía un balcón, y el balcón miraba al río, y se oían las sirenas de los remolcadores en la oscuridad. Me sentí conmovida y tierna y completamente segura de lo que iba a hacer.

Sabía que así me podía ver con un bebé a cuestas, pero era una idea vaga y remota y no me inquietó lo más mínimo. No existía un método seguro al cien por cien para no concebir un bebé, según leí en un artículo que mi madre recortó del *Reader's Digest* y me mandó por correo a la universidad. Era un artículo escrito por una abogada casada y con hijos, y se titulaba «En defensa de la castidad».

Allí se daban todas las razones por las que una chica no debía acostarse con nadie que no fuera su marido, y eso una vez casados, por supuesto.

El argumento principal del artículo consistía en que el mundo de un hombre es diferente del mundo de una mujer, y los sentimientos de un hombre son diferentes de los sentimientos de una mujer, y tan solo el matrimonio puede unir como es debido ambos mundos y ambas sensibilidades. Según mi madre, eso era algo que una chica no descubría hasta que era demasiado tarde, de modo que le convenía seguir el consejo de gente con experiencia, como una mujer casada.

Esa abogada afirmaba que los mejores hombres querían mantenerse puros para sus esposas, y aunque no fuesen puros querían ser ellos mismos quienes iniciaran a sus esposas en el sexo. Sin duda intentarían convencer a una chica para que mantuviera relaciones y le dirían que iban a casarse con ella, pero en cuanto cediese le perderían todo el respeto y empezarían a decir que si lo hacía con ellos también lo haría con otros hombres, y acabarían por amargarle la vida.

La mujer terminaba el artículo insistiendo en que más valía prevenir que curar y en que, además, no había un método infalible para no acabar cargando con un bebé, y entonces sí te metías en un buen lío.

A mí me parecía que el único detalle que no consideraba el artículo de marras era cómo se sentía una chica.

Tal vez fuese bonito mantenerse pura y luego casarse con un hombre puro, pero ¿y si de repente, una vez casados, él confesaba que no era puro, igual que había hecho Buddy Willard? No soportaba la idea de que a una mujer le impusieran llevar una vida pura, mientras que a un hombre se le permitía llevar una doble vida, una pura y otra no.

Finalmente decidí que, si tan difícil era encontrar un hombre inteligente y viril que se mantuviera puro a los veintiún años, quizá prefería olvidarme de ser pura y casarme con alguien que tampoco fuese puro. Y cuando empezara a amargarme la vida, podría amargársela yo también.

A mis diecinueve años, la pureza era el gran tema.

En lugar de un mundo dividido en católicos y protestantes, o republicanos y demócratas, o blancos y negros, o incluso hombres y mujeres, para mí el mundo se dividía en gente que se habían acostado con alguien y gente que no, y esa parecía la única diferencia relevante entre una persona y otra.

Creía que un cambio espectacular se obraría en mí el día en que cruzara esa frontera.

Creía que iba a sentirme igual que si visitaba Europa alguna vez. Volvería a casa y, al mirarme con detenimiento en el espejo, sería capaz de distinguir un pequeño alpe nevado en el fondo de mi pupila. Ahora pensé que cuando me mirara en el espejo al día siguiente vería un Constantin en miniatura grabado en la retina, sonriéndome.

Nos pasamos cerca de una hora tumbados en el balcón de Constantin, cada uno en una hamaca, escuchando la música de la vitrola y con los discos de balalaika apilados entre los dos. Una luz blanquecina llegaba difuminada desde las farolas de la calle o la media luna o los coches o las estrellas, no supe qué, pero aparte de darme la mano Constantin no mostraba ningún deseo de seducirme.

Le pregunté si estaba comprometido o si tenía alguna amiga especial, pensando que quizá era por eso, pero dijo que no: evitaba a toda costa esa clase de ataduras.

Al final sentí que un intenso sopor me recorría las venas, por todo el vino de corteza de pino que me había tomado.

–Creo que voy a acostarme –dije.

Entré como si tal cosa en el dormitorio y me agaché para quitarme los zapatos. La cama limpia se balanceaba delante de mí como un bote salvavidas. Me estiré cuan larga era y cerré los ojos. Entonces oí que Constantin suspiraba en el balcón y entraba. Uno de sus zapatos chocó en el suelo, y se acostó a mi lado.

Con disimulo lo observé bajo una cascada de pelo.

Estaba echado bocarriba, con las manos en la nuca y mirando el techo. Las mangas blancas almidonadas de su camisa, enrolladas hasta el codo, resplandecían con un brillo inquietante en la penumbra, y su piel bronceada parecía casi negra. Pensé que debía de ser el hombre más guapo que había visto nunca.

Pensé que de haber tenido unos rasgos más delicados o una cara más bonita, o si hubiera sabido hablar de política o sido una escritora famosa, a Constantin le hubiese apetecido acostarse conmigo.

Y entonces me pregunté si en cuanto empezara a gustarle se hundiría en la vulgaridad, y si en cuanto empezase a amarme le encontraría una pega tras otra, igual que me pasó con Buddy Willard y los chicos que hubo antes.

Se repetía siempre la misma historia:

Me fijaba en un hombre intachable de lejos, pero en cuanto se acercaba, me daba cuenta en el acto de que no daba la talla.

Esa era una de las razones por las que no quería casarme nunca. Lo último que quería era seguridad infinita y ser el lugar del que parte una flecha. Quería cambio y emociones y salir disparada en todas direcciones, como las flechas de colores de un cohete el 4 de julio.

Me desperté con el sonido de la lluvia.

Estaba oscuro como la pez. Al cabo de un rato descifré el tenue contorno de una ventana desconocida. De vez en cuando un rayo de luz aparecía de la nada, recorría la pared como un dedo espectral, exploratorio, y volvía a desvanecerse.

Entonces oí el sonido de alguien que respiraba.

Al principio pensé que era solo yo, y que estaba tumbada a oscuras en mi habitación del hotel después de intoxicarme. Contuve el aliento, pero la respiración continuó.

Un ojo verde resplandecía en la cama, a mi lado. Estaba dividido en cuartos como una brújula. Acerqué la mano, despacio. Lo levanté. Detrás vino un brazo, pesado como el de un muerto, pero tibio por el sueño.

Eran las tres, según el reloj de Constantin.

Se había acostado con la camisa y los pantalones y los calcetines puestos, tal como lo dejé al hundirme en el sueño, y a medida que mis ojos se acostumbraron a la oscuridad distinguí sus párpados pálidos, y su nariz recta, y su boca tolerante, bien perfilada, aunque parecían etéreos, como dibujados en la niebla. Me acerqué durante unos minutos para estudiarlo de cerca. Nunca había dormido con un hombre.

Traté de imaginar cómo sería la vida si Constantin fuera mi marido.

Supondría levantarse a las siete y prepararle huevos con beicon y tostadas con café y trajinar en camisón y con los bigudíes puestos cuando se marchara al trabajo para lavar los platos y hacer la cama, y entonces cuando volviera a casa después de un día ajetreado y fascinante, esperaría una cena estupenda, y luego me tocaría lavar más platos aún hasta que me desplomara en la cama, completamente exhausta.

Aunque parecía una vida gris y malgastada para una chica con quince años de sobresalientes, sabía que el matrimonio era así, porque la madre de Buddy Willard no hacía más que cocinar, limpiar y lavar de la mañana hasta la noche, y eso que estaba casada con un profesor universitario y que había sido maestra en una escuela privada.

Una vez que fui a ver a Buddy, encontré a la señora Willard trenzando una estera con tiras de lana de los trajes viejos del señor Willard. Había dedicado semanas a tejerla, y me quedé admirada con los marrones y verdes y azules que salpicaban el trenzado, pero cuando la señora Willard terminó, en lugar de colgarla en la pared como yo habría hecho, la puso en el suelo de la cocina, y en pocos días estaba sucia y deslucida, indistinguible de cualquier felpudo que compraras por menos de un dólar en el bazar.

Y sabía que, a pesar de todas las rosas y los besos y las cenas en restaurantes que un hombre prodigaba a una mujer antes de casarse con ella, en el fondo estaba deseando que acabara la ceremonia de la boda para tumbarla en el suelo y pisarla como si fuera el felpudo de la cocina de la señora Willard.

¿Acaso no me había contado mi propia madre que en cuanto se fue con mi padre a Reno de luna de miel –mi padre había estado casado antes, así que tuvo que divorciarse– mi padre le dijo «Uf, qué alivio, ahora podemos dejar de fingir y ser nosotros mismos», y que de ese día en adelante mi madre nunca más tuvo un minuto de paz?

También recordaba la siniestra convicción con que Buddy Willard aseguraba que tener hijos me cambiaría, que ya no querría seguir escribiendo poemas. Así que empecé a pensar que casarte y tener hijos era un lavado de cerebro y después ibas atontada como una esclava en un estado totalitario privado.

Mientras contemplaba a Constantin igual que contemplas un guijarro reluciente e inalcanzable en el fondo de un pozo, abrió los párpados y me miró sin verme, y sus ojos estaban llenos de amor. Observé muda el destello de lucidez que atravesaba el velo de ternura, y sus pupilas se volvieron brillantes e insondables como el charol.

Constantin se incorporó, bostezando.

–¿Qué hora es?

–Las tres –dije con voz monótona–. Vale más que me vaya a casa. Tengo que estar en el trabajo a primera hora de la mañana.

–Te llevo en coche.

Mientras nos sentamos, dándonos la espalda uno a cada lado de la cama mientras nos debatíamos con los zapatos a la luz blanca inclemente y alegre de la lámpara de noche, noté que Constantin se volvía.

–¿Tu pelo es siempre así?

–Así, ¿cómo?

No contestó, pero me hundió los dedos en el pelo y los deslizó lentamente hasta las puntas, como un peine. Noté que me recorría una leve descarga eléctrica, y me quedé inmóvil. Desde pequeña me encantaba que me peinaran. Me adormecía y me serenaba.

–Ah, ya sé –dijo Constantin–. Es que te lo acabas de lavar.

Y se agachó a atarse los cordones de las zapatillas de tenis.

Una hora más tarde estaba tumbada en la cama de mi hotel, escuchando la lluvia. Ni siquiera parecía lluvia, sonaba como un grifo abierto. Noté que se me despertaba el dolor en medio de la espinilla, y abandoné cualquier esperanza de conciliar el sueño antes de las siete, cuando la radio del despertador me levantaría con las enérgicas marchas militares de Sousa.

Cada vez que llovía, la antigua fractura de la pierna parecía acordarse de que existía, y el recuerdo era un dolor sordo.

«Buddy Willard tuvo la culpa de que me rompiera la pierna», pensé. Y luego pensé: «No, fue culpa mía. Me la rompí adrede, para castigarme por ser tan desalmada».

8

El señor Willard me subió en coche a las montañas de Adirondack.

Era el día después de Navidad, y un cielo gris se combaba sobre nosotros, cargado de nieve. Me sentía empachada y espesa y alicaída, como siempre me ocurre el día después de Navidad, como si todo lo que prometían las guirnaldas de pino y las velas y los regalos con lazos plateados y dorados y los fuegos con leña de abedul y el pavo de Navidad y los villancicos al piano nunca se hiciera realidad.

En Navidad casi deseaba ser católica.

Primero condujo el señor Willard, y luego conduje yo. No sé de qué hablamos, pero a medida que el paisaje del campo, sepultado ya bajo antiguas capas de nieve, se volvía más inhóspito y los abetos se cernían en las montañas grises hasta el borde de la carretera, de un verde tan oscuro que parecían negros, más me ensombrecía.

Estuve tentada de decirle al señor Willard que continuara el viaje solo, ya me espabilaría para volver a casa a dedo.

Pero con solo mirarlo a la cara y ver su pelo plateado y cortado al rape como un muchacho, los claros ojos azules, las mejillas sonrosadas, bañadas como una dulce tarta de bodas con la expresión cándida y confiada, supe que no me atrevería. No me quedaba otra que seguir adelante con la visita.

A mediodía el gris del cielo aclaró un poco y paramos en un desvío helado y compartimos los bocadillos de atún y las galletas de avena y las manzanas y el termo de café que nos había preparado la señora Willard.

El señor Willard me miraba con ternura. Entonces carraspeó y se sacudió unas últimas migas del regazo. Supe que se disponía a decir algo serio, porque era muy tímido, y lo había oído carraspear igual antes de dar una importante conferencia sobre economía.

–Nelly y yo siempre hemos querido una hija. –Por un minuto de locura pensé que iba a anunciar que la señora Willard estaba embarazada y esperaba una niña. Entonces añadió–: Pero no creo que pudiera haber una hija más buena que tú.

El señor Willard debió de pensar que lloraba de felicidad porque quisiera ser un padre para mí.

–Vamos, vamos –me dio unas palmaditas en el hombro y carraspeó una o dos veces–. Creo que nos entendemos.

Luego abrió la puerta de su lado del coche y dio la vuelta hasta el mío, exhalando vaharadas que formaban tortuosas señales de humo en el aire gris. Me pasé al asiento que había dejado libre y puso el coche en marcha y seguimos adelante.

No estoy segura de qué esperaba del sanatorio de Buddy.

Creo que esperaba como una especie de chalet de madera encaramado en la cumbre de una montañita, donde vivían hombres y mujeres de mejillas sonrosadas, todos jóvenes y muy atractivos pero con los ojos centelleantes por la fiebre, arropados con gruesas mantas en balconadas al aire libre.

«La tuberculosis es como vivir con una bomba en el pulmón –me había escrito Buddy a la universidad–. Procuras quedarte quieto, confiando en que no estalle.»

Me costaba imaginar quieto a Buddy. Su filosofía de vida consistía en estar de pie y en movimiento cada segundo. Incluso cuando íbamos a la playa en verano, nunca se tumbaba a dormitar al sol como yo. Corría de un lado a otro o jugaba a la pelota o hacía una pequeña serie de flexiones para aprovechar el tiempo.

El señor Willard y yo esperamos en la sala de visitas a que terminara la cura de reposo de la tarde.

Toda la gama de colores del sanatorio parecía basada en el hígado. Ebanistería oscura reluciente, butacas de cuero habano, paredes que quizá en otro tiempo fueron blancas pero habían sucumbido a la plaga del moho o la humedad. Un linóleo marrón veteado sellaba el suelo.

Encima de una mesa, con el barniz oscuro calado de manchas circulares y semicirculares, había varios ejemplares marchitos de *Time* y *Life*. Hojeé hasta la mitad de la revista que me quedaba más cerca. El rostro de Eisenhower me sonrió radiante, calvo y terso como la cara de un feto en un frasco.

Al cabo de un rato advertí un sonido sigiloso, de fuga. Por un momento pensé que las paredes habían empezado a exudar la humedad que las saturaba, pero entonces vi que el ruido provenía de una pequeña fuente en un rincón de la sala.

La fuente lanzaba un chorrito de agua a través de un caño, abría los brazos y se ahogaba al caer en una pila de piedra de agua amarillenta. La pila estaba alicatada con las baldosas blancas hexagonales que suele haber en los aseos públicos.

Sonó un zumbido. A lo lejos se abrieron y se cerraron unas puertas. Entonces entró Buddy.

–Hola, papá.

Buddy abrazó a su padre, y enseguida, con pavorosa alegría, vino hacia mí y me tendió la mano. Se la estreché. La noté húmeda y rechoncha.

El señor Willard y yo nos sentamos juntos en un sofá de cuero. Buddy se puso en frente, apoyado en el borde de una butaca resbaladiza. No dejaba de sonreír, como si un alambre invisible le levantara las comisuras de la boca.

Lo último que esperaba era que Buddy estuviese gordo. Siempre que lo imaginaba en el sanatorio, veía sombras esculpidas bajo sus pómulos y los ojos ardiendo en unas cuencas casi descarnadas.

En cambio, todas las concavidades de Buddy se habían vuelto de pronto convexas. Se le marcaba la panza bajo la estrecha camisa blanca de nailon, y tenía unos mofletes redondos y colorados como fruta de mazapán. Hasta su risa sonaba rolliza.

Buddy me miró a los ojos.

–Es por la comida –dijo–. Nos ceban un día tras otro y luego nos obligan a hacer reposo. Pero ahora me permiten dar paseos, así que no te preocupes, en un par de semanas adelgazaré. –Se levantó de un salto, sonriendo como un alegre anfitrión–. ¿Os gustaría ver mi cuarto?

Seguí a Buddy, y el señor Willard me siguió a mí, a través de unas puertas de vaivén con paneles de vidrio esmerilado por un pasillo sombrío de color hígado, que olía a cera de suelos y lejía y otro olor más vago, como a gardenias machacadas.

Buddy abrió una puerta marrón, y entramos en fila india en una habitación estrecha.

Una cama hundida, tapada con una colcha blanca a rayitas azules, ocupaba casi todo el espacio. A un lado había una mesilla de noche, con una jarra y un vaso de agua, y el tallo plateado de un termómetro asomando de un frasco de desinfectante rosado. Una segunda mesa, cubierta de libros y papeles y unas vasijas deformes de barro, cocidas y pintadas pero sin esmaltar, se encajaba entre el pie de la cama y la puerta del armario.

–Bueno –suspiró el señor Willard–. Parece bastante confortable.

Buddy se rio.

–¿Qué es todo esto?

Cogí un cenicero de barro en forma de nenúfar, con los nervios minuciosamente dibujados en amarillo sobre un fondo verdoso. Buddy no fumaba.

–Eso es un cenicero –dijo Buddy–. Es para ti.

Volví a dejarlo en su sitio.

–Yo no fumo.

–Ya lo sé –dijo Buddy–. Pensé que a lo mejor te gustaba, de todos modos.

–Bueno. –El señor Willard se frotó los labios, secos como el papel–. Creo que me marcho. Creo que os dejaré a solas, jovencitos, para…

–Estupendo, papá. Mejor que vayas tirando.

Me sorprendí. Estaba convencida de que el señor Willard iba a quedarse a pasar la noche antes de llevarme de nuevo a casa al día siguiente.

–¿Y yo me voy también?

–No, no. –El señor Willard sacó varios billetes de la cartera y se los dio a Buddy–. Encárgate de que le den a Esther un buen asiento en el tren. Se quedará un día, quizá dos.

Buddy acompañó a su padre hasta la puerta.

Sentí que el señor Willard me abandonaba. Pensé que debía de haberlo planeado desde el principio, pero Buddy dijo que no, solo que su padre no soportaba la visión de la enfermedad, y menos en su propio hijo, porque creía que siempre era síntoma de una voluntad enferma. El señor Willard no había estado enfermo ni un día en toda su vida.

Me senté en la cama de Buddy. Sencillamente no había ningún otro sitio donde sentarse.

Buddy rebuscó entre sus papeles con gesto metódico. Entonces me entregó una revista fina de color gris.

–Mira la página once.

La revista estaba impresa en algún lugar de Maine y llena de poemas y párrafos descriptivos ciclostilados, separados uno de otro por asteriscos. En la página once encontré un poema titulado «Amanecer de Florida». Fui saltando de imagen en imagen sobre luces de sandía y palmeras verde tortuga y conchas acanaladas como pedazos de arquitectura griega.

–No está mal.

Me pareció espantoso.

–¿Quién lo escribió? –preguntó Buddy con una extraña sonrisa bobalicona.

Me fijé en el nombre de la esquina derecha al final de la página. B.S. Willard.

–No sé. –Luego dije–: Claro que lo sé, Buddy. Lo escribiste tú.

Buddy se inclinó hacia mí.

Me aparté. Sabía muy poco acerca de la tuberculosis, pero me parecía una enfermedad de lo más siniestra, por el modo invisible en que avanzaba. Imaginé que Buddy podía estar rodeado de un halo letal de gérmenes de tuberculosis.

–Tranquila –se rio–. No soy positivo.

–¿Positivo?

–No te contagiaré nada.

Buddy se detuvo para tomar aliento, como cuando estás subiendo una cuesta muy empinada.

–Quiero hacerte una pregunta. –Había adquirido la inquietante costumbre de taladrarme con la mirada como si se propusiera perforarme la cabeza, para analizar mejor lo que ocurría allí dentro–. Había pensado preguntártelo por carta.

Tuve una visión fugaz de un sobre azul claro con un membrete de Yale en la solapa.

–Pero luego decidí que era preferible esperar a que vinieras, y decírtelo en persona. –Hizo una pausa–. Bueno, ¿no quieres saber de qué se trata?

–¿De qué? –dije con un hilo de voz poco prometedor.

Buddy se sentó a mi lado. Me rodeó la cintura con un brazo y me apartó el pelo de la oreja. No me moví.

–¿Te gustaría ser la esposa de Buddy Willard? –me susurró al oído.

Me entraron unas ganas tremendas de reír.

Pensé que me habría caído redonda si me hubiera hecho esa pregunta en cualquier momento de los cinco o seis años que pasé adorando a Buddy Willard desde lejos.

Buddy vio que vacilaba.

–Oye, sé que ahora no estoy en forma –se apresuró a decir–. Todavía sigo con el PAS y quizá pierda una o dos costillas, pero en otoño estaré de vuelta en la facultad de medicina. Un año desde esta primavera, como mucho…

–Creo que debería decirte algo, Buddy.

–Ya lo sé –contestó secamente–. Has conocido a alguien.

–No, no es eso.

–Entonces ¿qué es?

–No pienso casarme nunca.

–Estás loca. –Buddy se animó–. Seguro que cambias de opinión.

–No. La decisión está tomada.

Pero Buddy aún parecía animado.

–¿Te acuerdas –le dije– de aquella vez que volvimos juntos a dedo después de la Noche de Parodias?

–Me acuerdo.

–¿Te acuerdas de que me preguntaste dónde preferiría vivir, si en el campo o en la ciudad?

–Y me dijiste que…

–¿Y te dije que quería vivir en el campo y en ciudad a la vez?

Buddy asintió.

–¿Y entonces tú –continué con ímpetu repentino– te echaste a reír y dijiste que tenía el perfil de una típica neurótica, y que esa pregunta aparecía en un cuestionario que te habían pasado en la clase de psicología aquella semana?

A Buddy se le borró la sonrisa.

–Bueno, pues tenías razón. Soy una neurótica. Jamás podría asentarme ni en la ciudad ni en el campo.

–Podrías vivir a caballo entre ambos sitios –sugirió Buddy con pragmatismo–. Así podrías ir a veces a la ciudad y a veces al campo.

–Bueno, ¿qué tiene eso de neurótico?

Buddy no contestó.

–¿Y bien? –insistí, mientras pensaba: «No hay que mimar a los enfermos, es lo peor para ellos, se echan a perder de mala manera».

–Nada –dijo Buddy con una voz pálida, apagada.

–Neurótica, ¡ja! –solté una risa de desprecio–. Si es de neurótica querer a la vez dos cosas que se excluyen mutuamente, entonces soy una neurótica acabada. Iré volando sin parar entre cosas que se excluyan unas a otras el resto de mis días.

Buddy puso una mano encima de la mía.

–Déjame volar contigo.

Desde la cima de la pista de esquí en el monte Pisgah, miré hacia abajo. No pintaba nada allí arriba. No había esquiado nunca en mi vida. Aun así, pensé que podía aprovechar la ocasión para disfrutar de las vistas.

A mi izquierda, el remonte depositaba a un esquiador tras otro en la cumbre donde la nieve, apelmazada de tantas idas y venidas, y ligeramente derretida al sol de mediodía, se había endurecido hasta alcanzar la consistencia y el lustre del cristal. El aire frío castigaba mis pulmones y mis fosas nasales con una claridad visionaria.

Desde todos los flancos, los esquiadores enfundados en chaquetas rojas y azules y blancas se lanzaban hacia la pendiente cegadora como retazos fugitivos de una bandera americana. Desde el pie de la pista, la cabaña de troncos de imitación traía las canciones hasta la cornisa de silencio.

Mirando desde la cumbre de la Doncella,
desde nuestra cabaña para dos…

La cadencia y el estruendo se abrían paso a mi lado como un riachuelo invisible en un desierto de nieve. Bastaría un gesto despreocupado, soberbio, y me precipitaría por la pendiente hacia la mota verdosa en la banda de la pista, entre los espectadores, que era Buddy Willard.

Buddy había dedicado toda la mañana a enseñarme a esquiar.

Primero le pidió prestados esquís y palos a un amigo suyo del pueblo, y botas de esquí a la esposa de un médico que calzaba solo un número más que yo, y una chaqueta roja de esquiar a una estudiante de enfermería. Su perseverancia ante la terquedad era asombrosa.

Entonces me acordé de que en la facultad de medicina Buddy había ganado un premio por convencer al mayor número de familiares de la gente que moría para que dejaran diseccionar el cuerpo, tanto si lo necesitaban como si no, en aras de la ciencia. No recuerdo cuál era el premio, pero podía ver a Buddy, con su bata y su estetoscopio asomando de un bolsillo como una parte más de su anatomía, sonriendo y asintiendo con la cabeza y hablando con aquellos familiares perplejos, mudos, para que firmasen los papeles de la autopsia.

Luego, Buddy le pidió prestado el coche a su propio médico, que también había tenido la tuberculosis y era muy comprensivo, y salimos justo cuando el timbre de la hora del paseo vibraba en los lúgubres pasillos del sanatorio.

Buddy tampoco había esquiado nunca, pero dijo que los principios elementales eran bastante simples, y como había observado a menudo a los monitores de esquí y a sus alumnos, podría enseñarme todo lo que necesitaba saber.

Durante la primera media hora practiqué obedientemente: subía en cuña una pequeña cuesta impulsándome con los palos, y me dejaba caer en línea recta. Buddy parecía contento con mis progresos.

–Estupendo, Esther –observó mientras yo salvaba la pendiente por vigésima vez–. Ahora vamos a probar que subas con el remonte de cuerda.

Me detuve en seco, colorada y jadeante.

–Pero Buddy, aún no sé ir en zigzag. Toda esa gente que se lanza desde arriba sabe ir en zigzag.

–Ah, basta con que subas hasta la mitad. Así no te embalarás mucho.

Y Buddy me acompañó al remonte y me mostró cómo hacer que la cuerda corriera entre las manos, y entonces dijo que la agarrara y subiera.

En ningún momento se me ocurrió decir que no.

Cerré los puños alrededor de la cuerda, una serpiente áspera y lacerante que se escurría entre los dedos, y subí.

Pero la cuerda me arrastró tan rápido, zarandeándome y tambaleándome, que ni en sueños se me ocurrió soltarme a mitad de camino. Tenía un esquiador delante y otro detrás, y me habría caído y atascado con los esquís y los palos en cuanto me dejara ir, y no quería armar escándalo, así que seguí agarrada sin rechistar.

En la cima, sin embargo, me arrepentí.

Buddy me divisó, titubeando allí arriba con la chaqueta roja. Agitó los brazos en el aire, como un molinete verde caqui. Vi que me hacía señas para que bajara por una senda que se había abierto en medio de los esquiadores que se entrecruzaban. Pero mientras me preparaba, inquieta, con la garganta seca, la senda lisa y blanca que iba de mis pies hasta los suyos se hizo borrosa.

Un esquiador la cruzó desde la izquierda, otro la cruzó desde la derecha, y los brazos de Buddy seguían agitándose débilmente como antenas desde el otro lado de un campo que bullía de animálculos similares a los gérmenes, o signos de exclamación torcidos, brillantes.

Levanté la vista de aquel anfiteatro convulso y miré hacia el paisaje del fondo.

El gran ojo gris del cielo me devolvió la mirada, con el sol velado por la bruma iluminando las distancias blancas y silenciosas que partían de todos los puntos cardinales, una pálida cumbre tras otra, hasta detenerse a mis pies.

La voz machacona que me decía que no fuese idiota –que salvara el pellejo y me quitara los esquís y bajara andando, camuflada por la maleza de los pinos que bordeaban la pendiente– huyó como un mosquito desconsolado. La idea de que podía matarme tomó forma en mi pensamiento con la misma naturalidad que un árbol o una flor.

Medí a ojo la distancia que me separaba de Buddy.

Ahora estaba cruzado de brazos, y parecía una prolongación de la valla de troncos que tenía detrás: inerte, oscuro e intrascendente.

Acercándome al borde de la pista, hundí la punta de los palos en la nieve y tomé impulso para emprender un vuelo que sabía que no podría detener aunque reaccionara, ni con destreza ni con voluntad.

Apunté abajo de todo en línea recta.

Un viento afilado que había permanecido oculto me golpeó de lleno en la boca y me tiró hacia atrás el pelo en horizontal. Aunque yo estaba descendiendo, el sol blanco no se elevaba. Permanecía sobre las olas suspendidas de las montañas, un eje inanimado sin el que el mundo no existiría.

Una partícula dentro de mi cuerpo respondía volando a su encuentro. Sentí que se me hinchaban los pulmones con la avalancha del paisaje: aire, montañas, árboles, gente. «Esto es ser feliz», pensé.

Caí en picado pasando a los que zigzagueaban, los estudiantes, los expertos, cruzando año tras año de falsedades y sonrisas y renuncias de mi propio pasado.

La gente y los árboles retrocedieron a ambos lados como las paredes oscuras de un túnel mientras me abalanzaba hacia el punto inmóvil, brillante, que se adivinaba al final, el guijarro en el fondo del pozo, el bebé blanco y dulce acunado en el vientre de su madre.

Trituré con los dientes una masa pedregosa. Noté el agua helada que me bajaba por la garganta.

La cara de Buddy se cernió sobre mí, próxima y enorme, como un planeta desorbitado. Otras caras aparecieron detrás de la suya. Tras ellas, puntos negros bullían sobre un plano de blancura. Pieza a pieza, como obedeciendo torpemente los toques de la varita de un hada madrina, el mundo volvió a su lugar de siempre.

–Ibas de maravilla –me informó una voz familiar al oído– hasta que ese hombre se te ha cruzado.

La gente me estaba desabrochando las fijaciones y recogiendo los palos de esquí, que habían quedado clavados en la nieve, apuntando al cielo. La valla del albergue me sostenía la espalda.

Buddy se agachó para quitarme las botas y los varios pares de calcetines blancos de lana que las acolchaban. Me apretó el pie izquierdo con su mano rolliza y fue subiendo poco a poco por el tobillo, palpando, como si buscara un arma oculta.

Un sol blanco, desapasionado, brillaba en la punta más alta del cielo. Deseé que me puliera hasta ser santa y fina y esencial como la hoja de un cuchillo.

–Voy a subir –dije–. Voy a hacerlo otra vez.

–No, no subirás.

La cara de Buddy adoptó una expresión rara, complacida.

–No subirás –repitió con una sonrisa final–. Tienes la pierna rota por dos sitios. Vas a estar escayolada varios meses.

9

–Cómo me alegro de que vayan a morir.

Hilda arqueó su cuerpo felino en un bostezo, enterró la cabeza entre los brazos encima de la mesa de conferencias y siguió durmiendo. Una brizna de paja verde biliosa se posó sobre su frente como un ave tropical.

Verde bilis. Lo estaban promocionando para el otoño, solo que Hilda, como de costumbre, iba medio año por delante. Verde bilis con negro, verde bilis con blanco, verde bilis con verde nilo, su primo hermano.

Consejos de moda, plateados y vacíos, nadaban como burbujas escurridizas en mi cerebro. Salían a la superficie con un estallido hueco.

Cómo me alegro de que vayan a morir.

Maldije la hora en que coincidí en la cafetería del hotel con Hilda esa mañana. Había trasnochado y estaba demasiado espesa para improvisar la excusa que me devolviera a mi habitación a buscar el guante, el pañuelo, el paraguas, el cuaderno olvidado. Mi penitencia fue el largo y árido paseo desde las puertas de vidrio esmerilado del Amazon hasta la losa de mármol color fresa de nuestra entrada en Madison Avenue.

Hilda caminaba igual que una maniquí.

–Llevas un sombrero precioso, ¿lo has hecho tú?

Medio esperaba que Hilda se girara hacia mí y dijera «Tienes voz de enferma», pero solo alargó su cuello de cisne y lo retrajo.

–Sí.

La noche anterior había visto una obra de teatro donde la heroína estaba poseída por un súcubo, y cuando el súcubo hablaba a través de ella, su voz sonaba tan cavernosa y grave que no se sabía si era un hombre o una mujer. Bueno, pues la voz de Hilda sonaba idéntica a la de aquel súcubo.

Se miraba en las lunas de los escaparates como para asegurarse, a cada momento, de que seguía existiendo. El silencio entre nosotras era tan profundo que pensé que en parte debía de ser por mi culpa.

Así que dije:

–¿No te parece horrible lo de los Rosenberg?

Iban a ejecutar a los Rosenberg esa noche, de madrugada.

–¡Sí! –dijo Hilda, y por fin creí haber tocado una fibra de humanidad en la maraña de su corazón.

Solo mientras esperábamos a las demás, con el resplandor sepulcral de la mañana en la sala de conferencias, Hilda amplió aquel sí.

–Es horrible que esa gente siga viva.

Entonces bostezó, y su boca anaranjada se abrió a una vasta oscuridad. Fascinada, miré la caverna ciega que había detrás de su cara hasta que los labios se encontraron y se movieron y el súcubo habló desde su escondite.

–Cómo me alegro de que vayan a morir.

–Vamos, a ver esa sonrisa.

Estaba sentada en el canapé de terciopelo rosa del despacho de Jay Cee, con una rosa de papel en la mano y mirando al fotógrafo de la revista. Fui la última de las doce en hacerme la foto. Había intentado esconderme en el lavabo, pero no funcionó. Betsy me había visto los pies por debajo de la puerta de uno de los aseos.

No quería que me fotografiaran porque iba a echarme a llorar. No sabía por qué iba a echarme a llorar, pero sabía que si alguien me hablaba o me miraba más de la cuenta se me saltarían las lágrimas y empezaría a sollozar y me pasaría una semana llorando. Sentía las lágrimas a punto de desbordar, como el agua en un vaso inestable y lleno hasta arriba.

Era la última ronda de fotografías antes de que la revista fuese a imprenta y nosotras regresáramos a Tulsa o Biloxi o Teaneck o Coos Bay o al lugar del que procediéramos, y se suponía que debían fotografiarnos con algún accesorio que mostrara lo que queríamos ser en el futuro.

Betsy posó con una mazorca de maíz para mostrar que quería ser la esposa de un granjero, y Hilda posó con la cabeza calva y sin rostro de un maniquí de sombrerería para mostrar que quería diseñar sombreros, y Doreen posó con un sari bordado en oro para mostrar que quería ser asistenta social en la India (en realidad no era verdad, me contó, solo le apetecía tener un sari en las manos).

Cuando me preguntaron qué quería ser dije que no lo sabía.

–Ah, claro que lo sabes –dijo el fotógrafo.

–Quiere ser de todo –dijo Jay Cee ingeniosamente.

Dije que quería ser poeta.

Entonces buscaron por allí algo con lo que pudiera posar.

Jay Cee sugirió un libro de poemas, pero el fotógrafo dijo que no, era demasiado obvio. Debía ser algo que simbolizara la inspiración de la poesía. Finalmente Jay Cee desprendió la rosa de papel solitaria y de tallo largo que adornaba su último sombrero.

El fotógrafo jugó un poco con las luces blancas de los focos.

–Enséñanos qué feliz te hace escribir un poema.

A través del friso de hojas de potos que había en la ventana de Jay Cee, contemplé el cielo azul. Unas nubecillas teatrales pasaban de derecha a izquierda. Miré fijamente la nube más grande, como si pensara que cuando la perdiera de vista, quizá la suerte me hiciese desaparecer con ella.

Creía que era muy importante mantener la boca en una línea horizontal.

–A ver esa sonrisa.

Al final, obedientemente, como la boca del muñeco de un ventrílocuo, mi boca empezó a curvarse hacia arriba.

–Eh –protestó el fotógrafo, con un presentimiento repentino–, parece que vayas a echarte a llorar.

No pude contenerme.

Enterré la cara en la funda de terciopelo rosa del canapé de Jay Cee y, con inmenso alivio, las lágrimas saladas y los gimoteos que habían estado rondando dentro de mí toda la mañana inundaron la habitación.

Cuando levanté la cabeza, el fotógrafo se había desvanecido. Jay Cee se había desvanecido también. Me sentí lánguida y traicionada, como la muda de piel de un animal espantoso. Era un alivio haberme librado del animal, pero parecía haberse llevado mi espíritu y todo cuanto me había podido arrebatar.

Hurgué en la cartera buscando la polvera dorada, con el rímel y el cepillo y la sombra de ojos y las tres barras de labios y el espejito. Vi una cara que parecía estar atisbando por la mirilla de una celda después de una paliza. Se veía magullada e hinchada, y con los colores trastocados. Era una cara que necesitaba jabón y agua y caridad cristiana.

Empecé a pintarla con pocos ánimos.

Jay Cee, al cabo de un intervalo prudente, volvió como un vendaval con un montón de manuscritos bajo el brazo.

–Con esto te entretendrás –me dijo–. Disfruta de la lectura.

Cada mañana, una avalancha blanca de manuscritos hacía crecer las pilas polvorientas que se acumulaban en el despacho del editor de ficción. Secretamente, en estudios y buhardillas y aulas por toda América, debía de haber gente escribiendo. Pongamos que cada minuto alguien acabara un manuscrito; en cinco minutos, serían cinco manuscritos encima de la mesa del editor de ficción. En una hora, serían sesenta, amontonándose por el suelo. Y en un año…

Sonreí al ver un manuscrito prístino, imaginario, flotando en el aire, con el nombre Esther Greenwood mecanografiado en la esquina superior derecha. Después de mi mes en la revista había solicitado plaza en un curso de verano con un escritor famoso donde enviabas el manuscrito de un cuento y, después de leerlo, te decía si estabas a la altura de que te admitiera en su clase.

Claro, era una clase con muy pocos alumnos y hacía tiempo que había enviado mi cuento y aún no había recibido respuesta del escritor, pero estaba segura de que al volver a casa encontraría la carta de admisión esperándome en la consola del correo.

Decidí que sorprendería a Jay Cee y mandaría un par de los relatos que escribiera en esa clase firmados con seudónimo. Entonces un día el editor de ficción acudiría a Jay Cee en persona y le plantaría los cuentos encima de la mesa y diría: «Aquí hay algo que destaca un poco de lo habitual», y Jay Cee coincidiría y los aceptaría e invitaría a la autora a almorzar, y sería yo.

–En serio, esta vez será diferente –me garantizó Doreen.

–Háblame de él –contesté fríamente.

–Es peruano.

–Son todos retacones –dije–. Son feos como los aztecas.

–No, no, no, encanto, ya lo he conocido.

Estábamos sentadas en mi cama entre una maraña de vestidos de algodón sucios y medias con carreras y ropa interior grisácea, y Doreen llevaba diez minutos intentando convencerme de que fuera a un baile en un club de campo con un amigo de un conocido de Lenny, que no era lo mismo que ser un amigo de Lenny, recalcó, pero como me marchaba a casa en el tren de las ocho a la mañana siguiente me parecía que debía empezar a preparar el equipaje.

Además tenía la corazonada de que si me pasaba toda la noche caminando sola por las calles de Nueva York quizá por fin se me pegara un poco del misterio y el esplendor de la ciudad.

Pero me rendí.

Esos últimos días cada vez me costaba más decidirme a hacer cualquier cosa. Y cuando al final me decidí a hacer algo, como preparar el equipaje, me limité a arrastrar toda la ropa cara y revuelta de la cómoda y el armario, la esparcí encima de las sillas y de la cama y por el suelo y luego me senté y la miré, perpleja. Las prendas parecían dotadas de una identidad propia, negándose tercamente a que las lavaran o las doblaran y las guardaran.

–Es toda esta ropa –le expliqué a Doreen–. No puedo volver a ver esta ropa cuando vuelva.

–Eso tiene fácil arreglo.

Y con su encantador don para simplificar, Doreen empezó a recoger bragas y medias, y el intrincado sostén sin tirantes lleno de muelles de acero (un obsequio de la empresa de lencería Primrose, que nunca me había atrevido a ponerme), y por último, uno por uno, la triste colección de vestidos de cuarenta dólares y corte estrafalario…

–Eh, ese déjalo ahí. Me lo voy a poner.

Doreen tiró de una punta negra en medio del lío y me lo dejó en el regazo. Luego, enrollando el resto de la ropa en una bola, suave y compacta, la hizo desaparecer de la vista debajo de la cama.

Doreen llamó a la puerta verde con el pomo dorado.

Escaramuzas y la risa de un hombre, interrumpida en seco, sonaron desde el interior. Entonces un chico alto, en mangas de camisa, con el pelo rubio al rape entreabrió la puerta para ver quién era.

–¡Nena! –rugió.

Doreen desapareció en sus brazos. Pensé que sería el conocido de Lenny.

Me quedé en silencio en la entrada, con mi vestido negro de tubo y mi estola negra de flecos, más amarilla que nunca, aunque esperando menos. «Soy una observadora», me dije mientras veía a Doreen arrastrada de la mano por el chico rubio hasta otro hombre, que era alto también, pero moreno, con el pelo un poco más largo. Ese hombre llevaba un traje blanco inmaculado, una camisa celeste y una corbata de satén amarilla con un alfiler reluciente.

Miré el alfiler, embelesada.

Parecía despedir una inmensa luz blanca, que iluminaba la habitación. Entonces la luz se recluyó en sí misma, dejando una gota de rocío en un campo dorado.

Caminé poniendo un pie delante del otro.

–Es un diamante –dijo alguien, y muchos se echaron a reír.

Golpeé con la uña una faceta cristalina.

–Su primer diamante.

–Regálaselo, Marco.

Marco hizo una reverencia y me puso el alfiler en la palma de la mano.

Resplandecía y danzaba con la luz como un cubito de hielo celestial. Lo guardé rápidamente en mi cartera de fiesta, de cuentas que imitaban el azabache y miré alrededor. Las caras estaban vacías como platos y parecía que nadie respirase.

–Por suerte voy a escoltar a esta dama el resto de la velada. –Una mano seca, dura me rodeó el brazo. El destello en los ojos de Marco se extinguió, y se volvieron negros–. Quizá pueda prestarle algún pequeño servicio…

Alguien se rio.

–... digno de un diamante.

La mano que me rodeaba el brazo se tensó.

–¡Ay!

Marco retiró la mano. Me miré el brazo. Apareció la huella morada de un pulgar. Marco me observó. Entonces señaló la cara interna de mi brazo.

–Mírate ahí.

Miré, y vi cuatro huellas, débiles, a juego.

–Como ves, voy bastante en serio.

La sonrisa temblorosa de Marco me recordó a una serpiente a la que molesté en el zoológico del Bronx. Al golpear la recia jaula de vidrio con un dedo, la serpiente abrió sus fauces mecánicas y pareció sonreír. Se lanzó una y otra y otra vez contra la pared invisible hasta que me alejé.

Hasta entonces no había conocido a un hombre que odiara a las mujeres.

Supe que Marco odiaba a las mujeres porque, a pesar de que esa noche había modelos y jóvenes actrices de televisión en el salón de baile, no le hizo caso a nadie más que a mí. No por ternura, ni siquiera por curiosidad, sino porque la suerte me había puesto en sus manos, como un naipe de una baraja de naipes idénticos.

Un hombre de la orquesta se acercó al micrófono y empezó a agitar esas maracas típicas de la música sudamericana.

Marco me tendió la mano, pero me aferré a mi cuarto daiquiri y me quedé donde estaba. Nunca me había tomado un daiquiri. Me tomé un daiquiri porque Marco me lo trajo, y agradecí tanto que no me hubiera preguntado qué quería tomar que no dije una palabra, solo me bebí un daiquiri detrás del otro.

Marco me miró fijamente.

–No –dije.

–¿Cómo que no?

–No sé bailar esa clase de música.

–No seas estúpida.

–Quiero quedarme aquí sentada y acabarme la copa.

Marco se inclinó hacia mí con una sonrisa tensa, y de golpe mi copa salió volando y aterrizó en una palmera plantada en un tiesto. Entonces Marco me agarró de la mano de tal forma que tuve que elegir entre seguirlo hasta la pista o que me arrancara el brazo.

–Es un tango. –Marco me condujo, sorteando a los bailarines–. Me encantan los tangos.

–No sé bailar.

–No hace falta. De bailar me encargo yo.

Marco me enganchó la cintura con un brazo y me atrajo de un tirón contra su traje blanco deslumbrante.

–Haz como si te estuvieras ahogando –dijo entonces.

Cerré los ojos y la música me inundó como un aguacero. La pierna de Marco se deslizaba hacia delante rozando la mía y mi pierna se deslizaba hacia atrás, y me sentí enlazada con él, miembro a miembro, moviéndome cuando se movía, sin voluntad o conciencia propia de ninguna clase, y al cabo de un rato pensé: «No hacen falta dos para bailar, con uno basta», y me dejé mecer y arquear como un árbol al viento.

–¿Qué te había dicho? –El aliento de Marco me abrasó la oreja–. Eres una bailarina perfectamente respetable.

Empecé a entender por qué los hombres que odian a las mujeres consiguen que parezcan tan ridículas. Esos hombres eran como dioses: invulnerables y henchidos de poder. Descendían, y luego desaparecían. Nunca podías atrapar a uno.

Después de la música sudamericana hubo un intermedio.

Marco me condujo por las puertas acristaladas hasta el jardín. Luces y voces se derramaban desde los ventanales del salón de baile, pero apenas unos metros más allá la oscuridad levantaba su barricada y las sellaba. Bajo el resplandor infinitesimal de las estrellas, los árboles y las flores esparcían sus frescos aromas. No había luna.

Los setos de boj se cerraron detrás de nosotros. Un campo de golf desierto se extendía hacia unos macizos de árboles, y percibí la desolada familiaridad de toda la escena: el club de campo y el baile y el césped con su grillo solitario.

No sabía dónde estaba, pero era en alguna parte de los barrios residenciales ricos de Nueva York.

Marco sacó un puro fino y un encendedor de plata en forma de bala. Se puso el puro entre los labios y se inclinó sobre la pequeña llama. Su cara, con aquellas sombras exageradas y planos de luz, parecía forastera y afligida, como la de un refugiado.

Me quedé observándolo.

–¿De quién estás enamorado? –dije de pronto.

Por un momento Marco no dijo nada, simplemente abrió la boca y exhaló un anillo de humo azulado.

–¡Perfecto! –se rio.

El anillo se ensanchó y se deshizo, pálido y fantasmal en el aire oscuro.

–Estoy enamorado de mi prima –dijo entonces.

No me sorprendió.

–¿Por qué no te casas con ella?

–Imposible.

–¿Por qué?

Marco se encogió de hombros.

–Es mi prima hermana. Va a hacerse monja.

–¿Es bonita?

–No hay nadie que le haga sombra.

–¿Sabe que la amas?

–Por supuesto.

Guardé silencio. El obstáculo me parecía irreal.

–Si la amas a ella –dije–, algún día amarás a otra.

Marco aplastó el cigarro con el pie.

Sentí que el suelo se levantaba y me golpeaba con un suave impacto. Se me escurrió barro entre los dedos. Marco esperó hasta que conseguí ponerme a gatas. Entonces me plantó las manos en los hombros y me empujó de nuevo.

–Mi vestido…

–¡Tu vestido! –El barro me chorreó por la espalda y se ajustó a mis omoplatos–. ¡Tu vestido! –La cara borrosa de Marco se acercó a la mía. Noté que su saliva me salpicaba en los labios–. Tu vestido es negro y la tierra también es negra.

Entonces se me echó encima como si pretendiera triturarse a través de mí y fundirse con el barro.

«Va a pasar –pensé–. Va a pasar. Si me quedo aquí quieta sin hacer nada, pasará.»

Marco me arrancó el tirante con los dientes y me rasgó el vestido hasta la cintura. Vi el resplandor de la piel desnuda, como un velo pálido que separara a dos adversarios sedientos de sangre.

–¡Furcia!

La palabra me silbó en el oído.

–¡Furcia!

La polvareda se disipó y tuve una visión completa de la batalla.

Empecé a forcejear y a morder.

Marco me aplastó contra el suelo.

–¡Furcia!

Le clavé el tacón del zapato en la pierna. Se volvió, palpándose en busca de una herida.

Entonces cerré la mano y le di un puñetazo en la nariz. Fue como golpear el casco de un acorazado. Marco se incorporó. Me eché a llorar.

Marco sacó un pañuelo blanco y se limpió la nariz. La tela se tiñó de negro.

Me chupé los nudillos y noté un sabor salado.

–Quiero ir con Doreen.

Marco perdió la vista hacia el campo de golf.

–Quiero ir con Doreen. Quiero volver a casa.

–Furcias, todas furcias. –Marco parecía hablar consigo mismo–. Tanto si es que sí como si no, da lo mismo.

Zarandeé a Marco del hombro.

–¿Dónde está Doreen?

Marco resopló.

–Ve al aparcamiento. Busca en los asientos traseros de los coches.

Entonces giró sobre sus talones.

–Mi diamante.

Me levanté y rescaté la estola de la oscuridad. Empecé a alejarme. Marco se levantó de un salto y me bloqueó el paso. Entonces, deliberadamente, se limpió la sangre de la nariz con un dedo y me la restregó por las mejillas.

–Me he ganado el diamante con esta sangre. Devuélvemelo.

–No sé dónde está.

Sabía perfectamente que el diamante estaba en mi bolso de fiesta y que cuando me derribó al suelo el bolso había salido volando, como un ave nocturna, hacia la oscuridad envolvente. Se me ocurrió despistar a Marco y volver sola después a buscarlo.

No tenía ni idea de lo que se podía comprar con un diamante de ese tamaño, pero sabía que sería mucho.

Marco me agarró de los hombros con las dos manos.

–Dímelo –dijo, poniendo el mismo énfasis en cada palabra–. Dímelo o te rompo el cuello.

De pronto ya no me importaba.

–Está en mi bolso de azabache falso –dije–. Tirado en el fango.

Dejé a Marco a gatas en el suelo, buscando a tientas en la oscuridad otra oscuridad más pequeña que ocultaba la luz de su diamante a sus ojos furiosos.

Doreen no estaba en el salón de baile, y tampoco en el aparcamiento.

Me quedé en las sombras para que nadie se fijara en la hierba que se me había pegado al vestido y los zapatos, y con la estola negra me cubrí los hombros y los pechos desnudos.

Por suerte para mí, el baile casi había terminado, y la gente empezaba a marcharse y a salir de los coches aparcados. Fui preguntando coche por coche hasta que al fin encontré uno donde había sitio y me dejaría en el centro de Manhattan.

A esa hora vaga entre la oscuridad y el alba, la azotea del Amazon estaba desierta.

Silenciosa como un ladrón con mi albornoz de ramilletes de aciano, me asomé por el borde del parapeto. El parapeto me llegaba casi a los hombros, así que arrastré una de las sillas plegables apiladas contra la pared, la abrí y me subí en el asiento precario.

Una fuerte brisa me revolvió el pelo. A mis pies, la ciudad apagaba las luces en el sueño, cubriendo de negro a los edificios como para un funeral.

Era mi última noche.

Levanté el fardo que traía y tiré de una cola pálida. Un viso elástico sin tirantes que, de tanto usarlo, había perdido elasticidad, me cayó en la mano. Lo sacudí como una bandera blanca, una vez, dos... La brisa lo atrapó y lo solté.

Un copo blanco se alejó flotando en la noche, e inició su lento descenso. Me pregunté en qué calle o azotea caería.

Volví a tirar del fardo.

El viento hizo un esfuerzo, pero fracasó, y una sombra se hundió como un murciélago hacia el jardín del ático que había enfrente.

Prenda a prenda, entregué mi vestuario al viento de la noche y, como las cenizas de un ser querido, los jirones grises volaron arremolinándose, y cayeron aquí y allá, nunca sabría dónde exactamente, en el oscuro corazón de Nueva York.

10

La cara del espejo parecía un indio enfermo.

Dejé caer el estuche en la cartera y miré por la ventanilla del tren. Como una chatarrería colosal, las ciénagas y los solares baldíos de Connecticut pasaban como un relámpago, piezas sueltas que no guardaban ninguna relación unas con otras.

¡Qué mundo sin orden ni concierto!

Miré la falda y la blusa prestadas que llevaba puestas.

La falda era verde, con un peto y un estampado de formas geométricas diminutas en negro, blanco y azul eléctrico, y se abría como la pantalla de una lámpara. En lugar de mangas, la blusa blanca calada tenía volantes en el hombro que ondeaban como las alas de un nuevo ángel.

Había olvidado guardar algún vestido de calle de la ropa que dejé volar sobre Nueva York, así que Betsy me había cambiado una blusa y una falda por mi albornoz de flores de aciano.

Un tenue reflejo de mí misma, con alas blancas, coleta castaña y todo, se reflejaba espectral sobre el paisaje.

–Pollyanna Vaquera –dije en voz alta.

Una mujer en el asiento de enfrente levantó la mirada de la revista.

En el último momento no me había apetecido lavarme las dos rayas de sangre seca que me cruzaban en diagonal las mejillas. Me parecían conmovedoras, y bastante espectaculares, así que decidí que las llevaría conmigo, como la reliquia de un amante muerto, hasta que desaparecieran solas.

Claro que si sonreía o gesticulaba mucho, la sangre se descascarillaría enseguida, así que procuraba mantener la cara impávida, y cuando hacía falta hablar, hablaba entre dientes, sin mover los labios.

La verdad es que no entendía por qué me miraban.

Mucha gente parecía más rara que yo.

Mi maleta gris iba en la rejilla encima de mi asiento, vacía salvo por *Los treinta mejores cuentos del año*, una funda de gafas de plástico blanco y dos docenas de aguacates, regalo de despedida de Doreen.

Los aguacates estaban verdes, para que se conservaran mejor, y cuando levantaba la maleta o la bajaba o simplemente la cargaba, salían disparados desde una punta a la otra y armaban un pequeño estruendo.

–¡Ruta uno dos ocho! –anunció a gritos el revisor.

La selva domesticada de pino, arce y roble se detuvo poco a poco hasta enmarcarse en la ventanilla del tren como un mal cuadro. Mi maleta retumbaba y chocaba mientras me abría camino por el largo pasillo.

Bajé del compartimento con aire acondicionado al andén de la estación, y el aliento maternal de los barrios residenciales me abrazó. Olía a aspersores de jardín y rancheras y raquetas de tenis y a perros y bebés.

Una calma veraniega lo serenaba todo con su caricia, como la muerte.

Mi madre me estaba esperando junto al Chevrolet gris goma.

–Pero cariño, ¿qué te ha pasado en la cara?

–Me corté –dije escuetamente, y me escabullí en el asiento trasero después de la maleta. No quería que me observara durante todo el trayecto hasta casa.

La tapicería tenía un tacto resbaladizo y limpio.

Mi madre se sentó al volante y me lanzó varias cartas en el regazo, antes de volverse.

El coche se puso en marcha con un temblor.

–Más vale que te lo diga de entrada –anunció, y vi las malas noticias en la tensión de su cuello–. No estás admitida en ese curso de escritura.

Fue como un puñetazo que me dejó sin aire.

Durante el mes de junio el curso de escritura se había extendido ante mí como un puente brillante y seguro sobre el sombrío abismo del verano. Ahora vi que se tambaleaba y se desmoronaba, y un cuerpo con una blusa blanca y una falda verde caía al vacío.

Torcí la boca con acritud.

En el fondo me lo esperaba.

Encogí la espalda y me hundí en el asiento, con la nariz a la altura de la ventanilla, y vi pasar las casas de la periferia de Boston. A medida que nos acercamos al vecindario, me encogí aún más.

Me pareció de vital importancia que nadie me reconociera.

El techo gris acolchado del coche se cerraba sobre mi cabeza como un furgón penitenciario, y las casas de madera blancas, relucientes, idénticas, con sus intersticios verdes cuidados, se sucedían una tras otra, como barrotes de una jaula a prueba de fugas.

Nunca antes había pasado un verano en las afueras.

El chillido agudo de las ruedas de un carrito me castigaba los oídos. El sol, colándose a través de las persianas, llenaba el dormitorio de una luz sulfurosa. No sabía cuántas horas había dormido, pero sentí una violenta sacudida de agotamiento.

La cama gemela junto a la mía estaba vacía y sin hacer.

A las siete había oído a mi madre levantarse, vestirse en silencio y salir de puntillas del cuarto. Después me llegó el zumbido del exprimidor en la cocina, y el olor a café y beicon se coló por debajo de mi puerta. Luego se abrió el grifo del fregadero y los platos tintinearon mientras mi madre los secaba y los guardaba en el armario.

Después la puerta de la entrada se abrió y se cerró. La puerta del coche se abrió y se cerró, y se oyó el brum brum del motor que con un crujido de grava se perdió en la distancia.

Mi madre daba clases de taquigrafía y mecanografía a un montón de universitarias de la ciudad, y no volvería a casa hasta media tarde.

Las ruedas del carrito chirriaron de nuevo al pasar. Debía de haber alguien paseando a un bebé de aquí para allá debajo de mi ventana.

Salí de la cama y puse los pies en la alfombra, y sin hacer ruido, agachada, gateé para ver quién era.

La nuestra era una pequeña casa blanca de madera, colocada en el medio de un pequeño recinto de césped verde en la esquina de dos apacibles calles residenciales, pero aunque habíamos plantado arces alrededor de la propiedad, cualquiera que pasara por la acera podía levantar la mirada y ver a sus anchas por las ventanas de arriba todos nuestros movimientos.

Me enteré gracias a nuestra vecina de al lado, la maliciosa señora Ockenden.

La señora Ockenden era una enfermera jubilada que acababa de casarse con su tercer marido –los otros dos murieron en curiosas circunstancias–, y pasaba una cantidad de tiempo exagerada atisbando tras los visillos blancos almidonados de sus ventanas.

Había llamado a mi madre dos veces para contarle chismes sobre mí: una para informarle de que me había pasado una hora en un Plymouth azul besándome con alguien delante de la casa a la luz de una farola, y otra para avisar que más me valía bajar las persianas de mi cuarto, porque casualmente me había visto medio desnuda antes de acostarme una noche, cuando paseaba a su terrier escocés.

Con gran cuidado, atisbé por encima del alféizar de la ventana.

Una mujer de metro y medio escaso, con una barrigota grotesca, iba empujando un cochecito antiguo y negro por la calle. Dos o tres críos de distintos tamaños, todos pálidos, con la cara sucia y las rodillas sucias al aire, bailoteaban a la sombra de sus faldas.

Una sonrisa serena, casi beatífica iluminaba la cara de la mujer. Con la cabeza inclinaba alegremente hacia atrás, como un huevo de gorrión posado encima de un huevo de pato, sonreía mirando al sol.

La conocía bien.

Era Dodo Conway.

Dodo Conway era una católica que había ido a Barnard y luego se había casado con un arquitecto que había ido a Columbia y también era católico. Tenían una casa grande y laberíntica un poco más arriba de la nuestra, parapetada tras una morbosa fachada de pinos y rodeada de patinetes, triciclos, carritos de muñecas, camiones de juguete, bates de béisbol, redes de bádminton, aros de croquet, jaulas de hámster y cachorros de cocker spaniel: toda la parafernalia de la infancia que pulula en las afueras.

Dodo me interesaba, a pesar de todo.

Su casa no se parecía a ninguna otra del barrio, ni en tamaño (era mucho más grande) ni en color (la segunda planta era de listones de madera oscura y la primera de estuco gris, tachonado con piedras grises y moradas en forma de pelota de golf), y los pinos la ocultaban completamente a la vista, cosa que en nuestra comunidad de jardines contiguos y setos amables hasta la cintura se consideraba insociable.

Dodo criaba a sus seis hijos –y sin duda criaría al séptimo– a base de copos de arroz hinchado, bocadillos de manteca de cacahuete, nubes de caramelo, helados de vainilla, y garrafas y garrafas de leche. Conseguía un descuento especial del lechero del barrio.

Todo el mundo adoraba a Dodo, aunque el tamaño creciente de su prole daba mucho que hablar en el vecindario. Las mujeres más mayores, como mi madre, tenían dos hijos, y las parejas más jóvenes y prósperas tenían cuatro, pero nadie aparte de Dodo estaba a punto de tener el séptimo. Seis ya se consideraba excesivo, aunque claro, decía la gente, Dodo era católica.

Contemplé a Dodo, que paseaba al menor de los Conway calle arriba y calle abajo, como si lo hiciera adrede para mí.

Los niños me asqueaban.

Una tabla del suelo crujió y me agazapé enseguida, justo cuando Dodo, por instinto o con unas dotes auditivas sobrenaturales, giró el pequeño eje de su cuello y se volvió a mirar.

Sentí que la mirada perforaba los listones blancos y las rosas del papel pintado y me descubría, agachada allí detrás de las barras plateadas del radiador.

Volví gateando a la cama y me cubrí con la sábana hasta la cabeza. Pero ni así conseguía tapar la luz, así que enterré la cabeza en la oscuridad de la almohada y fingí que era de noche. No veía para qué levantarme.

No tenía ganas de nada.

Al cabo de un rato oí que sonaba el teléfono en el pasillo de abajo. Me apreté la almohada contra las orejas y me concedí cinco minutos. Después levanté la cabeza de su guarida. El teléfono había dejado de sonar.

Casi en el acto empezó de nuevo.

Maldiciendo al amigo, pariente o desconocido que se hubiera olido mi vuelta a casa, bajé las escaleras descalza. El instrumento negro en la consola del pasillo trinaba su nota histérica una y otra vez, como un pájaro nervioso.

Descolgué.

–Hola –contesté con una voz grave, impostada.

–Hola, Esther, ¿qué pasa, tienes laringitis?

Era mi vieja amiga Jody, que llamaba desde Cambridge.

Jody estaba trabajando en la Cooperativa ese verano y haciendo un curso de sociología a la hora de comer. Había alquilado con otras dos chicas de mi universidad un piso grande a cuatro estudiantes de derecho de Harvard, y mi idea era instalarme con ellas cuando empezara el curso de escritura.

Jody quería saber a partir de qué fecha llegaba.

–No voy a ir –dije–. No estoy admitida en el curso.

Se hizo una breve pausa.

–Qué burro –dijo Jody entonces–. No reconoce el talento cuando lo tiene delante.

–Eso mismo opino yo. –Mi voz me sonó extraña y hueca.

–Vente igual. Haz otro curso.

Se me pasó por la cabeza estudiar alemán o psicología clínica. A fin de cuentas en Nueva York había ahorrado casi todo el sueldo, así que me lo podía permitir.

Pero la voz hueca dijo:

–Mejor que no contéis conmigo.

–Bueno –empezó Jody–, pues había una chica que quería venirse con nosotras si alguien fallaba…

–Perfecto. Avísala.

En cuanto colgué supe que debería haberle dicho que iría. Una mañana más escuchando el cochecito de Dodo Conway me volvería loca. Y procuraba no pasar nunca más de una semana con mi madre bajo el mismo techo.

La llamaría otra vez.

Fui a descolgar el teléfono, pero retiré la mano y la dejé caer. La obligué de nuevo, pero una vez más se paró en seco, como si hubiera chocado contra un vidrio.

Deambulé hasta el comedor.

Encima de la mesa encontré una carta alargada de aspecto oficial de la escuela de verano, y una fina carta azul con el membrete de Yale, dirigida a mí en la letra clara de Buddy Willard.

Abrí la carta de la escuela de verano con un cuchillo.

Puesto que no me habían aceptado en el curso de escritura, decía, podía elegir algún otro curso, pero debía llamar a la oficina de admisiones esa misma mañana o sería demasiado tarde para matricularme, los cursos estaban prácticamente llenos.

Marqué el número de la oficina de admisiones y escuché la voz de zombi que dejaba un mensaje diciendo que la señorita Esther Greenwood cancelaba todos los planes de asistir a la escuela de verano.

Después abrí la carta de Buddy Willard.

Buddy escribía para contarme que creía que se estaba enamorando de una enfermera que también tenía tuberculosis, pero que su madre había alquilado una casita en las Adirondacks todo el mes de julio, y si yo iba con ella quizá se daría cuenta de que sus sentimientos por la enfermera eran un capricho pasajero.

Cogí un lápiz y taché el mensaje de Buddy. Luego le di la vuelta a la carta y escribí que me había comprometido con un intérprete simultáneo y que no quería volver a verle nunca más, porque no quería que mis hijos tuvieran por padre a un hipócrita como Buddy.

Volví a meter la carta en el sobre, lo cerré con celo y lo remití a la dirección de Buddy, sin ponerle un sello nuevo. Pensé que el mensaje valía por lo menos tres centavos.

Entonces decidí que pasaría el verano escribiendo una novela.

Así mucha gente escarmentaría.

Fui a la cocina, eché un huevo crudo y carne picada cruda en un cuenco, lo mezclé todo y me lo comí. Luego saqué la mesa plegable y la monté en el porche cubierto que unía la casa con el garaje.

Una exuberante mata de falso jazmín me ocultaba de la vista desde la calle de enfrente, la pared de la casa y la del garaje se ocupaban de los flancos, y un macizo de abedules y un seto de boj me protegían de la señora Ockenden por la retaguardia.

Conté trescientas cincuenta hojas del grueso papel borrable que mi madre almacenaba en el armario del recibidor, bajo una pila de gorros de fieltro y cepillos para la ropa y bufandas de lana.

De nuevo en el porche, metí la primera hoja virgen en mi vieja portátil y la enrollé en el carro.

Desde una conciencia ajena, lejana, me vi sentada en el porche, rodeada por dos paredes de madera blanca, un falso jazmín y un macizo de abedules y un seto de boj, pequeña como una muñeca en una casa de muñecas.

Un sentimiento de ternura me llenó el corazón. Mi heroína sería yo misma, solo que enmascarada. Se llamaría Elaine. Elaine. Conté las letras con los dedos de la mano. Esther también tenía seis letras. Parecía un buen augurio.

> Elaine estaba sentada en el porche con un viejo camisón de su madre, esperando a que sucediera algo. Era una mañana tórrida de julio, y gotas de sudor le resbalaban por la espalda, una por una, como insectos perezosos.

Me eché hacia atrás y leí lo que acababa de escribir.

Parecía tener bastante garra, y me sentí orgullosa de la imagen de las gotas de sudor y los insectos, aunque me dio la impresión de que seguramente la había leído en alguna parte hacía mucho tiempo.

Seguí así sentada durante una hora, tratando de pensar lo que vendría a continuación, y en mi mente, la muñeca descalza vestida con el viejo camisón amarillo de su madre también estaba sentada y mirando el vacío.

–Pero cariño, ¿no quieres vestirte?

Mi madre se cuidaba mucho de decirme lo que tenía que hacer. Solo razonaba conmigo dulcemente, como una persona inteligente y madura con otra.

–Son casi las tres de la tarde.

–Estoy escribiendo una novela –le dije–. No tengo tiempo de andar quitándome esto y poniéndome aquello.

Me tumbé en el banco del porche y cerré los ojos. Oí a mi madre recoger la máquina de escribir y los papeles de la mesa plegable y colocar los cubiertos para la cena, pero no me moví.

La inercia rezumaba como la melaza a través de los miembros de Elaine. Así debes de sentirte cuando tienes la malaria, pensó.

A ese paso, con suerte escribiría una página al día.

Entonces supe cuál era el problema.

Necesitaba experiencia.

¿Cómo iba a escribir sobre la vida cuando nunca había tenido una aventura amorosa o un bebé ni había visto morir a alguien? Una chica a la que conocía acababa de ganar un premio por un cuento acerca de sus aventuras entre los pigmeos en África. ¿Cómo iba a competir con esa clase de cosas?

Cuando acabamos de cenar, mi madre ya me había convencido de que estudiara taquigrafía por las tardes. Así mataría dos pájaros de un tiro, escribiendo una novela a la vez que aprendía algo práctico. Y de paso me ahorraría un montón de dinero.

Esa misma noche, mi madre desenterró una vieja pizarra del sótano y la colocó en el porche. Entonces se puso a garabatear en la pizarra pequeñas florituras con tiza blanca, mientras yo la observaba sentada en una silla.

Al principio me ilusioné.

Pensé que podría aprender taquigrafía en un abrir y cerrar de ojos, y cuando la señora pecosa de la oficina de becas me preguntara por qué no había trabajado para ganar dinero en julio y agosto, como se suponía que debías hacer si estudiabas con beca, le diría que en lugar de eso había hecho un curso gratuito de taquigrafía, y así podría mantenerme por mis propios medios al terminar la carrera.

El problema fue que, al intentar imaginarme en un puesto de trabajo, anotando con brío línea tras línea de taquigrafía, me quedé en blanco. No había ni un solo trabajo que me interesase donde usaras taquigrafía. Y, mientras me sentaba allí y observaba, las florituras de tiza blanca se volvieron borrosas hasta perder el sentido.

Le dije a mi madre que tenía una jaqueca terrible, y me fui a la cama.

Una hora más tarde, la puerta se abrió con sigilo y entró en la habitación. Oí el murmullo de su ropa mientras se desvestía. Se metió en la cama. Luego su respiración se hizo lenta y rítmica.

A la luz tenue de la farola que se colaba por la persiana, distinguía las pinzas de los rulos que brillaban en su cabeza como una hilera de bayonetas en miniatura.

Decidí que aparcaría la novela hasta que viajara a Europa y tuviera un amante, y que nunca aprendería ni una palabra de taquigrafía. Si nunca aprendía taquigrafía, nunca tendría que usarla.

Pensé que me pasaría el verano leyendo *Finnegan's Wake* y redactando la tesis.

Así iría muy adelantada cuando empezara el curso, a finales de septiembre, y podría disfrutar de mi último año en la universidad en lugar de quedarme empollando sin maquillaje y despeinada, a base de café y bencedrina, como hacían muchas de las alumnas de cuarto en el programa de honores, hasta acabar la tesina.

Entonces pensé que podía dejar la universidad durante un año y aprender alfarería.

O ahorrar para ir a Alemania y trabajar de camarera, hasta ser bilingüe.

Entonces un plan tras otro se agolparon en mi cabeza, saltando como una familia de conejos atolondrados.

Vi los años de mi vida espaciados a lo largo de una carretera, en forma de postes de teléfono, unidos por cables. Conté uno, dos, tres..., diecinueve postes, y luego los cables quedaban colgando en el espacio, y por mucho que lo intentara, no veía un solo poste más allá del decimonoveno.

La habitación se llenó de una luz azulada, y me pregunté adónde había ido a parar la noche. Mi madre pasó de ser un tronco brumoso a convertirse en una mujer madura que dormía con la boca entreabierta y un ronquido encallado en la garganta. Me irritó el ruido porcino, y durante un rato me pareció que la única manera de detenerlo sería agarrar la columna de piel y cartílago de donde salía y retorcerla con mis propias manos hasta que lo silenciara.

Fingí dormir hasta que mi madre se fue a la escuela, pero ni siquiera los párpados me tapaban la luz. La malla roja de sus capilares diminutos colgaba ante mí como una herida en carne viva. Repté entre el colchón y el canapé y dejé que el colchón me cayera encima como una lápida. Daba la impresión de ser un lugar oscuro y resguardado, pero el colchón no pesaba suficiente.

Necesitaba una tonelada más de peso para hacerme dormir.

correrío, pasado lo de Eva y Adán, desde viraje de ribera hasta recodo de bahía, nos trae por un cómodo & amplio vicio cívico de recirculación de vuelta a Howth Castel y Enrededores...

Aquel tocho de libro se me clavaba en el estómago.

correrío, pasado lo de Eva y Adán...

Pensé que la minúscula del principio podía significar que en realidad nada empezaba nunca de cero, con una mayúscula, sino que simplemente seguía el curso de lo que venía antes. Eva y Adán eran Adán y Eva, por supuesto. Pero tal vez también significaba otra cosa.

Quizá era una taberna de Dublín.

Mis ojos se hundieron a través de la sopa de letras del alfabeto hasta la larga palabra en medio de la página.

¡bababadalgharaghtakamminarronnkonnbronntonnerronntuonnthunntrovarrhounawnskawntoohoohoor-denenthurnuk!

Conté las letras. Eran cien justas. Pensé que eso debía de ser importante.

¿Por qué tenían que ser cien letras?

A trompicones, intenté leer la palabra en voz alta.

Sonaba como un objeto de madera pesado cayendo por las escaleras, pum, pum, pum, peldaño tras peldaño. Levantando las páginas del libro, las dejé abrirse despacio en abanico ante mis ojos. Palabras, vagamente familiares, pero retorcidas y desfiguradas como caras en la casa de los espejos, desfilaron sin dejar ninguna impresión en la superficie vidriosa de mi cerebro.

Bizqueé mirando la página.

De las letras brotaron púas y cuernos de carnero. Vi cómo se separaban, una de otra, y se sacudían de arriba abajo absurdamente. Entonces se agruparon en formas fantásticas, intraducibles, como de árabe o chino.

Decidí mandar al infierno la tesis.

Decidí mandar al infierno todo el programa de honores y ser una estudiante de letras corriente. Fui a consultar los requisitos para una estudiante corriente de letras en mi universidad.

Había montones de requisitos, y yo no cumplía ni la mitad. Uno de los requisitos era un curso sobre el siglo XVIII. Aborrecía el siglo XVIII y a todos aquellos hombres petulantes escribiendo pareados rígidos y obcecados con la razón. Así que me lo había saltado. En el programa de honores te permitían esas cosas, eras mucho más libre. Había sido tan libre que me dediqué más que nada a Dylan Thomas.

Una amiga mía, también en el programa, se las había ingeniado para no leer jamás una sola palabra de Shakespeare; en cambio, era toda una especialista en los *Cuatro cuartetos.*

Vi que me resultaría imposible y embarazoso intentar cambiar la libertad de mi programa por la rigidez del otro. Así que consulté los requisitos para la facultad de letras donde mi madre daba clase en la ciudad.

Eran aún peores.

Tenías que saber inglés antiguo e historia de la lengua, y conocer una selección representativa de todo lo que se había escrito desde el *Beowulf* hasta la actualidad.

Me sorprendió. Siempre había mirado con desdén la facultad de mi madre, porque era mixta y estaba llena de estudiantes que no podían conseguir becas para las grandes universidades del este.

De pronto vi que hasta el más zopenco en la facultad de mi madre sabía más que yo. Vi que ni siquiera me dejarían pasar de la puerta, y menos aún iban a darme una beca generosa como la que tenía en mi universidad.

Pensé que me convendría trabajar durante un año y meditarlo todo bien. Quizá podría estudiar el siglo XVIII en secreto.

Aunque, sin saber taquigrafía, ¿qué podría hacer?

Podría hacer de camarera o de mecanógrafa.

Pero no soportaba la idea de ser ninguna de las dos cosas.

–¿Y dices que quieres más somníferos?

–Sí.

–Los que te di la semana pasada son muy fuertes.

–Ya no hacen efecto.

Los ojos grandes, oscuros de Teresa me observaron reflexivamente. Oí las voces de sus tres hijos en el jardín, bajo la ventana del consultorio. Mi tía Libby se había casado con un italiano, y Teresa era la cuñada de mi tía y nuestra médica de cabecera.

Me gustaba Teresa. Tenía un toque tierno, intuitivo.

Suponía que debía de ser porque era italiana.

Hubo una pequeña pausa.

–¿Qué es lo que ocurre? –dijo entonces Teresa.

–No puedo dormir. No puedo leer. –Procuré hablar con calma y serenidad, pero el zombi me subió por la garganta y me estranguló. Giré las manos mostrando las palmas.

–Creo –Teresa arrancó una tira de papel blanco de su bloc de recetas y anotó un nombre y una dirección– que será mejor que vayas a ver a otro doctor que conozco. Podrá ayudarte mejor que yo.

Miré lo que había escrito, pero no pude leerlo.

–El doctor Gordon –dijo Teresa–. Es psiquiatra.

11

La sala de espera del doctor Gordon era silenciosa y beis.

Las paredes eran beis, y la moqueta era beis, y la tapicería de las sillas y los sofás eran beis. No había ni espejos ni cuadros, solo certificados de distintas facultades de medicina, con el nombre del doctor Gordon en latín, colgados por las paredes. Unos helechos ensortijadas de un verde claro y unas hojas con pinchos de un verde mucho más oscuro llenaban los tiestos de cerámica en la mesa auxiliar y la mesa de café y la mesa de las revistas.

Al principio me pregunté por qué la sala parecía tan segura. Entonces me di cuenta que era porque no había ventanas.

El aire acondicionado me hizo estremecer.

Seguía llevando la blusa blanca y la falda con peto de Betsy. Ahora habían perdido apresto, al no haberlas lavado en las tres semanas que llevaba en casa. El algodón sudado despedía un olor acre pero cálido.

No me había lavado el pelo en tres semanas, tampoco.

Llevaba siete noches sin dormir.

Mi madre me aseguró que tenía que haber dormido, era imposible no dormir en tanto tiempo, pero si dormía, era con los ojos abiertos de par en par, porque había seguido el curso verde luminoso de la manecilla de los segundos y la de los minutos y la de la hora en el reloj de la mesa de noche mientras trazaban sus círculos y semicírculos, cada noche durante siete noches, sin saltarme un segundo, ni un minuto, ni una hora.

No me había lavado la ropa ni el pelo porque me parecía absurdo.

Veía los días del año extendiéndose adelante como una serie de cajas blancas brillantes, y el sueño se intercalaba entre una caja y la otra, como una sombra negra. Solo que para mí, la larga perspectiva de sombras que separaba una caja de la siguiente de pronto se había roto, y podía ver día tras día tras día resplandeciendo ante mí como una avenida blanca y ancha, infinitamente desolada.

Parecía absurdo lavarme un día cuando no me quedaría más remedio que lavarme de nuevo al siguiente.

Me cansaba solo de pensarlo.

Quería hacerlo todo de una vez por todas y se acabó.

El doctor Gordon jugueteaba con un lápiz plateado.

–Me dice tu madre que estás disgustada.

Acurrucada en la cavernosa butaca de cuero, miré al doctor Gordon a través de una hectárea de escritorio resplandeciente.

El doctor Gordon aguardó. Golpeteó con el lápiz –toc, toc, toc– a lo largo del campo verde y cuidado del tapete.

Tenía unas pestañas tan largas y espesas que parecían de mentira. Juncos negros de plástico bordeando dos estanques verdes, glaciales.

Los rasgos del doctor Gordon eran tan perfectos que parecía un muñeco.

Empecé a odiarlo en cuanto entré por la puerta.

Había imaginado a un hombre bonachón, feo, intuitivo, que al levantar la mirada exclamaría «¡Ah!» de un modo alentador, como si pudiera ver algo que a mí se me escapaba, y entonces encontraría las palabras para contarle por qué estaba tan asustada, como si me estuvieran empujando más y más adentro en un saco negro sin aire y sin salida.

Entonces se reclinaría en la silla y juntaría las yemas de los dedos en un pináculo y me explicaría por qué no podía dormir y por qué no podía leer y por qué no podía comer y por qué todo lo que la gente hacía parecía tan absurdo, si al final simplemente se morían.

Y entonces, pensaba, me ayudaría a ser yo misma de nuevo paso a paso.

Pero el doctor Gordon no era así, ni mucho menos. Era joven y guapo, y me di cuenta en el acto de que era engreído.

El doctor Gordon tenía una fotografía con un marco plateado encima de la mesa, a medias encarada hacia él y a medias hacia mi butaca de cuero. Era un retrato de familia, donde se veía a una mujer hermosa y morena, que podría haber sido la hermana del doctor Gordon, asomada por encima de la cabecita de dos niños rubios.

Creo que uno era niño y la otra niña, pero puede que ambos fuesen niños o ambos niñas, cuesta distinguirlos cuando son tan pequeños. Me parece que también aparecía un perro en el suelo –una especie de airedale o perdiguero dorado–, pero quizá solo fuese el estampado de la falda de la mujer.

Por alguna razón la fotografía me puso furiosa.

No entendía por qué tenía que estar medio encarada hacia mí a menos que el doctor Gordon pretendiera mostrarme de entrada que estaba casado con una mujer deslumbrante y que era mejor que no se me ocurrieran ideas raras.

Entonces pensé cómo iba a ayudarme aquel doctor Gordon de todos modos, con su preciosa mujer y sus preciosos hijos y su precioso perro rodeándolo en un halo como los ángeles en una estampa de Navidad.

–¿Y si intentas explicarme dónde crees tú que está el problema?

Di vueltas a esas palabras con recelo, como si fuesen guijarros redondos pulidos por el mar que de pronto pudieran sacar una pinza y convertirse en otra cosa.

¿Dónde «creía» yo que estaba el problema?

Así sonaba como si en realidad no hubiera ningún problema, sino que yo me lo imaginaba.

Con una voz apagada y monótona –para mostrar que no me había obnubilado por lo guapo que era ni por la fotografía de su familia– le conté al doctor Gordon que no dormía ni comía ni leía. No le conté nada de la escritura, que era lo que más me preocupaba.

Aquella mañana había intentado escribirle una carta a Doreen, que estaba en Virginia Occidental, para preguntarle si podía ir a vivir con ella y a lo mejor conseguir trabajo en su universidad, sirviendo mesas o cualquier cosa.

Cuando empuñé la pluma, sin embargo, mi mano trazó unas letras grandes y erráticas, y las líneas quedaron torcidas en el folio, cayendo en diagonal como si fuesen lazadas de cuerda sobre el papel y alguien hubiera soplado para desbaratarlas.

Me di cuenta de que no podía mandar una carta en esas condiciones, así que la rompí y me guardé los trozos de papel en la cartera, junto a mi estuche multiusos, por si el psiquiatra me pedía que se los enseñara.

Pero por supuesto el doctor Gordon no me pidió verlos, porque no se los mencioné, y empecé a sentirme satisfecha de mi astucia. Pensé que solo tenía que contarle lo que quisiera, y que controlaría la imagen que se hiciera de mí ocultando esto y revelando aquello, mientras él seguía creyéndose muy listo.

Cuando le hablaba, el doctor Gordon agachaba la cabeza como si rezara, y el único sonido aparte de la voz apagada y monocorde era el toc, toc, toc del lápiz del doctor Gordon en el mismo punto del tapete verde, como un bastón atascado.

Cuando acabé, el doctor Gordon levantó la cabeza.

–¿Dónde has dicho que estudiabas?

Perpleja, se lo dije. No veía a cuento de qué me lo preguntaba.

–¡Ah! –El doctor Gordon se reclinó en su silla, mirando por encima de mi hombro con una sonrisa nostálgica.

Pensé que iba a darme su diagnóstico, y que quizá me había precipitado al juzgarlo tan cruelmente. Pero solo dijo:

–Recuerdo bien tu universidad. Estuve allí, durante la guerra. Tenían un cuartel de mujeres del Cuerpo Auxiliar, ¿verdad? ¿O era de la Reserva Naval?

Le dije que no lo sabía.

–Sí, era del Cuerpo Auxiliar, ahora me acuerdo. Fui médico de toda la tropa, antes de que me destinaran a ultramar. Caray, había un bonito plantel de chicas.

El doctor Gordon se rio.

Entonces, en un único movimiento fluido, se puso de pie y caminó hacia mí rodeando la esquina de su mesa. No estaba segura de lo que se proponía, así que me levanté también.

El doctor Gordon me dio la mano, que colgaba a mi costado derecho, y la estrechó.

–Nos vemos la semana que viene, entonces.

Los olmos tupidos, exuberantes, formaban un túnel de sombra por encima de las fachadas de ladrillo ocre y rojizo a lo largo de Commonwealth Avenue, y un tranvía enfilaba hacia Boston por su vía fina y plateada. Esperé a que pasara el tranvía antes de cruzar hasta el Chevrolet gris aparcado en la acera de enfrente.

Vi la cara de mi madre, nerviosa y amarillenta como una rodaja de limón, escrutándome a través del parabrisas.

–Bueno, ¿qué te ha dicho?

Tiré de la puerta del coche. Quedó mal cerrada. La abrí de un empujón y tiré de nuevo dando un portazo.

–Ha dicho que me visitará la semana que viene.

Mi madre suspiró.

El doctor Gordon cobraba veinticinco dólares la hora.

–Hola, ¿cómo te llamas?

–Elly Higginbottom.

El marinero siguió andando a mi lado, y sonreí.

Pensé que debía de haber tantos marineros como palomas en el parque municipal del corazón de Boston. Parecían salir de una casa de reclutamiento grisácea que había al final, con carteles de ALÍSTATE EN LA MARINA pegados en los tableros de alrededor y por dentro en todas las paredes.

–¿De dónde eres, Elly?

–De Chicago.

Nunca había estado en Chicago, pero conocía a un par de chicos que iban a la Universidad de Chicago, y parecía el típico sitio de donde venía gente atolondrada, poco convencional.

–Vaya, estás lejos de casa.

El marinero me pasó el brazo por la cintura, y durante largo rato paseamos así alrededor del parque, el marinero acariciándome la cadera a través de la falda verde con peto, y yo sonriendo con aire misterioso e intentando no decir nada que delatase que era de Boston y podía encontrarme en cualquier momento con la señora Willard o alguna otra amiga de mi madre, volviendo de tomar el té en Beacon Hill o de comprar en Filene's.

Pensé que si alguna vez iba a Chicago, me cambiaría de nombre y sería Elly Higginbottom para siempre. Así nadie sabría que había echado por la borda una beca en una prestigiosa universidad de mujeres en el este y arruinado un mes en Nueva York y rechazado a un estudiante de medicina responsable que se quería casar conmigo y un día sería miembro del Colegio de Médicos y ganaría dinero a espuertas.

En Chicago la gente me aceptaría por lo que era.

Sería Elly Higginbottom, la cándida huérfana. La gente me querría por mi carácter dulce y apacible. No me irían detrás para que leyera libros y escribiera largos artículos sobre los mellizos en James Joyce. Y quizá un día me casaría con un mecánico, viril pero tierno, y tendría una gran familia bovina, como Dodo Conway.

Si me daba la gana.

–¿Qué quieres hacer cuando te licencies de la Marina? –le pregunté de pronto al marinero.

Era la frase más larga que había dicho y lo desconcertó. Se echó hacia un lado el gorrito blanco de magdalena, y se rascó la cabeza.

–Hum, pues no lo sé, Elly –dijo–. Quizá vaya a la universidad con la ayuda que da el gobierno.

Guardé silencio. Luego le pregunté, insinuante:

–¿Alguna vez has pensado en abrir un taller mecánico?

–Pues no –dijo el marinero–. Nunca.

Lo miré por el rabillo del ojo. No aparentaba más de dieciséis años.

–¿Sabes qué edad tengo? –dije con tono acusador.

El marinero me sonrió.

–Pues no, y tampoco me importa.

Se me ocurrió que aquel marinero en realidad era tremendamente guapo. Parecía nórdico y virginal. Ahora que era lela, por lo visto atraía a personas ingenuas y nobles.

–Bueno, tengo treinta –dije, y esperé.

–Caramba, Elly, no los aparentas.

El marinero me pellizcó la cadera. Entonces echó una ojeada rápida a izquierda y a derecha.

–Oye, Elly, si vamos detrás de esa escalinata de ahí, debajo del monumento, puedo besarte.

En ese momento advertí una figura oscura con zapatos planos oscuros que avanzaba por el parque hacia mí. Desde lejos no distinguí los rasgos de la cara, pequeña como la de una moneda, pero supe que era la señora Willard.

–¿Sería tan amable de indicarme cómo ir al metro? –le pregunté al marinero en voz alta.

–¿Qué?

–¿El metro que va a la prisión de Deer Island?

Cuando la señora Willard se acercara tendría que fingir que solo le estaba pidiendo indicaciones al marinero, que no lo conocía de nada.

–Quítame las manos de encima –le dije al chico por lo bajo.

–Oye, Elly, ¿qué mosca te ha picado?

La mujer pasó de largo a mi lado sin mirarme ni saludar, y por supuesto no era la señora Willard. La señora Willard estaba en su casita de las Adirondacks.

Fulminé con una mirada vengativa a la mujer mientras se alejaba.

–Oye, Elly…

–Creía que era una antigua conocida –dije–. Una bruja del orfanato de Chicago.

El marinero volvió a tomarme de la cintura.

–¿Quieres decir que no tienes papá ni mamá, Elly?

–No.

Solté una lágrima que parecía estar preparada. Me dejó un caminito caliente en la mejilla.

–Oye, Elly, no llores. Esa señora ¿fue mala contigo?

–Fue… ¡fue espantosa!

Entonces las lágrimas salieron en tromba y, mientras el marinero me abrazaba y las secaba con un pañuelo limpio blanco de hilo a la sombra de un olmo blanco, pensé en lo espantosa que había sido aquella mujer del traje oscuro, y que, tanto si lo sabía como si no, tuvo la culpa de que yo diera un mal paso aquí y tomara el mal camino allá y de todo lo malo que pasó después.

–Bueno, Esther, ¿qué tal te encuentras esta semana?

El doctor Gordon mecía el lápiz como si fuera una fina bala de plata.

–Igual.

–¿Igual? –Arqueó una ceja, como si no se lo creyera.

Así que volví a explicárselo, con la misma voz apagada y monocorde, solo que esta vez más enfadada, porque parecía ser muy lento para comprender que llevaba catorce noches sin dormir y que no podía leer ni escribir ni apenas tragar.

El doctor Gordon no pareció impresionado.

Rebusqué en mi cartera y encontré los trozos de la carta que le había escrito a Doreen. Los saqué y deje que cayeran revoloteando sobre el tapete verde inmaculado del doctor Gordon. Aterrizaron silenciosamente, como pétalos de margarita en un prado estival.

–¿Qué le parece eso? –pregunté.

Pensé que el doctor Gordon vería en el acto aquella mala letra.

–Me parece –se limitó a decir– que me gustaría hablar con tu madre. ¿Te importa?

–No –contesté, aunque no me gustaba ni un pelo la idea de que el doctor Gordon hablara con mi madre.

Pensaba que podía pedirle que me encerraran. Recogí todos los trozos de la carta, para que el doctor Gordon no pudiera recomponerla y ver que estaba planeando huir, y salí de su despacho sin mediar otra palabra.

Observé cómo mi madre se hacía más y más pequeña hasta que desapareció por la puerta del edificio donde estaba la consulta del doctor Gordon. Luego la observé hacerse más y más grande mientras volvía hacia el coche.

–¿Y bien?

Me di cuenta de que había llorado. Mi madre no me miró. Arrancó el coche.

Luego, mientras nos deslizábamos bajo la sombra fresca, abisal de los olmos, dijo:

–El doctor Gordon no cree que hayas mejorado, ni mucho menos. Cree que deberías hacer un tratamiento de electrochoque en su hospital privado, en Walton.

Sentí una intensa punzada de curiosidad, como si acabara de leer en el periódico un titular terrible acerca de otra persona.

–¿Pretende ingresarme?

–No –dijo mi madre, y le tembló la barbilla.

Creí que estaba mintiendo.

–Dime la verdad –exigí– o no volveré a hablarte nunca más.

–¿Acaso no te digo siempre la verdad? –contestó mi madre, y se echó a llorar.

> ¡SUICIDA RESCATADO EN LA CORNISA DE UN SÉPTIMO PISO!
> Después de pasar dos horas en una estrecha cornisa, a siete pisos de altura frente a un aparcamiento de hormigón y de la multitud expectante, el señor George Pollucci accedió a volver a entrar por una ventana sano y salvo con la ayuda del sargento Will Kilmartin, del cuerpo de policía de la comisaría de Charles Street.

Abrí un cacahuete de la bolsa de diez centavos que había comprado para echárselos a las palomas, y me lo comí. Sabía rancio, como un trozo de corteza muerta.

Me acerqué el periódico a los ojos para ver mejor la cara de George Pollucci, iluminada como una luna en cuarto menguante sobre un vago fondo de ladrillo y cielo negro. Sentí que tenía un mensaje importante para mí, y que cualquiera que fuese tal vez lo llevara escrito en la cara.

Pero los contornos borrosos de las facciones de George Pollucci se fundieron mientras los observaba, descomponiéndose en un patrón regular de puntos grises oscuros y claros y medios.

La columna del periódico, negra e impenetrable, no explicaba por qué el señor Pollucci estaba en la cornisa, o qué le hizo el sargento Kilmartin cuando al fin lo convenció de que entrara por la ventana.

El problema de saltar al vacío era que, si no elegías una altura prudencial, podías quedar con vida al chocar. Supuse que siete pisos era una distancia segura.

Doblé el periódico y lo encajé entre los listones del banco del parque. Era lo que mi madre llamaba prensa sensacionalista, lleno de asesinatos y suicidios y palizas y robos de ámbito local, y donde aparecía prácticamente en cada página una señora medio desnuda con los pechos desbordando el escote del vestido y las piernas colocadas para enseñar el liguero.

No entendía por qué nunca hasta entonces me había comprado uno de esos periódicos. Eran lo único que podía leer. Las pequeñas columnas entre las imágenes acababan antes de que las letras empezaran a ponerse arrogantes y saltarinas. En casa lo único que leía de vez en cuando era *The Christian Science Monitor*, que aparecía en el umbral de la puerta a las cinco todos los días menos el domingo y hablaba de suicidios y crímenes sexuales y accidentes de avión como si en realidad no sucedieran.

Un gran cisne blanco cargado de criaturas se acercó a mi banco, luego dio la vuelta en un islote arbolado lleno de patos y se alejó por debajo el arco oscuro del puente. Todo lo que miraba me parecía brillante y minúsculo.

Como por el ojo de una cerradura de una puerta que no podía abrir, me vi de pequeña con mi hermanito sosteniendo unos globos con orejas de conejo, montando en una barca en forma de cisne y peleando por sentarnos cerca del borde, junto al agua sembrada de cáscaras de cacahuetes. En la boca tenía un sabor a limpieza y a menta. Si nos portábamos bien en el dentista, mi madre siempre nos invitaba a dar un paseo en la barca del cisne.

Di la vuelta al jardín botánico –por el puente y bajo los monumentos verdiazulados, pasando el tapiz de flores con la bandera de Estados Unidos y la entrada donde por veinticinco centavos podías hacerte una foto en una caseta de lona a rayas naranjas y blancas– leyendo el nombre de los árboles.

Mi árbol favorito era el «Árbol del sabio arrepentido». Suponía que procedía de Japón. En Japón entendían las cuestiones del espíritu.

Allí uno mismo se destripaba cuando caía en desgracia.

Intenté imaginar cómo lo hacían. Debían de tener un cuchillo afiladísimo. No, más bien dos cuchillos afiladísimos. Entonces se sentaban, cruzados de piernas, con un cuchillo en cada mano. Luego cruzaban las manos y apuntaban un cuchillo a cada lado del torso. Habrían de estar desnudos, porque si no el cuchillo se atascaría entre la ropa.

Entonces con un ímpetu fugaz, sin que les diera tiempo a pestañear, se clavaban los cuchillos y se rajaban, trazando una media luna por arriba y otra media luna por abajo, hasta completar el círculo. Entonces la piel de la barriga se desprendía, como un plato, y las entrañas se derramaban, y morían.

Hacía falta mucho valor para morir así.

Mi problema era que no soportaba la visión de la sangre.

Pensé en quedarme en el parque toda la noche.

A la mañana siguiente Dodo Conway iba a llevarnos a mi madre y a mí a Walton, y si me quería escapar antes de que fuera demasiado tarde, ahora era el momento. Miré dentro de mi cartera y conté un dólar en billete y setenta y nueve centavos en monedas.

No tenía ni idea de cuánto costaba llegar a Chicago, y no me atrevía a ir al banco y retirar todo mi dinero, porque pensaba que quizá el doctor Gordon había avisado al cajero para que me interceptasen si hacía algún movimiento delatador.

Se me ocurrió que podía viajar a dedo, pero no tenía ni idea de cuál de todas las carreteras que salían de Boston llevaban a Chicago. Orientarse en un mapa es bastante fácil, pero cuando estaba en cualquier sitio perdía por completo el sentido de la orientación. Cada vez que intentaba averiguar hacia dónde quedaban el este y el oeste, casualmente era mediodía, o estaba nublado, cosa que no ayudaba en nada, o era de noche, y salvo por la Osa Mayor y Casiopea, era una negada para reconocer las estrellas, un defecto que siempre descorazonaba a Buddy Willard.

Decidí ir andando hasta la terminal de autobuses y preguntar cuánto costaba un billete a Chicago. Así podría ir al banco y retirar el importe justo, con lo que no levantaría muchas sospechas.

Acababa de cruzar las puertas de cristal de la terminal y me había puesto a hojear un expositor de folletos con rutas y horarios, cuando caí en la cuenta de que la oficina del banco en mi pueblo estaría cerrada, porque ya era media tarde, y no podría sacar dinero hasta el día siguiente.

Tenía visita en Walton a las diez de la mañana.

En ese momento el altavoz retumbó anunciando las paradas de un autobús que estaba a punto de salir del aparcamiento. La voz estridente continuó traca traca traca sin que se entendiera una palabra, y entonces, en medio de las interferencias, reconocí un nombre tan claro como un la en el piano al afinar entre todos los instrumentos de una orquesta.

Era una parada que estaba a dos manzanas de mi casa.

Salí a toda prisa al calor polvoriento de la tarde de finales de julio, sudando y con la boca pastosa, como si llegara tarde a una entrevista difícil, y me subí en el autobús rojo, que ya tenía el motor en marcha.

Le pagué el billete al chófer, y silenciosamente, girando sobre bisagras enguantadas, la puerta se cerró a mis espaldas.

12

El hospital privado del doctor Gordon coronaba una cuesta cubierta de hierba al final de un largo sendero solitario blanqueado por conchas marinas rotas. Las paredes amarillas de madera de la gran casa, con la terraza que la rodeaba, resplandecían al sol, pero nadie paseaba por la cúpula verde del césped.

Mientras mi madre y yo nos acercábamos sentimos el calor aplastante del verano, y una cigarra empezó a cantar, como una segadora aérea, en el corazón de un haya cobriza en la parte de atrás. El canto de la cigarra solo sirvió para subrayar el inmenso silencio.

Una enfermera nos recibió en la puerta.

–Hagan el favor de esperar en el salón. El doctor Gordon las atenderá enseguida.

Me inquietó que todo en la casa pareciese normal, a pesar de que sabía que estaba abarrotada de locos. En las ventanas que se veían no había rejas, y tampoco ruidos desaforados o inquietantes. La luz del sol se medía en rectángulos regulares sobre la moqueta, roja y gastada pero suave, y un aroma a hierba recién cortada endulzaba el aire.

Me detuve en la entrada del salón.

Por un momento creí que era una réplica de la sala de una casa de huéspedes que visité una vez en una isla de la costa de Maine. La luz entraba a raudales por las puertas acristaladas, un piano de cola ocupaba el rincón del fondo de la habitación, y había gente vestida con ropa fresca alrededor de las mesas para jugar a las cartas y en los sillones de mimbre torcidos que a menudo se ven en complejos turísticos decadentes de la costa.

Entonces me di cuenta de que ninguna de aquellas personas se movía.

Me fijé con más detenimiento, tratando de sacar alguna pista de sus posturas rígidas. Distinguí hombres y mujeres, y chicos y chicas que debían de ser tan jóvenes como yo, pero había cierta uniformidad en sus caras, como si llevaran mucho tiempo sobre una estantería, sin contacto con la luz del sol, cubiertas de un polvo fino y pálido.

Entonces vi que de hecho algunos se movían, aunque con unos gestos imperceptibles, como pajaritos, y por eso al principio no los había advertido.

Un hombre de cara gris contaba un montón de naipes, uno, dos, tres, cuatro... Supuse que comprobaba si la baraja estaba completa, pero cuando acabó de contar, empezó de nuevo. A su lado, una señora gorda jugaba con una sarta de cuentas de madera. Pasó todas las cuentas a un lado del hilo. Luego, clic, clic, clic, dejó que cayeran hacia el otro.

En el piano había una chica hojeando una partitura, y cuando vio que la miraba agachó la cabeza, contrariada, y rompió la partitura por la mitad.

Mi madre me tocó el brazo y la seguí hasta el salón.

Nos sentamos, sin hablar, en un sofá desfondado que crujía cada vez que una se movía.

Entonces dejé resbalar la mirada por encima de la gente hacia el esplendor verde al otro lado de las cortinas diáfanas, y me sentí como si estuviera sentada en el escaparate de unos grandes almacenes. Las figuras a mi alrededor no eran personas, sino maniquíes, pintados para parecer personas y colocados en poses que imitaban la vida.

Subí detrás de la espalda con americana oscura del doctor Gordon.

Abajo, en el vestíbulo, había intentado preguntarle en qué consistía el tratamiento de electrochoque, pero al abrir la boca no me salieron las palabras y solo pude mirar embobada la cara sonriente, familiar, que flotaba ante mí como un plato rebosante de certezas.

Al final de las escaleras, la moqueta granate se acababa. Un linóleo feo, marrón, clavado con tachuelas al suelo, ocupaba su lugar y se extendía a lo largo de un pasillo flanqueado de puertas blancas cerradas. Mientras seguía al doctor Gordon, una puerta se abrió a lo lejos en algún sitio y oí gritar a una mujer.

De pronto una enfermera apareció frente a nosotros por la esquina del pasillo guiando a una mujer con un albornoz azul y una melena greñuda hasta la cintura. El doctor Gordon se apartó, y yo me pegué a la pared.

La mujer pasó arrastrando los pies, agitando los brazos y debatiéndose con la enfermera.

–Me voy a tirar por la ventana, me voy a tirar por la ventana, me voy a tirar por la ventana –repetía.

Regordeta y fornida, con la pechera del uniforme manchada, la enfermera bizca llevaba unas gafas tan gruesas que cuatro ojos me escrutaron tras los lentes redondos dobles. Traté de distinguir los ojos auténticos de los falsos, y cuál de los ojos de verdad era el bizco y cuál el normal, cuando de pronto acercó la cara a la mía con una gran sonrisa cómplice.

–¡Cree que va a tirarse por la ventana, pero no puede, porque todas las ventanas tienen barrotes! –susurró, como para tranquilizarme.

Y cuando el doctor Gordon me hizo pasar a una habitación desangelada en la parte posterior de la casa, vi que las ventanas de esa zona en efecto tenían barrotes, y que la puerta de la habitación y la del armario y los cajones de la cómoda, y todo lo que se abría y se cerraba tenía cerradura y podía echarse la llave.

Me tumbé en la cama.

La enfermera bizca volvió. Me desabrochó el reloj y se lo guardó en el bolsillo. Luego empezó a quitarme las horquillas del pelo.

El doctor Gordon estaba abriendo la cerradura del armario. Sacó una mesa de ruedas con un aparato encima y la hizo rodar hasta colocarla detrás de la cabecera de la cama. La enfermera empezó a untarme las sienes con una pomada apestosa.

Cuando se inclinó para llegar al lado de mi cabeza más cerca de la pared, sus enormes pechos me sofocaron como una nube o una almohada. Un tufo vago, a fármaco, emanaba de su carne.

–No te preocupes. –La enfermera me sonrió desde arriba–. La primera vez todo el mundo está muerto de miedo.

Intenté sonreír, pero la piel se me había quedado rígida, como un pergamino.

El doctor Gordon me puso una placa metálica a cada lado de la cabeza. Las ajustó en su sitio con una correa que se me clavaba en la frente, y me dio un alambre para que lo mordiera.

Cerré los ojos.

Se hizo un breve silencio, como una respiración contenida.

Entonces algo cedió y se apoderó de mí y me sacudió como si fuera el fin del mundo. Piii-iii-iiii-iii, aullaba, a través de un aire cargado de luz azul, y con cada fogonazo una gran sacudida me machacaba hasta que creí que se me rompían los huesos y la vida abandonaba mi cuerpo como la savia de un tallo roto.

Me pregunté cuál era el horrible crimen que había cometido.

Estaba sentada en un sillón de mimbre, sosteniendo una copa de cóctel llena de zumo de tomate. Me habían vuelto a poner el reloj en la muñeca, pero se veía extraño. Entonces me di cuenta de que me lo habían abrochado al revés. Noté las horquillas del pelo colocadas en lugares atípicos.

–¿Cómo te encuentras?

Una lámpara de pie metálica afloró en mi memoria. Era una de las pocas reliquias que conservamos del estudio de mi padre, y arriba tenía una campana de cobre donde se enroscaba la bombilla y de la que salía un cable raído y atigrado, que bajaba a lo largo de la barra de metal hasta un enchufe de la pared.

Un día decidí mover esa lámpara del rincón donde estaba la cama de mi madre y ponerla junto a mi escritorio, al otro lado del cuarto. El cable era bastante largo, así que no lo desenchufé. Recogí el cable pelado y agarré la lámpara con las dos manos.

Entonces saltó algo de la lámpara en un destello azul y me sacudió hasta que me castañetearon los dientes, y aunque intenté soltarla, las manos se me quedaron pegadas, y grité, o me arrancaron un grito de la garganta, porque no lo reconocí, lo oí elevarse y temblar en el aire igual que un espíritu arrancado violentamente de su cuerpo.

Entonces las manos se despegaron con un espasmo y caí de espaldas en la cama de mi madre. Un hoyuelo, tiznado como por la mina de un lápiz, me agujereaba el centro de la palma de la mano derecha.

–¿Cómo te encuentras?

–Bien.

Pero no era cierto. Me sentía a morir.

–¿A qué universidad dijiste que ibas?

Le dije el nombre.

–¡Ah! –la cara del doctor Gordon se iluminó con una sonrisa lenta, casi tropical–. Allí tenían un cuartel del Cuerpo Auxiliar de Mujeres durante la guerra, ¿no?

Los nudillos de mi madre estaban blancos como el hueso, como si se le hubiesen desollado durante la hora de espera. Miró por detrás de mí hacia el doctor Gordon, que debió de asentir, o sonreír, porque su cara se relajó.

–Unos pocos tratamientos más de electrochoque, señora Greenwood –oí que le decía el doctor Gordon–, y creo que notará una mejoría prodigiosa.

La chica de antes seguía sentada en el banco del piano, con la partitura rota tirada a sus pies como un pájaro muerto. Me miró fijamente, y le sostuve la mirada. Entrecerró los ojos. Me sacó la lengua.

Mi madre estaba siguiendo al doctor Gordon a la puerta. Me quedé atrás, y en cuanto volvieron la espalda, me giré hacia la chica y le hice burla tirándome de las orejas. Escondió la lengua y se le petrificó la cara.

Salí al sol.

Lustroso como una pantera a la sombra de un árbol, el coche familiar negro de Dodo Conway aguardaba al acecho.

El automóvil lo había encargado en un principio una rica dama de sociedad, con toda la carrocería negra, sin una mota de cromo, y la tapicería de cuero también negra, pero al recibirlo le pareció deprimente. Era idéntico a un coche fúnebre, decía, y todo el mundo pensaba igual, y nadie quería comprarlo, así que los Conway se lo llevaron a casa, rebajado, y se ahorraron un par de cientos de dólares.

Encajada en el asiento de delante, entre Dodo y mi madre, me sentía ausente y mansa. Cada vez que intentaba concentrarme, mis pensamientos resbalaban, como un patinador, hacia un espacio inmenso y vacío, y hacían piruetas, distraídamente.

–No quiero saber nada de ese doctor Gordon –dije, después de que dejásemos a Dodo y su coche negro detrás de los pinos–. Puedes llamarlo y decirle que no voy a ir la semana que viene.

Mi madre sonrió.

–Ya sabía yo que mi niña no era así.

–Así, ¿cómo?

–Como esa gente espantosa. Esos espantosos muertos vivientes del hospital. –Hizo una pausa–. Sabía que decidirías ponerte bien de nuevo.

ASPIRANTE A ACTRIZ SUCUMBE

TRAS SESENTA Y OCHO HORAS EN COMA.

Tanteé en mi cartera, entre los trozos de papel y el estuche de maquillaje y las cáscaras de cacahuete y las monedas y la caja con diecinueve hojas Gillete envueltas, hasta que conseguí desenterrar la instantánea que me había sacado esa tarde en la caseta a rayas naranjas y blancas.

La puse al lado de la fotografía borrosa de la chica muerta. Encajaba, boca con boca, nariz con nariz. La única diferencia eran los ojos. Los ojos en la instantánea estaban abiertos, mientras que los de la fotografía del periódico estaban cerrados. Pero supe que si a la chica le abrían los ojos me mirarían con la misma expresión muerta, negra y vacía que los ojos de la instantánea.

Volví a guardarla en mi cartera.

«Me quedaré aquí sentada al sol en este banco del parque cinco minutos más, controlando el reloj de aquel edificio –me dije– y entonces iré a algún sitio y lo haré.»

Convoqué a mi pequeño coro de voces.

¿No te interesa tu trabajo, Esther?

Mira Esther, tienes el perfil típico de una neurótica.

Así nunca llegarás a ninguna parte, así nunca llegarás a ninguna parte, así nunca llegarás a ninguna parte.

Una vez, una noche calurosa de verano, me había pasado una hora besando a un chico peludo y simiesco que estudiaba derecho en Yale porque me daba pena, de tan feo que era. Cuando acabé, dijo: «Te tengo calada, nena. A los cuarenta serás una mojigata».

«¡Facticio!», garabateó mi profesor de escritura creativa de la universidad colegio en un cuento mío titulado «El gran fin de semana».

Como no sabía lo que significaba «facticio», lo busqué en el diccionario.

Facticio, artificial, falso.

Así nunca llegarás a ninguna parte.

No había dormido en veintiuna noches.

Pensaba que la creación más bella del mundo debía de ser la sombra, el millón de formas en movimiento y callejones sin salida de la sombra. Había sombra en los cajones de las cómodas y en los armarios y en las maletas, y sombra debajo de las casas y de los árboles y las piedras, y sombra en el fondo de los ojos y las sonrisas de la gente, y sombra, leguas y leguas y leguas de sombra en la cara nocturna de la tierra.

Miré las dos tiritas de color carne que formaban una cruz en la pantorrilla de mi pierna derecha.

Esa mañana había dado un primer paso.

Me había encerrado en el cuarto de baño, había llenado la bañera con agua tibia y había sacado la gillette.

Cuando le preguntaron a no sé qué filósofo de la Antigua Roma cómo quería morir, dijo que abriéndose las venas en un baño tibio. Pensé que sería fácil, tumbarme en la bañera y ver las flores rojas que manaban de mis muñecas, una tras otra en el agua clara, hasta hundirme en el sueño bajo una superficie encarnada como las amapolas.

Pero a la hora de la verdad la piel de mis muñecas parecía tan blanca e indefensa que no pude hacerlo. Fue como si lo que deseara matar no estuviese en esa piel o en el débil pulso azul que saltaba bajo mi pulgar, sino en otro sitio, más hondo, más secreto y muchísimo más inaccesible.

Harían falta dos movimientos. Una muñeca, y luego la otra. Tres movimientos, si contaba el cambiar la cuchilla de mano. Entonces me metería en la bañera y me sumergiría.

Me puse delante del botiquín. Si mientras lo hacía me miraba en el espejo, sería como ver a otra persona, en un libro o una obra de teatro.

Pero la persona del espejo estaba paralizada y era demasiado estúpida para hacer nada.

Entonces pensé que quizá debía derramar un poco de sangre para practicar, así que me senté en el borde de la bañera y apoyé el tobillo derecho encima de la rodilla izquierda. Entonces levanté la mano derecha con la cuchilla y la dejé caer por su propio peso, como una guillotina.

No sentí nada. Luego sentí un escalofrío súbito, profundo, y una veta roja brillante manó del corte en la pantorrilla. La sangre se acumuló, oscura, como si fuera fruta, y me cayó por el tobillo hasta la garganta de mi zapato de charol negro.

Después se me ocurrió meterme en la bañera, pero me di cuenta de que en ese escarceo se me había ido casi toda la mañana y seguramente mi madre volvería a casa y me encontraría antes de que acabase.

Así que me vendé el corte, envolví las gillettes y cogí el autobús de las once y media a Boston.

–Lo siento, nena, no hay metro a la prisión de Deer Island, está en una isla.

–No, no está en una isla. Antes sí, pero rellenaron el agua con tierra y ahora se une a la costa.

–No hay metro.

–Tengo que ir allí.

–Eh –el hombre gordo en la taquilla me miró a través de la reja–, no llores. ¿A quién tienes allí, cielo, a algún pariente?

La gente empujaba y se chocaba al esquivarme en la oscuridad iluminada artificialmente, apresurándose para llegar a los trenes que entraban y salían con estruendo de los túneles intestinales debajo de Scollay Square. Sentí que se me saltaban las lágrimas, como por unos aspersores.

–¡A mi padre!

El gordo consultó un diagrama en la pared de su taquilla.

–Esto es lo que tienes que hacer –dijo–. Súbete al coche que pase por aquella vía del fondo y te bajas en Orient Heights, y después te montas en un autobús que vaya hasta The Point. –Me sonrió–. Te dejará en la mismísima puerta de la cárcel.

–¡Eh, oiga! –Un tipo joven de uniforme azul me hizo señas con la mano desde la garita.

Levanté la mano como si le devolviera el saludo y seguí andando.

–¡Eh!

Me detuve y luego fui despacio hasta la garita, colocada como una sala de estar redonda en un descampado de arena.

–Oiga, no puede pasar de aquí. Ese es el recinto de la prisión, no se permite la entrada.

–Pensaba que podías caminar donde quisieras por la playa –dije–. Siempre que no rebasaras la línea de la marea.

El tipo pensó durante un momento.

–En esta playa, no –contestó.

Tenía una cara cordial, fresca.

–Qué bonito tienen esto –dije–. Parece una casita.

Echó una ojeada al interior, con su estera trenzada y cortinas de cretona. Sonrió.

–Hasta tenemos una cafetera.

–Yo antes vivía cerca de aquí.

–No me diga. Yo nací y me crie en este pueblo, también.

Miré a través de la franja de arena hacia el aparcamiento, la puerta de rejas y la estrecha carretera que seguía al otro lado, flanqueada por el mar, hasta lo que antaño era una isla.

Los edificios de ladrillo rojo de la cárcel parecían acogedores, como la residencia de una universidad de la costa. En un montículo cubierto de césped, a la izquierda, se podían ver unos puntitos blancos y otros un poco más grandes y rosados moviéndose de un lado a otro. Le pregunté al guardia qué eran.

–Son cerdos y gallinas.

Se me ocurrió que de haber tenido la sensatez de seguir viviendo en mi antiguo pueblo, quizá en la escuela habría conocido a ese guardia penitenciario y me habría casado con él y a estas alturas tendría una caterva de críos. Sería bonito, vivir junto al mar con montones de críos y cerdos y gallinas, vestida con lo que mi abuela llamaba batas de estar por casa y sentarme en una cocina con un suelo reluciente y brazos rollizos, tomando una cafetera tras otra.

–¿Cómo se entra en esa cárcel?

–Se solicita un pase.

–No, ¿cómo consigues que te encierren?

–Ah –el guardia se rio–. Robas un coche, atracas una tienda.

–¿Tienen asesinos, ahí dentro?

–No. Los asesinos van a una prisión estatal.

–¿Quién más, entonces?

–Bueno, el primer día de invierno nos llegan todos esos viejos vagabundos de Boston. Lanzan un ladrillo a una ventana para que los detengan y pasar el invierno resguardados del frío, con televisión y comida en abundancia, y partidos de baloncesto el fin de semana.

–Eso está bien.

–Bien, si es lo que te gusta –dijo el guardia.

Me despedí y al alejarme solo me volví una vez para mirar atrás. El guardia seguía en la puerta de su garita de vigilancia, y cuando me volví levantó el brazo y me saludó.

El tronco en el que me senté pesaba como el plomo y olía a brea. Bajo el cilindro recio y gris del depósito de agua sobre la imponente colina, el banco de arena se curvaba hacia el mar. Con marea alta, quedaba sumergido por completo.

Recordaba bien aquel banco de arena. Albergaba, en el recodo más oculto de la curva, una concha en particular que no podía encontrarse en ningún otro lugar de la playa.

Era una concha gruesa y suave, del tamaño de la base del pulgar, y normalmente blanca, aunque a veces rosada o color melocotón. Parecía una concha modesta.

–Mami, esa chica todavía está sentada ahí.

Levanté la cabeza, absorta, y vi a un chiquillo cubierto de arena, arrastrado desde la orilla por una mujer flaca, con ojos de pájaro y vestida con unos pantalones cortos rojos y un corpiño de topos rojos y blancos anudado al cuello.

No había contado con encontrar la playa invadida de veraneantes. En los diez años de mi ausencia, unas caprichosas casitas azules y rosas y verdes pastel habían brotado en las playas del cabo como champiñones, y los aeroplanos plateados y los zepelines con forma de puro habían dado paso a los aviones a reacción que sobrevolaban los tejados tras su estruendoso despegue en el aeropuerto, al otro lado de la bahía.

Era la única chica en la playa con falda y tacones altos, y se me ocurrió que debía de desentonar. Me había quitado los zapatos de charol al cabo de un rato, porque me hundía al caminar por la arena. Era un consuelo pensar que se quedarían encima del tronco plateado, apuntando hacia el mar, como una especie de brújula del alma, cuando ya estuviera muerta.

Rocé con el dedo la caja de las cuchillas dentro de mi cartera.

De pronto me di cuenta de lo estúpida que era. Tenía las cuchillas, pero no el baño templado.

Me planteé alquilar una habitación. Seguro que habría una pensión entre todas aquellas casas de verano. Pero no llevaba equipaje. Eso levantaría sospechas. Además, en una pensión siempre había otra gente que quería usar el cuarto de baño. Apenas me daría tiempo de hacerlo y meterme en la bañera, cuando ya habría alguien aporreando la puerta.

Las gaviotas, sobre los pilotes de madera en la punta del espigón, maullaban como gatos. Luego, una por una, levantaron el vuelo con sus chaquetas cenicientas y chillaron dando vueltas sobre mi cabeza.

–Perdone, señorita, mejor que no se quede aquí sentada, está subiendo la marea.

El niño estaba en cuclillas a unos pocos pasos. Levantó una piedra redonda morada y la tiró al mar por lo alto. El agua se la tragó con un sonoro plop. Luego siguió rebuscando alrededor, y oí las piedras secas entrechocar como monedas.

Lanzó un guijarro plano que rozó la superficie verdosa e hizo siete cabrillas, antes de perderse de vista segando el agua.

–¿Por qué no te vas a casa? –pregunté.

El niño lanzó otra piedra, más pesada. Se hundió después del segundo rebote.

–No quiero.

–Tu madre te estará buscando.

–No. –Sonaba preocupado.

–Si te vas a casa, te daré unos caramelos.

El niño se acercó un poco.

–¿De cuáles?

Sin necesidad de mirar en la cartera, supe que lo único que llevaba eran cáscaras de cacahuete.

–Te daré dinero para caramelos.

–¡Arthur!

Una mujer apareció caminando por el banco de arena, resbalando y sin duda maldiciendo para sus adentros, porque sus labios subían y bajaban entre las llamadas claras y perentorias.

–¡Arthur!

Se hizo visera con una mano, como si eso la ayudara a distinguirnos en la creciente penumbra del mar.

Sentí que el interés del niño menguaba a la vez que la atracción de su madre crecía. Empezó a simular que no me conocía. Pateó varias piedras, como buscando algo, y se alejó.

Me recorrió un escalofrío.

Las piedras estaban inertes y frías bajo mis pies descalzos. Pensé con añoranza en los zapatos negros en la playa. Una ola se retiró, como una mano, y luego avanzó y me acarició un pie.

El oleaje parecía venir del propio lecho marino, donde peces blancos ciegos se transportaban gracias a su propia luz a través del inmenso frío polar. Vi dientes de tiburón y lóbulos de ballena esparcidos alrededor, igual que lápidas.

Esperé, como si el mar pudiera tomar la decisión por mí.

Una segunda ola rompió en mis pies, ribeteada de espuma blanca, y un estremecimiento me apresó los tobillos con un dolor mortal.

La carne, acobardada, se apartó de una muerte así.

Recogí la cartera y volví caminando por las piedras frías hasta donde mis zapatos mantenían la vigilia a la luz violeta.

13

–Pues claro que lo mató su madre.

Observé la boca del chico a quien Jody se había empeñado en que conociera. Tenía unos labios gruesos y rosados, y una cara de crío que asomaba bajo la seda de su pelo, rubísimo. Se llamaba Cal, que parecía un nombre abreviado, pero no se me ocurría cuál, a menos que fuese California.

–¿Cómo estás tan seguro de que lo mató? –dije.

Por lo visto Cal era muy inteligente, y Jody me había dicho por teléfono que era una monada y que me iba a gustar. Me pregunté si, de seguir siendo la misma de antes, me habría gustado.

Era imposible saberlo.

–Bueno, primero dice que no, que no, que no, y luego va y dice que sí.

–Pero luego dice que no de nuevo.

Cal y yo estábamos tumbados compartiendo una toalla de rayas amarillas y verdes en una playa sucia frente a las marismas de Lynn. Jody y el chico con el que salía, Mark, se habían ido a dar un baño. Cal no había querido bañarse, prefirió quedarse charlando, y estábamos comentando esa obra de teatro en la que un joven descubre que padece una enfermedad cerebral, a raíz de los escarceos que su padre tuvo en el pasado con mujeres impuras, y al final el cerebro, que desde el principio ha ido degenerando, se le paraliza del todo y su madre se debate en el dilema de matarlo o no.

Sospechaba que mi madre había llamado a Jody y le había pedido que me invitara a salir, para que no me quedase encerrada en mi cuarto todo el día con las persianas bajadas. Al principio me resistí, porque pensaba que Jody me notaría el bajón que había pegado, y que hasta un tuerto vería que tenía la cabeza hueca.

Pero mientras conducíamos hacia el norte, y luego hacia el este, Jody no había parado de bromear y de reír y de parlotear, sin que pareciera importarle que yo solo dijera «Caramba» o «Cielos» o «No me digas».

Pasamos unos perritos calientes por una de las parrillas en el merendero de la playa, y observando a Jody y Mark y Cal conseguí cocinar el perrito el tiempo justo sin que se quemara ni se cayera al fuego, como temía que me iba a pasar. Luego, cuando nadie miraba, lo enterré en la arena.

Después de comer, Jody y Mark fueron corriendo hasta el agua cogidos de la mano, y yo me tumbé, mirando hacia el cielo, mientras Cal hablaba sin parar de la obra de teatro.

Me acordaba de esa obra solo porque aparecía un loco, y siempre se me grababa cualquier cosa que hubiera leído sobre gente loca, mientras que todo lo demás se perdía.

–Pero es el sí lo que importa –dijo Cal–. Es el sí lo que pesará al final.

Me incorporé y alargué la mirada hacia la plancha azul brillante del mar; una plancha azul brillante con un borde sucio. Una gran roca gris, redonda como la punta de un huevo, asomaba en el agua a una milla del cabo pedregoso.

–¿Con qué pensaba matarlo? Se me ha olvidado.

No se me había olvidado. Me acordaba perfectamente, pero quería oír qué decía Cal.

–Polvos de morfina.

–¿Crees que tienen polvos de morfina en Estados Unidos?

Cal reflexionó unos instantes.

–No creo –dijo luego–. Suena de lo más anticuado.

Me puse bocabajo y miré el paisaje hacia el otro lado, hacia Lynn. Una calima reverberaba sobre los fuegos de las parrillas y el calor de la carretera, y a través de la calima, como a través de una cortina de agua clara, distinguí el contorno borroso de depósitos de gasolina y chimeneas de fábricas y grúas y puentes en el horizonte.

Parecía el escenario de una catástrofe.

Volví a tumbarme bocarriba y pregunté, como si tal cosa:

–Si quisieras matarte, ¿cómo lo harías?

Cal pareció complacido.

–A menudo me lo he planteado. Me volaría los sesos de un tiro.

Fue una decepción. Matarse con una pistola era típico de hombres. Sabía que difícilmente iba a caer una pistola en mis manos. Y aunque cayera, no tendría la menor idea de dónde apuntarme.

Había leído en los periódicos casos de alguien que se pegaba un tiro pero solo le tocaba un nervio importante y quedaba paralítico, o se volaba la cara pero los cirujanos lo salvaban, como de milagro, de una muerte instantánea.

Los riesgos de una pistola parecían enormes.

–¿Con qué tipo de arma?

–La escopeta de mi padre. La tiene siempre cargada. Solo tendría que entrar en su estudio un día y... –Cal se puso un dedo en la sien y arrugó la cara en una mueca cómica–. ¡Pum!

Abrió sus ojos grises claros y me miró.

–¿Por casualidad tu padre vive cerca de Boston? –le pregunté con aire distraído.

–No. En Clacton-on-Sea. Es inglés.

Jody y Mark vinieron corriendo de la mano, chorreando y sacudiéndose el agua como dos cachorros cariñosos. Pensé que allí sobraría gente, así que me puse de pie y fingí un bostezo.

–Creo que voy a nadar.

Estar con Jody y Mark y Cal empezaba a tensarme los nervios, como un bloque de madera sobre las cuerdas de un piano. Temía perder el control en cualquier momento y soltar que no podía leer ni escribir y que debía de ser la única persona en el mundo que había pasado un mes entero despierta sin caer muerta de agotamiento.

Era como si de los nervios me saliera humo, igual que el humo de las parrillas y la carretera saturada de sol. Todo el paisaje –playa y cabo y mar y roca– oscilaba delante de mis ojos como un telón de fondo.

Me pregunté en qué punto del espacio el azul absurdo y postizo del cielo se volvía negro.

–Ve a nadar también, Cal.

Jody le dio a Cal un empujoncito juguetón.

–Uf. –Cal escondió la cara en la toalla–. Está demasiado fría.

Eché a andar hacia el agua.

De alguna manera, a la luz amplia y sin sombras del mediodía, el agua parecía cordial y acogedora.

Pensé que ahogarse debía de ser la manera más piadosa de morir, y quemarse la peor. Algunos de los bebés en los frascos que Buddy Willard me había enseñado tenían branquias, según me dijo. Pasaban por una fase en que eran como los peces.

Una ola pequeña, turbia, llena de envoltorios de caramelos y mondas de naranja y algas, se me enredó en el pie.

Noté unas pisadas en la arena detrás de mí, y Cal me alcanzó.

–Nademos hasta aquella roca de allí –señalé.

–¿Te has vuelto loca? Está muy lejos.

–¿Qué pasa? –le dije– ¿Eres un gallina?

Cal me agarró del codo y me empujó al agua. Cuando nos cubría por la cintura, se me echó encima y me hundió. Saqué la cabeza, salpicando, con el escozor de la sal en los ojos. Debajo, el agua era verde y opaca como un trozo de cuarzo.

Empecé a nadar, con un estilo perrito particular, manteniendo la cara hacia la roca. Cal daba brazadas lentas. Al cabo de un rato paró y sacó la cabeza.

–No voy a llegar –dijo, jadeando.

–Vale. Da la vuelta.

Me propuse seguir nadando mar adentro hasta que no tuviera fuerzas para volver. Mientras braceaba hacia delante, sentía los latidos del corazón retumbando como un motor lejano en mis oídos.

Soy, soy, soy.

Aquella mañana había intentado ahorcarme.

Había sacado el cordón de seda del albornoz amarillo de mi madre en cuanto se marchó a trabajar, y, en la penumbra ámbar del dormitorio, hice un nudo corredizo. Tardé un buen rato, porque se me daban mal los nudos y no tenía ni idea de hacer uno como es debido.

Después empecé a buscar un sitio para atar la soga.

El problema fue que los techos de nuestra casa no servían. Eran techos bajos, enyesados y lisos, sin una lámpara o una viga a la vista. Pensé con nostalgia en la casa que tenía mi abuela antes de venderla para venirse a vivir con nosotros, y luego con mi tía Libby.

La casa de mi abuela estaba construida al estilo señorial del siglo XIX, con habitaciones de techos altos y recios soportes para arañas de luces y armarios empotrados provistos de barras macizas, y un desván adonde nunca iba nadie, lleno de baúles y pajareras y maniquís de costura y vigas gruesas como las cuadernas de un barco.

Pero era una casa vieja, y la vendió, y yo no conocía a nadie más con una casa parecida.

Desalentada tras ir de un lado a otro con el cordón de seda colgado del cuello como la cola de un gato amarillo sin encontrar ningún sitio donde atarlo, me senté en el borde de la cama de mi madre e intenté apretar el nudo de un tirón.

Pero cada vez que tiraba tanto que sentía zumbar los oídos y la sangre se me agolpaba en la cara, las manos se me debilitaban y lo soltaban, y enseguida volvía a encontrarme bien.

Comprendí que mi cuerpo conocía toda clase de trucos, como dejarme sin fuerza en las manos en el instante crucial, para salvarse, una y otra vez, mientras que de ser por mí habría muerto en el acto.

La única salida era tenderle una emboscada con el poco sentido común que me quedara, o me atraparía en su estúpida jaula durante cincuenta años sin ningún sentido. Y cuando la gente descubriese que había perdido la cabeza, como tarde o temprano ocurriría aunque mi madre se atara la lengua, la convencerían de que me metiera en un manicomio donde podrían curarme.

Solo que mi caso era incurable.

Había comprado unos cuantos libros de bolsillo sobre trastornos psicológicos en el estanco, y había comparado mis síntomas y los de los libros y, en efecto, mis síntomas coincidían con los casos más desesperados.

Aparte de la prensa amarilla, nada más podía leer esos libros de trastornos psicológicos. Como si quedara un mínimo resquicio abierto, para que pudiera aprender todo lo que necesitaba sobre mi caso y zanjarlo así debidamente.

Me pregunté, después del fracaso con la soga, si no debía rendirme y ponerme en manos de los médicos, pero entonces recordé al doctor Gordon y su máquina privada de electrochoques. Una vez me encerrasen, podrían usarla conmigo a todas horas.

Y pensé en que mi madre y mi hermano y mis amigos me visitarían, día tras día, esperando que mejorara. Luego sus visitas se espaciarían, y perderían la esperanza. Se harían viejos. Me olvidarían.

Serían pobres, también.

Al principio querrían darme los mejores cuidados, así que se fundirían todo el dinero en un hospital privado como el del doctor Gordon. Al final, cuando se quedaran sin blanca, me trasladarían a un hospital público, donde habría cientos como yo, en una enorme jaula en el sótano.

Cuanto más desahuciado estabas, más te escondían.

Cal había dado la vuelta y nadaba hacia la playa.

Vi cómo se debatía lentamente con el agua al cuello, hasta hacer pie. Contra la arena ocre y las pequeñas olas verdosas de la orilla, durante un momento su cuerpo quedó seccionado en dos, como un gusano blanco. Luego salió arrastrándose del verde y se perdió en el ocre, entre decenas y decenas de otros gusanos que se retorcían o estaban tumbados entre el mar y el cielo.

Continué nadando, moviendo las manos y los pies. La roca en forma de huevo no parecía más cerca que cuando Cal y yo la mirábamos desde la orilla.

Entonces vi que no tendría sentido nadar hasta la roca, porque mi cuerpo aprovecharía esa excusa para trepar y tumbarse al sol, reuniendo fuerzas para volver nadando.

La única solución era ahogarme allí mismo.

Así que me detuve.

Junté las manos en el pecho, agaché la cabeza y me zambullí, usando las manos para bucear. Sentí la presión del agua en los tímpanos y el corazón. Me sumergí con grandes brazadas, pero antes de saber dónde estaba, el agua me había escupido de nuevo hacia el sol, y el mundo centelleba como si a mi alrededor hubiera piedras preciosas azules y verdes y amarillas.

Me quité el agua de los ojos.

Jadeaba, como después de un esfuerzo agotador, pero flotando, sin esfuerzo.

Me zambullí, y me volví a zambullir, y cada vez salía disparada como un corcho.

La roca gris me imitaba, brincando en el agua igual que una boya.

Sabía reconocer una derrota.

Volví.

Las flores asentían como niños listos, sabihondos, mientras las llevaba en el carrito por el pasillo.

Me sentía ridícula, con aquel uniforme de voluntaria de color verde salvia, y superflua, a diferencia de los médicos y las enfermeras con uniformes blancos, o incluso de las mujeres de la limpieza, con sus uniformes marrones y sus fregonas y sus cubos de agua sucia, que pasaban junto a mí sin decir palabra.

Si al menos me hubieran pagado, aunque fuera poco, podría contar como un trabajo de verdad, pero lo único que sacaba por una mañana de acarrear revistas y caramelos y flores de aquí para allá era un almuerzo gratis.

Mi madre decía que el remedio cuando piensas demasiado en ti mismo era ayudar a alguien que estuviese peor que tú, así que Teresa se había encargado de mandarme de voluntaria a ese hospital, porque eso era lo que todas las mujeres de la Liga Juvenil querían hacer, aunque por suerte para mí muchas estaban fuera de vacaciones.

Esperaba que me mandaran a una sala con casos truculentos de verdad, que verían buenas intenciones en mi cara inerte y alelada, y estarían agradecidos. Pero la encargada de las voluntarias, una dama de sociedad de nuestra iglesia, me echó una mirada y dijo:

–Estás en maternidad.

Así que subí tres pisos en el ascensor hasta la sala de maternidad y me presenté a la jefa de enfermeras. Me dio el carrito de las flores. Mi tarea consistía en poner los jarrones correspondientes en las camas correspondientes en las habitaciones correspondientes.

Antes de llegar a la puerta de la primera habitación, sin embargo, vi que muchas de las flores estaban mustias y empezaban a marchitarse. Pensé que sería desalentador para una mujer que acababa de tener un bebé que alguien le plantara delante un gran ramo de flores muertas, así que empujé el carrito hasta un fregadero en un hueco del pasillo y empecé a quitar todas las flores que estaban muertas.

A continuación quité todas las que se estaban muriendo.

No había ninguna papelera a la vista, así que estrujé las flores y las dejé en la pila blanca y honda. La porcelana estaba fría como una tumba. Sonreí. Así debían de colocar los cadáveres en la morgue del hospital. A pequeña escala, mi gesto reproducía el mismo que hacían los médicos y las enfermeras.

Empujé la puerta de la primera habitación y entré, arrastrando el carrito. Un par de enfermeras se levantaron de un salto, y tuve una impresión confusa de estanterías y botiquines.

–¿Qué desea? –me increpó una de las enfermeras. No podía distinguir a una de la otra, todas parecían idénticas.

–Me encargo del reparto de las flores.

La enfermera que había hablado me puso una mano en el hombro y me sacó de la sala, manejando el carrito hábilmente con la mano libre. Empujó las puertas de vaivén de la habitación contigua y con la cabeza me indicó que entrara. Después desapareció.

Oí risas a lo lejos hasta que una puerta se cerró y las cortó de golpe.

En la habitación había seis camas, y en cada cama había una mujer. Las mujeres estaban incorporadas tejiendo u hojeando revistas, o poniéndose rulos en el pelo y parloteando como cotorras en una casa de cotorras.

Había imaginado que estarían durmiendo, o tumbadas en silencio, pálidas, de manera que podría pasar de puntillas sin molestar y buscar el número de la cama escrito con rotulador en una etiqueta pegada en cada jarrón, pero antes de que me diese tiempo a reaccionar, una rubia pizpireta y llamativa con una cara triangular me hizo señas.

Me acerqué, dejando el carrito en medio de la habitación, pero ella me hizo un gesto impaciente y vi que quería que llevara el carrito también.

Empujé el carrito hasta su cama con una sonrisa servicial.

–Eh, ¿dónde está mi delfinio? –Una señora corpulenta, rechoncha me divisó desde la otra punta con ojo de águila.

La rubia de cara afilada se inclinó sobre el carrito.

–Aquí están mis rosas amarillas –dijo–. Pero todas revueltas con unos lirios horrendos.

Varias voces se sumaron a las voces de las dos primeras mujeres. Sonaban airadas y escandalosas y protestonas.

Iba a abrir la boca para explicar que había tirado un manojo de delfinios muertos al fregadero, y que después de expurgarlos algunos de los jarrones habían quedado un poco pobres, con tan pocas flores, que había mezclado varios ramos para rellenarlos, cuando la puerta se abrió de golpe y una enfermera se asomó a ver a qué venía el escándalo.

–Oiga, enfermera, anoche Larry me trajo un gran ramo de delfinios.

–Esta chica ha estropeado mis rosas amarillas.

Me desabroché el uniforme verde mientras corría, y al pasar lo tiré en el fregadero con el montón de flores muertas. Bajé por la escalera de servicio, desierta, saltando los escalones de dos en dos hasta la calle, sin encontrar un alma.

—¿Por dónde se va al cementerio?

El italiano de la chaqueta de cuero negra se detuvo y señaló la calle que pasaba por detrás de la iglesia metodista blanca. Me acordaba de la iglesia metodista. Hasta los nueve años había ido allí, antes de que muriera mi padre y nos mudásemos y nos hiciéramos unitarios.

Mi madre había sido católica antes de ser metodista. La abuela, el abuelo y la tía Libby aún eran católicos. La tía Libby se había apartado del catolicismo al mismo tiempo que mi madre, pero luego se enamoró de un italiano católico, así que volvió otra vez.

Últimamente me había planteado ir a la iglesia católica, también. Sabía que para los católicos suicidarse era un pecado terrible, pero si pensaban así, tal vez tuviesen un buen argumento para disuadirme.

Naturalmente yo no creía en la vida después de la muerte o el alumbramiento virginal o en la Inquisición o en la infalibilidad de aquel Papa con cara de mono ni nada de eso, pero no hacía falta que el cura se enterara, podría concentrarme en mi pecado y él me ayudaría a arrepentirme.

El único problema era que la Iglesia, incluso la Iglesia católica, no lo llenaba todo en tu vida. Por más que rezaras de rodillas, tenías que comer tres veces al día y trabajar y vivir en el mundo.

Se me ocurrió que podía indagar cuánto tiempo habías de ser católica antes de hacerte monja, así que le pregunté a mi madre, creyendo que ella sabría la mejor manera de encararlo.

Mi madre se había reído de mí.

—¿Crees que aceptarían a alguien como tú, así de buenas a primeras? Tienes que conocer todos los catecismos y los credos, y creer en ellos, a pies juntillas. ¡Una chica con tu capacidad!

De todas maneras me imaginaba acudiendo a algún cura de Boston; tendría que ser de Boston, porque no quería que ningún cura en mi pueblo supiera que pensaba quitarme la vida. Los curas eran unos chismosos de cuidado.

Iría vestida de negro, con mi cara blanca de muerta, y me arrojaría a los pies del cura y le suplicaría «¡Padre, ayúdeme!».

Pero eso fue antes de que la gente empezase a echarme miradas raras, como aquellas enfermeras del hospital.

Estaba casi segura de que los católicos no aceptarían a una monja loca. El marido de mi tía Libby había bromeado una vez sobre una monja que le mandaron una vez a Teresa de un convento para que le hiciera un chequeo. Esa monja oía en su cabeza el tañido de un arpa, y una voz que le repetía sin cesar «¡Aleluya!». Solo que, cuando la interrogaron a fondo, no sabía si la voz decía Aleluya o Arizona. La monja había nacido en Arizona. Creo que acabó en un manicomio.

Me cubrí con el velo negro hasta la barbilla y entré con paso decidido por la puerta de hierro forjado. Me pareció extraño que en todo el tiempo que mi padre llevaba enterrado en ese cementerio, ninguno de nosotros lo hubiera visitado nunca. Mi madre no nos dejó asistir a su funeral, porque entonces éramos solo unos niños, y había muerto en el hospital, así que el cementerio, e incluso su muerte, siempre se me habían antojado irreales.

Sentía un gran deseo, últimamente, de compensar a mi padre por todos los años de olvido, empezando por cuidar de su tumba. Siempre había sido su favorita, y parecía justo que asumiera el duelo que mi madre nunca se había molestado en cumplir.

Creía que si mi padre no hubiera muerto, me habría enseñado todo sobre los insectos, que era su especialidad en la universidad. También me habría enseñado alemán, y griego y latín, que conocía bien, y quizá sería luterana. Mi padre había sido luterano en Wisconsin, pero en Nueva Inglaterra estaban pasados de moda, así que dejó de ser practicante y después, según mi madre, se volvió un ateo resentido.

El cementerio me decepcionó. Estaba en las afueras del pueblo, en una hondonada, como un vertedero, y mientras recorría los senderos de grava me llegaba el olor de las marismas estancadas a lo lejos.

La parte vieja del cementerio estaba bien, con sus losas de piedra gastada y sus monumentos comidos por los líquenes, pero pronto comprendí que mi padre debía de estar enterrado en la parte moderna, con las fechas de los años cuarenta.

Las lápidas en la parte moderna eran bastas y vulgares, y aquí y allá se veía una tumba ribeteada de mármol, como una bañera rectangular llena de tierra, y, más o menos donde estaría el ombligo de una persona, asomaban jarrones de metal oxidados con flores de plástico.

Una llovizna empezaba a caer del cielo gris y me sentí deprimida por momentos.

No encontraba a mi padre por ningún sitio.

Unas nubes bajas y deshilachadas cruzaron la parte del horizonte donde se unía con el mar, detrás de las marismas y de las casetas y barracas junto a la playa, y las gotas de lluvia oscurecieron el impermeable negro que me había comprado esa mañana. Notaba una humedad pegajosa en la piel.

Le había preguntado a la dependienta:

–¿Es repelente al agua?

–Ningún impermeable es «repelente» al agua –me había dicho ella–. Son a prueba de lluvia.

Y cuando le pregunté qué quería decir a prueba de lluvia, me dijo que mejor me comprara un paraguas.

Pero no me alcanzaba el dinero para un paraguas. Entre billetes de autobús de ida y vuelta a Boston y cacahuetes y periódicos y libros de trastornos psicológicos y viajes al pueblo de la costa donde me crie, mis ahorros de Nueva York casi estaban agotados.

Había decidido que cuando ya no me quedara dinero en el banco lo haría, y esa mañana me había gastado lo que me quedaba en el impermeable negro.

Entonces vi la lápida de mi padre.

Estaba prácticamente pegada a otra lápida, cabeza con cabeza, igual que la gente se amontona en una casa de beneficencia cuando falta espacio. Era una losa de mármol veteado rosa, como el salmón en lata, y nada más tenía escrito el nombre de mi padre y, debajo, dos fechas, separadas por un pequeño guion.

Al pie de la lápida coloqué las azaleas mojadas que había arrancado de una mata junto a la entrada del cementerio. Me fallaron las piernas y me senté en la hierba empapada. No podía entender por qué lloraba tanto.

Entonces recordé que nunca había llorado por la muerte de mi padre.

Mi madre tampoco había llorado. Tan solo sonrió, diciendo que la muerte había sido piadosa con él, porque si no hubiera vivido lisiado e impedido hasta el fin de sus días y no lo habría soportado, hubiese preferido estar muerto antes que verse así.

Apoyé la cara en la cara lisa del mármol y aullé mi pérdida bajo la lluvia fría y salada.

Ya sabía cómo hacerlo.

En cuanto los neumáticos del coche crujieron en el sendero y el sonido del motor se perdió calle abajo, me levanté de la cama de un salto y me puse a toda prisa la blusa blanca, la falda verde de figuras y el impermeable negro. Noté que el impermeable aún estaba húmedo del día anterior, pero pronto eso no importaría.

Bajé las escaleras y cogí un sobre azul celeste de la mesa del comedor, le di la vuelta y escribí con letras grandes y concienzudas: «Voy a dar un largo paseo».

Dejé el mensaje donde mi madre lo viese nada más llegar.

De pronto me eché a reír.

Había olvidado lo más importante. Fui corriendo arriba otra vez y acerqué una silla al armario de mi madre. Después me subí encima y alcancé la pequeña caja de caudales verde del estante de arriba. Podría haber arrancado la tapa de metal con mis propias manos, de tan débil que era la cerradura, pero quería hacer las cosas con serenidad, metódicamente.

Abrí el cajón de arriba a la derecha de la cómoda de mi madre y saqué el joyero azul, escondido debajo de los pañuelos perfumados de hilo irlandés. Desabroché la llavecita del terciopelo oscuro. Entonces abrí la cerradura de la caja de caudales y saqué el frasco de las pastillas nuevas. Había más de las que imaginaba.

Había por lo menos cincuenta.

Si hubiera esperado a que mi madre me las fuera dando cada noche, habría tardado cincuenta noches en reunir las suficientes. Y en cincuenta noches la universidad habría empezado, y mi hermano habría vuelto de Alemania, y sería demasiado tarde.

Prendí la llave de nuevo en el joyero entre la maraña de cadenas y anillos de baratija, puse el joyero otra vez en el cajón debajo de los pañuelos, devolví la caja de caudales al estante del armario y coloqué la silla sobre la alfombra en el lugar exacto de donde la había levantado.

Entonces bajé las escaleras y fui a la cocina. Abrí el grifo y llené de agua un vaso grande. Entonces me llevé el vaso de agua y el frasco de pastillas al sótano.

Una luz tenue, submarina, se filtraba por las rendijas de las ventanas del sótano. Detrás de la caldera se abría un hueco oscuro en la pared, a la altura del hombro, y corría por debajo del porche techado hasta perderse de vista. El porche se había agregado a la casa después de que se excavara el sótano, y estaba construido sobre esa grieta secreta de la tierra.

Unos viejos troncos de leña medio podrida tapaban la boca del agujero. Los retiré un poco. Entonces dejé el vaso de agua y el frasco de las pastillas uno al lado del otro encima de un leño plano y empecé a encaramarme.

Me costó un buen rato izar el peso de mi cuerpo y meterme en el hueco, pero por fin lo conseguí, tras varios intentos, y me acurruqué en la boca de la oscuridad, como un trasgo.

La tierra parecía acogedora bajo mis pies descalzos, aunque fría. Me pregunté cuándo ese cuadrado en particular del suelo habría visto el sol por última vez.

Entonces, uno por uno, volví a colocar los pesados troncos cubiertos de polvo en la boca del agujero. La oscuridad se hizo tupida como el terciopelo. Cogí el vaso y el frasco y, con cuidado, de rodillas, agachando la cabeza, gateé hasta la pared del fondo.

Las telarañas me rozaron la cara, suaves como polillas. Envolviéndome con el impermeable negro como si fuese mi dulce sombra, desenrosqué la tapa del frasco y empecé a tomarme las pastillas rápidamente, entre sorbos de agua, una tras otra tras otra.

Al principio no pasó nada, pero cuando me acercaba al fondo del frasco, unas luces rojas y azules empezaron a centellear ante mis ojos. El frasco se me resbaló entre los dedos y me tumbé.

El silencio se retiró, desnudando los guijarros y las conchas y los tristes restos de mi vida. Entonces, en el límite de la visión, cobró fuerza y con una oleada impetuosa me precipitó hacia el sueño.

14

Estaba completamente oscuro.

Sentía la oscuridad, nada más, y mi cabeza se levantó, al sentirla, como la cabeza de un gusano. Alguien gemía. Entonces un peso enorme, duro, impactó contra mi mejilla como un muro de piedra y el gemido cesó.

Resurgió el silencio, calmándose igual que se calma el agua negra de la superficie después de que una piedra se hunda.

Arreciaba un viento frío. Noté que me transportaba a gran velocidad por un túnel hacia el interior de la tierra. Entonces el viento cesó. Hubo un estruendo, como de muchas voces, que protestaban y discutían a lo lejos. Entonces las voces cesaron.

Un cincel se me clavó en el ojo y abrió una brecha de luz, como una boca o una herida, hasta que la oscuridad volvió a cerrarla. Intenté apartarme de donde venía la luz, pero unas manos me sujetaban las extremidades igual que las vendas de una momia y no me podía mover.

Empecé a pensar que debía de estar en una cámara subterránea, iluminada por luces cegadoras, y llena de personas que por alguna razón me sujetaban.

Entonces el cincel volvió a caer, y la luz saltó dentro de mi cabeza, y a través de la oscuridad densa, cálida y sedosa, una voz gritó: «¡Madre!».

Un soplo de aire que jugueteaba encima de mi cara.

Sentí la forma de una habitación a mi alrededor, una gran habitación con las ventanas abiertas. Una almohada se hundía bajo mi cabeza, y mi cuerpo flotaba, sin presión, entre sábanas finas.

Entonces noté un calor, como si una mano me rozara la cara. Debía de estar tendida al sol. Si abría los ojos vería colores y formas inclinándose sobre mí como enfermeras.

Abrí los ojos.

Estaba completamente oscuro.

Alguien respiraba a mi lado.

–No veo nada –dije.

Una voz alegre habló desde la oscuridad.

–Hay muchos ciegos en el mundo. Algún día te casarás con un ciego la mar de simpático.

El hombre del cincel había vuelto.

–¿Por qué se molesta? –dije–. No sirve de nada.

–No debes hablar así.

Sondeó con los dedos el chichón dolorido por encima de mi ojo izquierdo. Entonces aflojó algo y apareció una brecha de luz, como un agujero en la pared. La cabeza de un hombre se asomó por el borde.

–¿Me ves?

–Sí.

–¿Ves algo más?

Entonces me acordé.

–No veo nada. –La brecha se estrechó y se hizo oscura–. Soy ciega.

–¡Bobadas! ¿Quién te ha dicho eso?

–La enfermera.

El hombre resopló. Acabó de taparme de nuevo el ojo con la venda.

–Eres una chica con mucha suerte. Tienes la vista completamente intacta.

–Han venido a verte –anunció la enfermera alegremente y desapareció.

Mi madre se acercó sonriendo rodeando el pie de la cama. Llevaba un vestido estampado con ruedas de carreta moradas y estaba espantosa.

Un chico grandote y alto la seguía. Al principio no lo reconocí, porque solo podía entreabrir el ojo, pero entonces vi que era mi hermano.

–Me dijeron que querías verme.

Mi madre se sentó en el borde de la cama y me puso una mano en la pierna. Me miraba con cariño y reproche, y quise que se fuera.

–No sabía que hubiera dicho nada.

–Dijeron que me llamaste. –Parecía a punto de llorar. La cara se le arrugó y tembló como gelatina pálida.

–¿Cómo estás? –dijo mi hermano.

Miré a mi madre a los ojos.

–Igual –dije.

–Tienes visita.

–No quiero ninguna visita.

La enfermera salió como un vendaval y habló en susurros con alguien en el pasillo. Luego volvió a entrar.

–A él le gustaría mucho verte.

Miré las piernas amarillas que asomaban de aquel pijama blanco de seda que me habían puesto. La piel temblaba cuando me movía, fofa, como sin músculo dentro, y estaba cubierta de una pelambre negra.

–¿Quién es?

–Alguien que conoces.

–¿Cómo se llama?

–George Bakewell.

–No conozco a ningún George Bakewell.

–Pues él dice que te conoce.

Entonces la enfermera salió, y entró un chico muy desenvuelto.

–¿Te importa si me siento en el borde de la cama? –dijo.

Llevaba una bata blanca, y vi un estetoscopio asomando del bolsillo. Pensé que debía de ser alguien que conocía disfrazado de médico.

Había pensado cubrirme las piernas si entraba alguien, pero me di cuenta demasiado tarde y las dejé estiradas, tal cual, repugnantes y feas.

«Soy así –pensé–. Así es como soy.»

–Te acuerdas de mí, ¿verdad, Esther?

Observé su cara a través de la grieta de mi ojo bueno. El otro ojo no se había abierto aún, pero el oculista dijo que estaría bien en unos días.

El chico me miraba como si yo fuera un animal exótico del zoológico y parecía a punto de echarse a reír.

–Te acuerdas de mí, ¿verdad, Esther? –Hablaba despacio, como se habla con un crío lelo–. Soy George Bakewell. Vamos a la misma iglesia. Saliste con mi compañero de cuarto una vez, en Amherst.

Entonces creí situar su cara. Me rondaba vagamente en la memoria: era una de esas caras a las que ni me molestaba en ponerle nombre.

–¿Qué haces aquí?

–Soy interno en este hospital.

¿Cómo podía el tal George Bakewell haberse hecho médico tan de repente?, me pregunté. En realidad ni siquiera me conocía. Solo quería ver qué aspecto tenía una chica tan loca como para intentar matarse.

Me volví hacia la pared.

–Lárgate –dije–. Lárgate y no vuelvas, maldita sea.

–Quiero un espejo.

La enfermera tarareaba mientras abría un cajón tras otro e iba metiendo la nueva ropa interior y las blusas y las faldas y los pijamas que mi madre me había traído en la maletita de charol negro.

–¿Por qué no me puedo mirar en un espejo?

Me habían puesto un vestido de tubo, a rayas grises y blancas, como el cutí de los colchones, con un cinturón ancho rojo brillante, y me habían sentado en una butaca.

–¿Por qué no?

–Porque no te conviene.

La enfermera cerró la tapa de la maletita con un pequeño chasquido.

–¿Por qué?

–Porque no estás muy guapa.

–Va, déjame ver.

La enfermera suspiró y abrió el primer cajón de la cómoda. Sacó un espejo grande, con un marco de madera que hacía juego con la madera de la cómoda, y me lo dio.

Al principio no vi nada extraño. No era un espejo, sino un cuadro.

No se podía saber si la persona del cuadro era hombre o mujer, porque tenía el pelo rapado, y le brotaba en penachos, erizados como plumas de gallina, por toda la cabeza. La persona tenía un lado de la cara morado, hinchado en un amasijo informe, que se difuminaba hacia el verde y acababa en un amarillo cetrino. La boca era de un marrón pálido, con una llaga rosada en cada comisura.

El detalle más asombroso de aquella cara era la acumulación sobrenatural de colores vivos.

Sonreí.

La boca del espejo esbozó una sonrisa.

Un momento después del estrépito, entró corriendo otra enfermera. Echó una mirada al espejo roto, y a mí, de pie sobre los trozos ciegos, blancos, e hizo salir a la enfermera joven de la habitación.

–Ya te lo dije –oí que la regañaba.

–Pero yo solo…

–¡Ya te lo dije!

Las escuché con escaso interés. A cualquiera se le podía caer un espejo. No entendía por qué armaban tanto revuelo.

La otra enfermera, la más mayor, volvió a entrar en la habitación. Se quedó allí, cruzada de brazos, observándome con dureza.

–Siete años de mala suerte.

–¿Qué?

–He dicho –la enfermera alzó la voz, como si hablara con una sorda– que siete años de mala suerte.

La enfermera joven regresó con un cepillo y un recogedor y empezó a barrer los añicos relucientes.

–Eso es solo una superstición –dije entonces.

–¡Uy! –La segunda enfermera se dirigió a la enfermera que andaba a gatas como si yo no estuviera delante–. ¡Donde yo me sé la meterán en vereda!

Por la ventanilla trasera de la ambulancia vi las calles conocidas que se perdían una tras otra a lo lejos en el verdor del verano. Mi madre iba sentada a un lado, y mi hermano al otro.

Había fingido que no sabía por qué me trasladaban del hospital de mi pueblo a un hospital de la ciudad, para ver lo que me decían.

–Quieren que estés en un pabellón especial –dijo mi madre–. No tienen ese tipo de pabellón en nuestro hospital.

–A mí ya me iba bien donde estaba.

La boca de mi madre se crispó.

–Pues deberías haberte comportado mejor.

–¿Qué?

–No deberías haber roto ese espejo. Entonces quizá te hubieran dejado quedarte.

Aunque por supuesto yo sabía que el espejo no tenía nada que ver.

Me senté en la cama, arropada hasta el cuello con la colcha.

–¿Por qué no me puedo levantar? No estoy enferma.

–Las rondas –dijo la enfermera–. Te puedes levantar después de que los médicos hagan las rondas.

Abrió de un tirón la cortina que rodeaba la cama y dejó ver a una italiana joven y gorda en la cama de al lado.

La italiana tenía la cabeza cubierta de rizos negros, que le nacían de la frente en un tupé descomunal y le caían en cascada por la espalda. Cuando se movía, la mata de pelo se movía también, como si fuera de cartón piedra.

La mujer me miró y se rio sin ton ni son.

–¿Por qué estás aquí? –No esperó la respuesta–. Yo estoy aquí por culpa de mi suegra francocanadiense. –Se rio de nuevo–. Mi marido sabe que no la soporto, y aun así le dijo que viniera a visitarnos, y cuando vino, empecé a sacar la lengua a cada momento, no podía evitarlo. Me llevaron corriendo a urgencias y luego me metieron aquí –bajó la voz–, con los chiflados. –Entonces preguntó–: ¿Y a ti qué te pasa?

La miré de frente, mostrando el ojo hinchado morado y verde.

–Intenté matarme.

La mujer me miró de hito en hito. Luego, aturullada, agarró una revista de cine de la mesa auxiliar y fingió que se ponía a leer.

La puerta de vaivén que había delante de mi cama se abrió de golpe y entró una tropa entera de chicos y chicas con bata blanca, acompañados por un hombre mayor, canoso. Todos sonreían con sonrisas radiantes, artificiales. Se agruparon al pie de mi cama.

–¿Y cómo se encuentra esta mañana, señorita Greenwood?

Intenté decidir cuál de todos había hablado. Odio decir nada a un grupo de gente. Cuando hablo con un grupo de gente siempre tengo que elegir a uno y dirigirme a él, y mientras hablo siento que los demás están observándome y juegan con una ventaja injusta. También detesto que la gente pregunte alegremente cómo estás cuando saben que te encuentras fatal y esperan que digas «Bien».

–Me encuentro de pena.

–De pena. Hum –dijo alguien, y un chico agachó la cabeza disimulando una sonrisa. Alguien más anotó algo en un portapapeles. Luego alguien puso una cara seria, solemne, y dijo–: ¿Y por qué se encuentra de pena?

Pensé que algunos de los chicos y chicas en aquel grupo brillante bien podían ser amigos de Buddy Willard. Sabrían que lo conocía, y tendrían curiosidad por verme, y después chismorrearían sobre mí entre ellos. Deseé estar en un sitio donde no hubiese ningún conocido.

–No puedo dormir...

Me interrumpieron.

–Pero la enfermera dice que anoche durmió.

Paseé la mirada por la media luna de caras frescas, extrañas.

–No puedo leer. –Levanté la voz–. No puedo comer.

Se me ocurrió que había estado comiendo como una lima desde que llegué.

El pelotón se había apartado de mí y murmuraban unos con otros en voz baja. Finalmente, el hombre canoso se acercó de nuevo.

–Gracias, señorita Greenwood. Enseguida la visitará uno de los médicos de planta.

Entonces el grupo siguió hacia la cama de la italiana.

–¿Y qué tal se encuentra hoy, señora...? –dijo alguien, y el nombre sonó largo y lleno de eles, algo así como señora Tomolillo.

La señora Tomolillo se rio sin ton ni son.

–Oh, estoy muy bien, doctor. Muy bien.

Luego bajó la voz y susurró algo que no alcancé a oír. Una o dos personas del grupo miraron hacia mí. Entonces alguien dijo:

–De acuerdo, señora Tomolillo.

Y alguien se apartó y corrió la cortina que había entre su cama y la mía como una pared blanca.

Me senté en una punta de uno de los bancos de madera que había en el patio cubierto de césped entre los cuatro muros de ladrillo del hospital. Mi madre, con su vestido morado, se sentó en la otra punta. Tenía apoyada la cabeza en una mano, el dedo índice en la mejilla y el pulgar bajo el mentón.

La señora Tomolillo estaba sentada con unos italianos morenos que no paraban de reírse en el banco más próximo. Cada vez que mi madre se movía, la señora Tomolillo la imitaba. Ahora la señora Tomolillo se puso el dedo índice en la mejilla y el pulgar bajo el mentón, y la cabeza inclinada melancólicamente hacia un lado.

–No te muevas –le pedí a mi madre en voz baja–. Esa mujer te está imitando.

Mi madre se dio la vuelta, pero rápida como un rayo, la señora Tomolillo dejó caer sus rollizas manos blancas sobre el regazo y empezó a hablar enérgicamente con sus amigos.

–Qué va –dijo mi madre–. Ni siquiera nos está prestando atención.

Pero en cuanto mi madre se volvió de nuevo hacia mí, la señora Tomolillo juntó las yemas de los dedos igual que mi madre acababa de hacer y me lanzó una mirada negra, burlona.

El jardín estaba blanco de médicos.

Desde que mi madre y yo nos habíamos sentado allí, en el estrecho cono de sol que caía entre los altos muros de ladrillo, los médicos no habían parado de venir a presentarse. «Soy el doctor Talytal, soy el doctor Talytal.»

Algunos parecían tan jóvenes que supe que no podían ser médicos de verdad, y uno de ellos tenía un nombre raro que sonaba justo igual que doctor Sífilis, así que empecé a observar en busca de nombres falsos sospechosos, y, en efecto, un tipo con el pelo oscuro que se parecía mucho al doctor Gordon, salvo porque era negro de piel mientras que el doctor Gordon era blanco, se acercó y dijo, «Soy el doctor Páncreas», y me estrechó la mano.

Después de presentarse, los médicos se quedaban cerca para escuchar, pero como yo no podía avisar a mi madre de que estaban pendientes de cada palabra que decíamos sin que me oyeran, me incliné y se lo susurré al oído.

Mi madre se apartó con brusquedad.

–Ay, Esther, ojalá cooperases. Dicen que no cooperas. Dicen que no quieres hablar con ninguno de los médicos ni hacer nada en los talleres terapéuticos...

–Tengo que salir de aquí –le dije con énfasis–. Entonces me pondré bien. Tú me metiste aquí –dije–. Sácame.

Pensé que si era capaz de convencer a mi madre de que me sacara del hospital, podría dedicarme a inspirarle lástima, como el chico con la enfermedad cerebral en aquella obra de teatro, y convencerla de que era la mejor solución.

Para mi sorpresa, mi madre accedió.

–De acuerdo, intentaré sacarte... Aunque solo sea para llevarte a un sitio mejor. Si intento sacarte –me puso una mano en la rodilla–, ¿prometes que serás buena?

Me giré de golpe y miré de frente al doctor Sífilis, que estaba de pie pegado a mí tomando notas en un cuaderno diminuto, casi invisible.

–Lo prometo –dije en voz alta, con ostentación.

El negro trajo el carro de la comida al comedor de los pacientes. El pabellón de psiquiatría del hospital era muy pequeño: solo dos pasillos en forma de ele, con habitaciones a ambos lados, y una galería con camas detrás del taller de Terapia Ocupacional, en la que yo estaba, y una pequeña zona con una mesa y varios asientos junto a una ventana en el rincón de la ele, que era nuestra sala de estar y comedor.

Solía venir un anciano blanco y consumido a traernos la comida, pero ese día vino un negro. El negro llegó acompañado de una mujer con tacones de aguja azules, que le explicaba lo que tenía que hacer. El negro sonreía y le daba coba como un tonto.

Entonces trajo una bandeja hasta nuestra mesa con tres soperas de latón tapadas, y fue soltándolas una por una en la mesa. La mujer salió de la habitación y cerró la puerta con llave. El negro siguió soltando las soperas y luego los cubiertos abollados y los gruesos platos de loza blanca, mientras nos miraba embobado con sus ojos saltones.

Me di cuenta de que éramos los primeros locos que veía de cerca.

Nadie en la mesa hizo ademán de destapar las soperas de latón, y la enfermera se quedó a un lado para ver si alguno de nosotros levantaba la tapa antes de que ella viniese a hacerlo. Por norma la señora Tomolillo se había encargado de retirar las tapas y servir a todo el mundo la comida, como una mamá, pero luego la mandaron a casa y nadie parecía querer su puesto.

Me moría de hambre, así que levanté la tapa de la primera sopera.

–Es muy amable por tu parte, Esther –dijo complacida la enfermera–. ¿Te gustaría servirte unas judías y pasar la fuente a los demás?

Me serví una porción de judías verdes y fui a pasárselas a la enorme mujer pelirroja sentada a mi derecha. Era la primera vez que permitían a aquella mujer venir a comer a la mesa. Yo la había visto una vez, al final del pasillo en forma de ele, plantada delante de una ventana con rejas y la puerta abierta.

Chillaba y se reía groseramente dándose palmadas en los muslos de los médicos que pasaban, y el celador de bata blanca que se ocupaba de la gente en ese extremo del pabellón estaba apoyado en el radiador del pasillo, tronchándose también de risa.

La pelirroja me arrebató la fuente y la volcó entera en su plato. Las judías formaron una montaña delante de ella y cayeron rodando sobre su regazo y hasta el suelo como briznas rígidas y verdes.

–¡Oh, señora Mole! –exclamó la enfermera, con una voz triste–. Creo que será mejor que hoy coma en su habitación.

Devolvió casi todas las judías a la fuente y se las pasó a la persona sentada antes de llevarse de allí a la señora Mole. Mientras se alejaba por el pasillo hacia su habitación, la señora Mole no dejaba de darse la vuelta y hacernos muecas lascivas y gruñidos feos.

El negro había vuelto y estaba empezando a recoger los platos vacíos de gente que aún no se había servido judías.

–No hemos terminado –le dije–. Haga el favor de esperar.

–¡Vaya, vaya! –El negro abrió mucho los ojos, con asombro burlón. Echó un vistazo hacia atrás. La enfermera aún no había vuelto de encerrar a la señora Mole. El negro hizo una reverencia insolente–. La señorita Marimandona –murmuró entre dientes.

Levanté la tapa de la segunda sopera y descubrí un bloque de macarrones, fríos como el hielo y pegados con una especie de engrudo. La tercera y última sopera estaba rebosante de alubias cocidas.

Veamos, yo sabía perfectamente que no se sirven dos clases de judías en una misma comida. Judías y zanahorias, o judías y guisantes, quizá, pero nunca judías y judías. El negro solo probaba para ver cuánto aguantábamos.

La enfermera volvió, y el negro se alejó poco a poco y esperó a cierta distancia. Comí todas las alubias cocidas que pude. Después me levanté y di la vuelta a la mesa, donde la enfermera no me vería por debajo de la cintura, y me puse detrás del negro, que estaba recogiendo los platos sucios. Levanté el pie y le di una patada en la pantorrilla.

El negro se apartó de un salto pegando un grito y me miró desencajado.

–¡Ay, señorita, señorita…! –protestó, frotándose la pierna–. No debería haber hecho eso, no debería, de veras que no.

–Donde las dan, las toman –dije, sosteniéndole la mirada.

–¿Hoy no te apetece levantarte?

–No.

Me acurruqué aún más en la cama y me tapé la cabeza con la sábana. Luego, levantando una punta de la sábana, atisbé hacia fuera. La enfermera sacudía el termómetro que acababa de sacarme de la boca.

–¿Ves? Es normal. –Yo ya había mirado el termómetro antes de que viniera a recogerlo, como siempre–. Es normal, ¿para qué insistes en ponértelo?

Quise decirle que deseaba que mi cuerpo enfermara, que prefería que me fallara algo en el cuerpo a que me fallara en la cabeza, pero la idea parecía tan enrevesada y tediosa que no dije nada. Solo me hundí en la cama, hecha un ovillo.

Entonces, a través de la sábana, sentí una presión ligera y molesta en la pierna. Eché una ojeada. La enfermera había dejado la bandeja de los termómetros en mi cama, mientras le tomaba la tensión a la persona que ocupaba la cama de al lado, en lugar de la señora Tomolillo.

Una densa maldad me corría en las venas, irritante e irresistible como el dolor de un diente suelto. Bostecé y me moví, como si fuese a darme la vuelta, y empujé la caja con el pie.

–¡Oh! –El grito de la enfermera sonó como un grito de socorro, y otra enfermera llegó corriendo–. ¡Mira lo que has hecho!

Saqué la cabeza de la colcha y me asomé por el borde de la cama. Alrededor de la bandeja de esmalte volcada, resplandecía una estrella de añicos de termómetro y las bolas de mercurio temblaban como rocío celestial.

–Lo siento –dije–. Ha sido un accidente.

La segunda enfermera me fulminó con la mirada.

–Lo has hecho adrede. Te he visto.

Salió a toda prisa, y casi en el acto vinieron dos celadores que me trasladaron, con cama y todo, a la antigua habitación de la señora Mole, aunque no antes de que me las ingeniara para rescatar una bola de mercurio del suelo.

Poco después de que cerraran la puerta con llave, vi la cara del negro, una luna del color de la melaza, aparecer en la rejilla de la ventana, pero fingí no darme cuenta.

Entreabrí los dedos, como una criatura que guarda un secreto, y sonreí al ver el globo plateado en el cuenco de la mano. Si lo soltaba, se rompería en un millón de pequeñas réplicas de sí mismo, y si las juntaba una por una, se fundirían de nuevo, sin fisuras, en una sola.

Sonreí y sonreí mirando la bola plateada.

No me podía imaginar qué habían hecho con la señora Mole.

15

El cadillac negro de Philomena Guinea se movía a través del tráfico intenso de las cinco de la tarde como un coche oficial. Pronto cruzaría uno de los cortos puentes que se extendían sobre el río Charles, y yo, sin pensar, abriría la puerta y me lanzaría entre el tránsito hacia la baranda del puente. Un salto, y el agua me cubriría.

Distraídamente, retorcía con los dedos un kleenex en bolitas de papel, del tamaño de píldoras, y aguardaba mi oportunidad. Iba en el asiento trasero del cadillac, sentada en el medio, con mi madre a un lado y mi hermano al otro, ambos ligeramente inclinados hacia delante, como una barrera en diagonal a través de cada puerta.

Delante podía ver el grueso cogote del chófer, del color de la mortadela, emparedado entre una gorra azul y las hombreras de una chaqueta azul y, a su lado, como un ave frágil y exótica, el pelo plateado y el sombrero con plumas esmeralda de Philomena Guinea, la famosa novelista.

No estaba muy segura de por qué había aparecido en escena la señora Guinea. Solo sabía que se había tomado un interés personal en mi caso y que, una vez, en la cumbre de su carrera, también había estado ingresada en un manicomio.

Mi madre me contó que la señora Guinea le había mandado un telegrama desde las Bahamas, donde leyó sobre mí en un periódico de Boston. La señora Guinea había preguntado en el telegrama: «¿Hay un muchacho de por medio?».

Si había un chico de por medio, la señora Guinea no podía involucrarse, naturalmente.

Pero mi madre le había mandado un telegrama contestando: «No, es por su vocación. Esther cree que no volverá a escribir nunca más».

Así que la señora Guinea había vuelto en avión a Boston y me había sacado del pabellón masificado del hospital municipal, y ahora me estaba llevando a un hospital privado que contaba con terrenos y campo de golf y jardines, y que se comprometía a pagarme, como si me dieran una beca, hasta que los médicos que conocía allí me curaran.

Mi madre me dijo que debía estarle agradecida. Me contó que ella se había gastado conmigo prácticamente todos sus ahorros y, de no ser por la señora Guinea, no sabía qué habría sido de mí. Yo sí lo sabía, en cambio. Estaría en el enorme hospital público de las afueras de la ciudad, pegado a ese centro privado.

Sabía que debía estarle agradecida a la señora Guinea, solo que no era capaz de sentir nada. Si la señora Guinea me hubiese regalado un billete a Europa, o un crucero para dar la vuelta al mundo, me habría dado exactamente igual, porque en cualquier sitio –en la cubierta de un barco o en una cafetería en una calle de París o de Bangkok– estaría debajo de la misma campana de cristal, fermentándome en mi propio aire malsano.

El cielo azul abrió su cúpula por encima del río, y el río estaba salpicado de velas. Me preparé, pero en ese instante tanto mi madre como mi hermano apoyaron la mano en el tirador de la puerta. Los neumáticos hicieron un breve zumbido al pasar sobre la reja del puente. Agua, velas, cielo azul y gaviotas suspendidas relampaguearon como en una postal improbable, y ya estábamos al otro lado.

Me hundí otra vez en el mullido asiento gris y cerré los ojos. El aire de la campana de cristal se espesó a mi alrededor y no pude moverme.

Volvía a tener una habitación para mí sola.

Me recordó a la habitación en el hospital del doctor Gordon: una cama, una cómoda, un armario, una mesa y una silla. Una ventana con mosquitera, pero sin barrotes. Mi habitación estaba en la primera planta, y la ventana, a poca distancia del suelo cubierto de agujas de pino, daba a un jardín frondoso bordeado por un muro de ladrillo rojo. Si saltaba, no me haría ni un rasguño en las rodillas. La superficie del muro por dentro parecía lisa como el cristal.

Cruzar el puente me había desalentado.

Había perdido una ocasión perfecta. El agua del río pasó de largo junto a mí como una bebida intacta. Sospechaba que incluso si mi madre y mi hermano no hubieran estado allí, no habría hecho ningún movimiento para saltar.

Cuando me registré, en el edificio principal del hospital, una mujer joven y delgada se había acercado a presentarse.

–Soy la doctora Nolan. Voy a ser la doctora de Esther.

Me sorprendió que me tocase una mujer. Creía que no había mujeres psiquiatras. Esa mujer era un cruce entre Myrna Loy y mi madre. Llevaba una blusa blanca y una falda larga, ceñida con un cinturón ancho de cuero, y unas gafas a la moda, en forma de media luna.

Pero después de que una enfermera me acompañara al otro lado del patio de césped hasta el lóbrego edificio de ladrillo que llamaban Caplan, donde iba a alojarme, la doctora Nolan no vino a verme, y en cambio vinieron un montón de hombres extraños.

Me acosté en la cama, bajo la gruesa manta blanca, y entraron en mi habitación, uno por uno, y se presentaron. Yo no entendía por qué había tantos o por qué querían presentarse, y empecé a recelar que me estaban poniendo a prueba para ver si me daba cuenta de que eran demasiados, y me puse alerta.

Por último, un doctor atractivo de pelo blanco entró y me dijo que era el director del hospital. Entonces comenzó a hablar de los peregrinos y los indios y quién se quedó la tierra después de ellos, y los ríos que pasaban cerca, y quién había construido el primer hospital, y cómo se había quemado, y quién había construido el siguiente hospital, hasta que me convencí de que estaba esperando a ver cuándo me decidía a interrumpirlo para decirle que sabía que todo aquello de los ríos y los peregrinos era una sarta de disparates.

Pero entonces pensé que quizá en parte fuera cierto, así que intenté discernir lo que podía ser cierto de lo que no, solo que antes de que me diera tiempo, ya me había dicho adiós.

Esperé a que todas las voces de los médicos se extinguieran. Entonces retiré la manta blanca y me puse los zapatos y salí al pasillo. Nadie me detuvo, así que llegué hasta la esquina y seguí por otro pasillo, más largo, y pasé por delante de un comedor abierto.

Una sirvienta con un uniforme verde estaba poniendo las mesas para la cena. Había manteles blancos de tela y vasos y servilletas de papel. Guardé en un rincón de mi cabeza el hecho de que eran vasos de verdad, igual que una ardilla guarda una nuez. En el hospital municipal bebíamos en vasos de cartón, y no teníamos cuchillos para cortar la carne. La carne siempre estaba tan recocida que la podíamos cortar con un tenedor.

Finalmente llegué a un gran salón con muebles desvencijados y una alfombra raída. Una chica con la cara redonda, paliducha, y el pelo negro y corto estaba sentada en un sillón, leyendo una revista. Me recordó a una monitora que había tenido de pequeña en las girl scouts. Eché una ojeada a sus pies, y en efecto, llevaba aquellos mocasines de piel marrón con lengüeta de flecos que se supone que son deportivos, y los cordones estaban rematados con unas bellotas de adorno.

La chica levantó la vista y sonrió.

–Soy Valerie. ¿Y tú?

Hice como si no la hubiera oído, salí del salón y fui hasta el final del pasillo. Por el camino, pasé delante de una puerta a la altura de la cintura tras la cual vi a varias enfermeras.

–¿Dónde está todo el mundo?

–Fuera.

La enfermera estaba escribiendo algo una y otra vez en trozos de cinta adhesiva. Me asomé por encima de la puerta para ver qué escribía, y vi que ponía E. Greenwood, E. Greenwood, E. Greenwood, E. Greenwood.

–Fuera, ¿dónde?

–Ah, en talleres, en el campo de golf, jugando a bádminton...

Vi un montón de ropa encima de una silla, junto a la enfermera. Era la misma ropa que la enfermera del primer hospital había guardado en la maletita de charol cuando rompí el espejo. La enfermera empezó a pegar las etiquetas en la ropa.

Volví al salón. No entendía a qué se dedicaba aquella gente, jugando al bádminton y al golf. No debían de estar enfermos de verdad, si podían hacer esas cosas.

Me senté cerca de Valerie y la observé con detenimiento. Sí, pensé, podría haber estado perfectamente en un campamento de verano. Leía un ejemplar manoseado de *Vogue* con intenso interés.

«Qué diablos está haciendo aquí –me pregunté–. Si no le pasa nada.»

–¿Te importa si fumo? –La doctora Nolan se acomodó en la butaca junto a mi cama.

Le dije que no, me gustaba el olor del humo. Pensé que si la doctora Nolan fumaba, tal vez se quedaría más rato. Era la primera vez que venía a hablar conmigo. Cuando se fuera volvería a caer en el vacío de siempre.

–Háblame del doctor Gordon –dijo de pronto la doctora Nolan–. ¿Te gustaba?

La miré con recelo. Pensaba que los médicos debían de estar todos compinchados, y que en alguna parte de ese hospital, en un rincón oculto, aguardaba una máquina exactamente igual que la del doctor Gordon, lista para hacerme saltar de mi propia piel a sacudidas.

–No –dije–. No me gustaba ni pizca.

–Eso es interesante. ¿Por qué?

–No me gustó lo que me hizo.

–¿Qué te hizo?

Le hablé a la doctora Nolan de la máquina, y de los destellos azules y las sacudidas y el ruido. Mientras se lo contaba, permaneció muy callada.

–Eso fue un error –dijo entonces–. No tiene por qué ser así.

La miré fijamente.

–Si se hace como es debido –dijo la doctora Nolan–, es como irte a dormir.

–Si alguien vuelve a hacerme eso, me mataré.

La doctora Nolan contestó con firmeza.

–Aquí no recibirás tratamiento de choque. O si lo recibes –matizó–, te avisaré de antemano, y te prometo que no se parecerá en nada al que te hicieron. Vaya –concluyó–, hay gente a quien incluso le gusta.

Cuando la doctora Nolan se fue encontré una caja de cerillas en el alféizar de la ventana. No era una caja de tamaño corriente, sino diminuta. Al abrirla apareció una hilera de palitos blancos con la punta rosa. Intenté encender una, y se me quebró en la mano.

No se me ocurría por qué la doctora Nolan me había dejado una cosa tan absurda. Quizá quería ver si la devolvía. Con cuidado, me guardé las cerillas de juguete en el dobladillo de la bata nueva de lana. Si la doctora Nolan preguntaba por las cerillas, le diría que pensaba que eran de caramelo y me las había comido.

Una mujer nueva se había instalado en la habitación contigua.

Pensé que debía de ser la única persona en el edificio más nueva que yo, así que no sabría lo mal que yo estaba en realidad, como sabían los demás. Pensé que podía entrar y hacerme su amiga.

La mujer estaba tumbada en la cama, con un vestido lila anudado al cuello con un camafeo y que caía hasta medio camino entre las rodillas y los zapatos. Llevaba el pelo rojizo recogido en un moño de institutriz, y unas gafas finas, con montura plateada, prendidas al bolsillo de la pechera con un elástico negro.

–Hola –dije con desparpajo, sentándome en el borde de la cama–. Me llamo Esther. ¿Y tú?

La mujer no se movió, siguió mirando el techo. Me sentí dolida. Pensé que quizá Valerie o alguien le había advertido nada más llegar de lo estúpida que yo era.

Una enfermera asomó la cabeza por la puerta.

–Ah, aquí estás –me dijo–. Visitando a la señorita Norris. ¡Qué encanto! –Y desapareció de nuevo.

No sé cuánto rato me quedé allí sentada, observando a la mujer de lila y preguntándome si sus labios rosados y fruncidos se abrirían, y si se abrían, qué dirían.

Finalmente, sin hablar ni mirarme, la señorita Norris sacó los pies con sus botas negras, altas y abotonadas, por el otro lado de la cama y salió de la habitación. Pensé que quizá intentaba librarse de mí sutilmente. En silencio, a poca distancia, la seguí por el pasillo.

La señorita Norris llegó a la puerta del comedor y se detuvo. Hasta entonces había caminado con paso preciso, colocando los pies justo en el centro de las rosas de repollo entreveradas en el dibujo de la alfombra. Esperó un momento y entonces, levantando primero un pie y luego el otro, cruzó el umbral de la puerta y entró al comedor como si pasara por encima de un peldaño invisible a la altura de la espinilla.

Se sentó en una de las mesas redondas con manteles de tela, desdobló una servilleta y se la puso sobre el regazo.

–Falta todavía una hora para la cena –gritó la cocinera desde la cocina.

Pero la señorita Norris no contestó. Siguió mirando al vacío fijamente, con mucha compostura.

Acerqué una silla a la mesa delante de ella y desdoblé una servilleta. No hablamos; nos quedamos allí sentadas, en un silencio íntimo, como hermanas, hasta que sonó en el pasillo el timbre de la cena.

–Túmbate –dijo la enfermera–. Te pondré otra inyección.

Me puse bocabajo en la cama y me remangué la falda. Luego me bajé los pantalones del pijama de seda.

–Cielo santo, ¿qué llevas ahí debajo?

–El pijama. Así no me tengo que preocupar de ponérmelo y quitármelo a cada momento.

La enfermera chasqueó la lengua.

–¿Qué lado quieres? –dijo entonces. Era una vieja broma.

Levanté la cabeza y me miré las nalgas. Estaban llenas de cardenales morados y verdes y azules, de tantas inyecciones. El lado izquierdo se veía más oscuro que el derecho.

–El derecho.

–A mandar. –La enfermera clavó la aguja, y apreté los ojos, saboreando el minúsculo dolor. Tres veces al día las enfermeras me pinchaban, y alrededor de una hora después de cada pinchazo me daban un vaso de zumo de frutas dulzón y se quedaban a mi lado, vigilando que me lo tomara.

–Qué suerte la tuya –dijo Valerie–. Te dan insulina.

–No me hace nada.

–Ah, ya te hará. A mí me hizo. Avísame cuando te dé una reacción.

Pero por lo visto nunca me iba a dar ninguna reacción. Solo engordaba y engordaba. Ya llenaba la ropa nueva que me había comprado mi madre y que me iba grande, y cuando me veía la barriga hinchada y las caderas anchas, pensaba que por suerte la señora Guinea no me había visto así, porque parecía que fuera a tener un bebé.

–¿Has visto mis cicatrices?

Valerie se apartó el flequillo y señaló dos marcas pálidas, una a cada lado de la frente, como si en algún momento le hubieran empezado a salir unos cuernos pero se los hubiese cortado.

Estábamos paseando, las dos solas, con el terapeuta de deportes por los jardines del psiquiátrico. Ahora me daban cada vez más permisos para ir a pasear. A la señorita Norris no la dejaban salir en absoluto.

Valerie dijo que la señorita Norris no debería estar en Caplan, sino en el edificio para gente que está peor, el pabellón Wymark.

–¿Sabes qué son estas cicatrices? –insistió Valerie.

–No. ¿Qué?

–Me han hecho una lobotomía.

Miré a Valerie impresionada, comprendiendo por primera vez su perpetua calma marmórea.

–¿Cómo te sientes?

–Bien. Ya no estoy enfadada. Antes siempre estaba enfadada. Estuve en Wymark, antes, y ahora estoy en Caplan. Puedo ir al pueblo, o de compras o al cine, acompañada de una enfermera.

–¿Qué harás cuando salgas?

–Ah, no me voy a ir. –Valerie se rio–. Aquí estoy bien.

–¡Día de mudanza!

–¿Y por qué voy a mudarme?

La enfermera continuó abriendo y cerrando mis cajones con aire risueño, vaciando el armario y doblando mis pertenencias en la maletita negra.

Pensé que por fin iban a mandarme a Wymark.

–Ah, solo te trasladas a la parte delantera de la casa –dijo la enfermera alegremente–. Te gustará. Es mucho más soleado.

Cuando salimos al pasillo vi que la señorita Norris también se mudaba. Una enfermera, joven y alegre como la mía, aguardaba en la entrada de la habitación de la señorita Norris, ayudándola a ponerse un abrigo lila con un cuello esmirriado de pieles de ardilla.

Hora tras hora yo había estado montando guardia junto a la cabecera de la cama de la señorita Norris, renunciando a la distracción de los talleres terapéuticos y los paseos y los partidos de bádminton, e incluso de la película semanal, que a mí me gustaban, y a los que la señorita Norris no iba nunca, solo para vigilar el redondel pálido y mudo de sus labios.

Imaginaba qué emocionante sería si abría la boca y hablaba, y yo salía corriendo al pasillo a anunciárselo a las enfermeras. Me felicitarían por animar a la señorita Norris, y seguramente me darían permiso para ir al centro de compras y al cine, y así mi fuga sería cosa hecha.

Pero en todas esas horas de vigilia, la señorita Norris no había dicho una sola palabra.

–¿Adónde se muda? –le pregunté ahora.

La enfermera le tocó el codo, y la señorita Norris se puso en movimiento como una muñeca con ruedas.

–Va a Wymark –me contó mi enfermera en voz baja–. Me temo que la señorita Norris no está prosperando como tú.

Observé a la señorita Norris levantar un pie, y luego el otro, por encima del peldaño invisible que bloqueaba el umbral de la puerta principal.

–Tengo una sorpresa para ti –dijo la enfermera mientras me instalaba en una habitación luminosa en el pasillo de la fachada, con vistas al césped verde del campo de golf–. Hoy acaba de llegar alguien que conoces.

–¿Alguien que conozco?

La enfermera se rio.

–No me mires así. No es un policía. –Entonces, como no dije nada, añadió–: Dice que es una vieja amiga tuya. ¿Por qué no le haces una visita?

Pensé que la enfermera bromeaba, y que si llamaba a la puerta de al lado no oiría respuesta, sino que entraría y encontraría a la señorita Norris con el abrigo lila de cuello de ardilla abotonado, tumbada en la cama, y la boca brotando en el jarrón silencioso de su cuerpo como el capullo de una rosa.

De todos modos salí y llamé a la puerta vecina.

–¡Adelante! –contestó una voz alegre.

Entreabrí la puerta y me asomé a la habitación. La chica grandota y caballuna con pantalones de amazona sentada junto a la ventana me miró con una gran sonrisa.

–¡Esther! –dijo con voz jadeante, como si hubiera corrido una larga, larga distancia y acabara de parar–. Qué alegría verte. Me dijeron que estabas aquí.

–¿Joan? –dije tímidamente, y luego exclamé, aturdida e incrédula–: ¡Joan!

Joan sonrió, enseñando sus dientes grandes y radiantes, inconfundibles.

–Soy yo, sí. Supuse que te sorprenderías.

16

La habitación de Joan, con el armario y la cómoda y la mesa y la silla y la manta blanca con la gran C azul, era la mía vista en un espejo. Se me ocurrió que Joan, al enterarse de dónde estaba, se había colado en el manicomio haciéndose pasar por loca, en broma nada más. Eso explicaría que le hubiera contado a la enfermera que yo era amiga suya. Nunca había tratado mucho a Joan, salvo con distancia.

–¿Cómo has venido a parar aquí? –Me acurruqué en su cama.

–Leí sobre ti –dijo Joan.

–¿Qué?

–Leí sobre ti, y me escapé.

–¿A qué te refieres? –dije con naturalidad.

–Bueno. –Joan se reclinó en la butaca de flores de cretona–. Conseguí un trabajo de verano en la residencia de una fraternidad, como los masones, ya sabes, pero que no eran los masones, y me sentía fatal. Me salieron juanetes, apenas podía andar… Los últimos días tuve que ir a trabajar con botas de goma en lugar de zapatos, y puedes imaginar cómo me minó la moral…

Pensé que o Joan se había vuelto loca, llevando botas de goma al trabajo, o estaba intentando ver hasta qué punto yo estaba loca, por creerme todo aquello. Además, los juanetes solo le salen a la gente mayor. Decidí que fingiría creer que estaba loca, y que solo le seguía la corriente.

–Siempre me siento de pena sin zapatos –dije con una sonrisa ambigua–. ¿Te dolían mucho los pies?

–Una barbaridad. Y mi jefe, que acababa de separarse de su mujer y no podía pedir el divorcio sin más porque eso no encajaba con la orden de la fraternidad, mi jefe no dejaba de llamarme por el interfono, y cada vez que me movía, los pies me mataban, pero en cuanto volvía a sentarme en mi mesa, zumbaba el interfono, y ya tenía otra cosa que contarme para desahogarse...

–¿Por qué no te largaste?

–Ah, me largué, más o menos. Me puse de baja y dejé de ir al trabajo. No salía. No veía a nadie. Metí el teléfono dentro de un cajón y no contestaba las llamadas... Entonces mi médico me mandó a un psiquiatra, en ese hospital enorme. Me dieron cita a las doce, y estaba hecha una calamidad. Al final, a las doce y media, salió la recepcionista y me dijo que el doctor se había ido a comer. Me preguntó si quería esperar, y dije que sí.

–¿Y volvió?

La historia parecía bastante enrevesada para que Joan se la hubiera inventado, pero la dejé continuar, por ver cómo acababa.

–Uy, sí. Pensaba suicidarme, figúrate. Dije: «Si este doctor no funciona, se acabó». Bueno, la recepcionista me condujo por un largo pasillo, y justo cuando llegamos a la puerta se volvió hacia mí y dijo: «No te importa si hay algunos estudiantes con el doctor, ¿verdad?». ¿Qué podía decir? «Ah, no», contesté. Entré y vi nueve pares de ojos fijos en mí. ¡Nueve pares! Dieciocho ojos.

»A ver, si la recepcionista me hubiese dicho que había nueve personas en la consulta, habría dado media vuelta. Pero allí estaba, y era demasiado tarde para remediarlo. Bueno, pues resulta que ese día en concreto me había puesto un abrigo de pieles...

–¿En agosto?

–Ah, hacía uno de esos días fríos y lluviosos, y como era mi primer psiquiatra… ya sabes. En cualquier caso, ese psiquiatra no le quitaba ojo al abrigo de pieles mientras hablaba con él, y vi lo que pensaba cuando le pedí pagar con el descuento de estudiante en lugar de la tarifa íntegra. Vi el símbolo del dólar en sus ojos. Bueno, se lo solté todo a bocajarro: le hablé de los juanetes y del teléfono en el cajón y de que quería suicidarme, y entonces me pidió que esperara fuera mientras comentaba mi caso con los otros, y cuando volvió a llamarme, ¿sabes lo que dijo?

–¿Qué?

–Entrelazó las manos, me miró y dijo: «Señorita Gilling, hemos decidido que podría sacar provecho de la terapia de grupo».

–Terapia… ¿de grupo? –Supe que mi voz debía de sonar tan falsa como una cámara de eco, pero Joan ni se percató.

–Eso fue lo que me dijo. Imagínate: estaba pensando en suicidarme, y me atrevo a comentarlo con un hatajo de desconocidos, y eso que la mayoría estaban peor que yo…

–Qué locura. –A mi pesar, me iba implicando cada vez más–. ¡Ni siquiera es humano!

–Eso fue justo lo que le dije. Volví directa a casa y le escribí una carta a aquel doctor. Le escribí una carta magnífica de por qué un hombre así no servía para ayudar a la gente enferma…

–¿Te contestó?

–No lo sé. Ese fue el día en que leí sobre ti en la prensa.

–¿A qué te refieres?

–Bueno, a que la policía te daba por muerta y todo eso –dijo Joan–. En algún sitio tengo un montón de recortes de prensa.

Se levantó con esfuerzo, y noté un tufo a caballo que me dio cosquillas en las fosas nasales. Joan había sido campeona de salto en la competición de hípica anual de la universidad, y me pregunté si había estado durmiendo en una cuadra.

Joan rebuscó en la maleta y sacó un puñado de recortes.

–Toma, echa un vistazo.

En el primer recorte había una fotografía grande, ampliada, de la cara de una chica con los ojos sombreados de negro y los labios negros abiertos en una sonrisa. No acerté a imaginar de dónde había salido aquella imagen tan vulgar hasta que me fijé en los pendientes de Bloomingdale's y el collar de Bloomingdale's que brillaban con reflejos radiantes, como estrellas de mentira.

BECARIA DESAPARECIDA. MADRE PREOCUPADA

En el artículo se explicaba que la becaria en cuestión había desaparecido de su casa el 17 de agosto, con una falda verde y una blusa blanca, dejando una nota donde decía que iba a dar un largo paseo. «Al ver que a medianoche la señorita Greenwood aún no había vuelto –decía–, su madre llamó a la policía municipal.»

El siguiente recorte mostraba una fotografía de mi madre, mi hermano y yo juntos en el patio de casa, sonrientes. Tampoco se me ocurría quién había podido sacarla, hasta que me fijé en el peto y las zapatillas blancas que llevaba y recordé que era el atuendo que me ponía el verano que estuve cosechando espinacas, y que Dodo Conway se había pasado a vernos y nos había hecho varios retratos de familia a los tres, una tarde calurosa. «La señora Greenwood pidió que se publicara esta fotografía, con la esperanza de que aliente a su hija a volver a casa.»

SE SOSPECHA QUE HAN DESAPARECIDO
SOMNÍFEROS CON LA CHICA

Una fotografía oscura, en plena noche, de una decena de personas con cara de pan en un bosque. Me pareció que la gente del fondo se veía rara y como encogida, hasta que me di cuenta de que no eran personas, sino perros. «Se emplean sabuesos en la búsqueda de la chica desaparecida. El sargento de policía Bill Hindly dice: "No pinta bien".»

¡ENCUENTRAN VIVA A LA CHICA!

La última imagen mostraba a varios policías cargando un fardo alargado envuelto en una sábana con una cabeza de col sin rostro dentro de una ambulancia. A continuación se explicaba que mi madre había bajado al sótano, a hacer la colada semanal, cuando oyó unos débiles gemidos procedentes de un agujero condenado...

Dejé los recortes encima de la colcha blanca.

–Quédatelos –dijo Joan–. Deberías pegarlos en un álbum.

Doblé los recortes y me los guardé en el bolsillo.

–Leí sobre ti –continuó Joan–. No que te habían encontrado, sino todo lo demás hasta entonces, y reuní todo mi dinero y me monté en el primer avión a Nueva York.

–¿Por qué a Nueva York?

–Bueno, creí que sería más fácil suicidarme en Nueva York.

–¿Qué hiciste?

Joan sonrió lerdamente y mostró las manos, con las palmas hacia arriba. Como una cadena montañosa en miniatura, unos verdugones enrojecidos se levantaban a través de la carne blanca de sus muñecas.

–¿Cómo te hiciste eso? –Por primera vez pensé que Joan y yo quizá tuviéramos algo en común.

–Atravesé con los puños la ventana de mi compañera de cuarto.

–¿Qué compañera de cuarto?

–Mi antigua compañera de cuarto de la universidad. Estaba trabajando en Nueva York, y no se me ocurría ningún otro sitio adonde ir, así que fui y me quedé con ella. Mis padres vinieron a buscarme allí... Ella les había escrito que me estaba comportando de un modo extraño, y mi padre vino en avión y me trajo de vuelta.

–Pero ahora estás bien. –Hice que fuese una afirmación.

Joan me observó con sus ojos brillantes, grises como guijarros.

–Supongo que sí –dijo–. ¿Y tú?

Me había quedado dormida después de la cena.

Unos gritos me despertaron. *Señora Bannister, señora Bannister, señora Bannister, señora Bannister.* Mientras salía del sueño, descubrí que estaba golpeando la cabecera de la cama y llamando a voces. La figura angulosa y retorcida de la señora Bannister, la enfermera de noche, apareció como una exhalación.

–Espera, no queremos que te lo rompas.

Me desabrochó la correa del reloj.

–¿Qué pasa? ¿Qué ha ocurrido?

La cara de la señora Bannister se contorsionó en una sonrisa.

–Has tenido una reacción.

–¿Una reacción?

–Sí, ¿cómo te encuentras?

–Rara. No sé, como ligera y etérea.

La señora Bannister me ayudó a incorporarme.

–Ahora te sentirás mejor. Mejorarás en un periquete. ¿Quieres un poco de leche caliente?

–Sí.

Y cuando la señora Bannister me acercó la taza a los labios, paladeé la leche caliente con la lengua mientras bajaba, sintiendo su sabor con fruición, igual que un bebé siente el sabor de su madre.

–La señora Bannister me ha dicho que tuviste una reacción.

La doctora Nolan se acomodó en la butaca junto a la ventana y sacó una cajita diminuta de cerillas. La caja parecía idéntica a la que me había escondido en el dobladillo de la bata, y por un momento me pregunté si una enfermera la había descubierto y se la había devuelto a la doctora Nolan a escondidas.

La doctora Nolan rascó una cerilla contra un lado de la caja. Una llama amarilla incandescente cobró vida de un salto, y observé cómo la succionaba con el cigarrillo.

–La señora B. dice que te encontrabas mejor.

–Al principio, sí. Ahora vuelvo a estar como siempre.

–Tengo una noticia para ti.

Esperé. Ahora todos los días, desde hacía no sé cuántos días, me pasaba la mañana y la tarde y la noche tapada con la manta blanca en la tumbona de mimbre de la galería, fingiendo que leía. Sospechaba que la doctora Nolan me estaba dando ciertos días de margen, y luego me diría lo mismo que había dicho el doctor Gordon: «Lo siento, no parece que hayas mejorado, creo que te conviene hacer unos tratamientos de choque…».

–Bueno, ¿no quieres sabes qué es?

–¿Qué? –dije abatida, preparándome para encajar el golpe.

–No vas a tener más visitas durante un tiempo.

Miré a la doctora Nolan, sorprendida.

–Vaya, eso es estupendo.

–Pensé que te alegraría. –Sonrió.

Entonces miré, y la doctora Nolan miró también, la papelera que había junto a mi cómoda. De la papelera asomaban una docena de rosas de tallo largo, rojas como la sangre.

Esa tarde mi madre había venido a visitarme.

Mi madre era solo una en una larga cadena de visitas: mi antigua jefa, la señora de la Ciencia Cristiana, que paseó conmigo por el césped y me habló de la niebla que se levantaba de la tierra en la Biblia, y de que la niebla era el error, y que mi único problema era que yo creía en la niebla, y en cuanto dejase de creer en eso, desaparecería y vería que siempre había estado bien, y luego mi profesor de inglés del instituto, que vino e intentó enseñarme a jugar al Scrabble, porque creía que podía reavivar mi antiguo interés en las palabras, y la propia Philomena Guinea, que no estaba en absoluto satisfecha con lo que estaban haciendo los médicos y no dejaba de repetírselo.

Odiaba esas visitas.

Estaba tan tranquila sentada en la galería o en mi cuarto, y una enfermera sonriente se asomaba y anunciaba que tal o cual había venido de visita. Una vez incluso habían traído al párroco de la iglesia unitaria, que de hecho nunca me había gustado ni un pelo. Se pasó todo el rato nerviosísimo, y vi que pensaba que estaba loca de atar, porque le conté que creía en el infierno, y que cierta gente, como yo, tenía que vivir en el infierno antes de morir, para compensar que después se lo perdían porque no creían en la vida después de la muerte, y que cada uno cuando se muere se encuentra con lo que cree que pasa después de morir.

Odiaba esas visitas, porque notaba que todos veían qué gorda y greñuda estaba y me comparaban con cómo era antes y cómo querían que fuese, y sabía que se iban completamente desconcertados.

Pensaba que quizá si me dejaran tranquila encontraría un poco de paz.

Y mi madre era la peor de todas. Nunca me regañaba, pero no dejaba de suplicarme, con cara de pena, que le contara en qué se había equivocado. Decía que estaba segura de que los médicos pensaban que había hecho algo mal, porque siempre le preguntaban sobre cuándo dejé el pañal, y yo dejé el pañal de bien pequeña y nunca le di el menor problema.

Esa tarde mi madre me había traído las rosas. «Guárdalas para mi funeral», le había dicho yo. Mi madre empezó a hacer pucheros, como si estuviera a punto de echarse a llorar. «Pero Esther, ¿no te acuerdas de qué día es hoy?» «No.» Pensé que tal vez era San Valentín. «Es tu cumpleaños.» Y fue entonces cuando tiré las rosas a la papelera.

–Ha sido una tontería por su parte hacer eso –le dije a la doctora Nolan.

Asintió. Parecía entender lo que quería decir.

–La odio –dije, y esperé a que cayera el golpe.

Pero la doctora Nolan se limitó a sonreírme, como si algo la pusiera muy, muy contenta, y dijo:

–Me hago cargo.

17

–Hoy es tu día de suerte, chica.

La joven enfermera me retiró la bandeja del desayuno y me dejó arropada con mi manta blanca, como una pasajera que toma el aire del mar en la cubierta de un barco.

–¿Suerte, por qué?

–Bueno, no sé si deberías enterarte ya, pero hoy te vas a mudar a Belsize. –La enfermera me miró con expectación.

–Belsize –dije–. No puedo ir allí.

–¿Por qué no?

–No estoy preparada. Aún no estoy bien.

–Claro que estás bien. No te preocupes, que si no, no te trasladarían.

Cuando la enfermera se marchó, traté de descifrar a qué venía ese nuevo movimiento de la doctora Nolan. ¿Qué estaba intentando demostrar? Yo no había cambiado. Nada había cambiado. Y Belsize era el mejor pabellón de todos. Desde Belsize la gente volvía a trabajar y a estudiar y a casa.

Joan estaba en Belsize. Joan, con sus manuales de física y sus palos de golf y sus raquetas de bádminton y su voz jadeante. Joan, marcando el abismo que me separaba de quienes estaban prácticamente bien. Desde que Joan se fue de Caplan, había seguido su progreso por las habladurías que iban y venían en el manicomio.

Joan tenía permiso para dar paseos, Joan tenía permiso para ir de compras, Joan tenía permiso para salir por el pueblo. Fui reuniendo todas las novedades sobre Joan en un poso amargo, aunque las recibía con una alegría superficial. Joan era la doble radiante de la mejor versión de mí misma en otros tiempos, y estaba especialmente diseñada para perseguirme y atormentarme.

Quizá Joan ya se habría ido cuando llegara a Belsize.

Al menos en Belsize podría olvidarme de los tratamientos de choque. En Caplan, a muchas mujeres les hacían tratamientos de choque. Podía identificar a quiénes se los hacían, porque no les servían la bandeja del desayuno como a las demás. Les hacían los tratamientos de choque mientras nosotras desayunábamos en nuestras habitaciones, y luego venían al salón, silenciosas y apagadas, conducidas como criaturas por las enfermeras, y tomaban el desayuno allí.

Cada mañana, cuando oía que la enfermera llamaba a la puerta y me traía la bandeja, me inundaba un alivio inmenso, porque sabía que por ese día estaba fuera de peligro. No entendía que la doctora Nolan asegurase que te quedabas dormida durante un tratamiento de electrochoque si nunca lo había probado. ¿Cómo sabía que esa persona, aunque parecía dormida, no sentía en todo momento los voltios azules y el ruido?

Sonaba música de piano en el fondo del pasillo.

Durante la cena me había quedado callada, escuchando la charla de las mujeres de Belsize. Todas vestían a la moda e iban muy arregladas, y varias de ellas estaban casadas. Algunas habían estado de compras en el centro, y otras visitando a amigas, y se pasaron la cena intercambiando bromas privadas.

–Llamaría a Jack –dijo una mujer llamada Deedee–, pero me temo que no estará en casa. Sé dónde podría llamarlo, y allí estaría, ¡no falla!

La rubia bajita y pizpireta de mi mesa se rio.

–Hoy casi he tenido al doctor Loring donde quería tenerlo. –Abrió sus ojos azules con perplejidad, como una muñequita–. No me importaría cambiar a mi viejo Percy por un modelo nuevo.

En la otra punta del comedor, Joan engullía la mortadela y el tomate asado con mucho apetito. Parecía la mar de a gusto entre aquellas mujeres y me trataba con frialdad, con un ligero desdén, como a una conocida a la que apenas recordaba y de una categoría inferior.

Me había ido a la cama justo después de cenar, pero entonces oí la música del piano e imaginé a Joan, Deedee y Loubelle, la rubia, y a todas las demás en el salón, riendo y criticándome por la espalda. Estarían diciendo que era espantoso que hubiese gente como yo en Belsize y que deberían haberme llevado a Wymark.

Decidí acabar con sus comentarios venenosos.

Echándome la manta sobre los hombros, como una estola, deambulé por el pasillo hacia la luz y la música alegre.

Pasé el resto de la velada escuchando a Deedee aporrear en el piano de cola canciones que ella misma componía, mientras que las otras mujeres jugaban al bridge y charlaban alrededor, tal como habrían hecho en una residencia de estudiantes, salvo porque la mayoría tenían diez años más que las universitarias.

Una de ellas era la señora Savage, una mujer imponente, alta, canosa y con una voz grave, atronadora, que había estudiado en Vassar. Enseguida me di cuenta de que era una mujer de sociedad, porque no hablaba más que de debutantes. Por lo visto tenía dos o tres hijas, y ese año iban a debutar todas en sociedad con una puesta de largo, pero ella les había estropeado la fiesta ingresando por su propio pie en el manicomio.

Deedee había compuesto una canción titulada «El lechero», y todo el mundo le decía que debía publicarla, que sería un éxito. Empezaba tamborileando una pequeña melodía en el teclado, como los cascos de un caballo lento al trote, y luego entraba la otra melodía, como el silbido del lechero, y luego continuaban las dos melodías a la par.

–Qué bonita –dije para romper el hielo.

Joan estaba apoyada en una esquina del piano y hojeaba el último número de una revista de moda, y Deedee la miró con una sonrisa, como si las dos compartieran un secreto.

–Oye, Esther –dijo Joan de pronto, sosteniendo la revista en alto–. ¿Esta no eres tú?

Deedee paró de tocar.

–Déjame ver.

Agarró la revista, observó la página que señalaba Joan, y luego me miró.

–Uy, no. Seguro que no –dijo Deedee. Miró otra vez la revista, y luego a mí–. ¡Nada que ver!

–Vamos, sí que es Esther, ¿no es Esther? –insistió Joan.

Loubelle y la señora Savage se acercaron, y yo, fingiendo que sabía de qué iba la historia, fui hasta el piano con ellas.

En la fotografía de la revista se veía a una chica con un vestido de noche sin tirantes de una tela blanca vaporosa, sonriendo como a punto de reventar y rodeada de un montón de chicos admirándola. La chica sostenía un vaso lleno de una bebida transparente y parecía mirar fijamente algo detrás de mí, un poco a mi izquierda. Noté un leve aliento en la nuca. Me giré de golpe.

La enfermera de noche había entrado, sin que nos diéramos cuenta, caminando con sus suelas blandas de goma.

–Hala –dijo–, ¿de verdad eres tú?

–No, no soy yo. Joan se ha confundido. Es otra.

–¡Vamos, di que eres tú! –exclamó Deedee.

Pero hice como si no la oyera y me alejé.

Entonces Loubelle le rogó a la enfermera que hiciera de cuarta en el bridge y acerqué una silla para mirar, aunque yo no sabía nada de bridge, porque no había tenido tiempo de aprender en la universidad, como hacían todas las chicas de dinero.

Observé las caras de póquer de los reyes y los sirvientes y las reinas, y escuché a la enfermera hablando de la vida tan dura que tenía.

–Vosotras sois damas y no sabéis lo que es cumplir con dos trabajos –dijo–. Por las noches estoy aquí, vigilándoos...

Loubelle soltó una risita.

–Nosotras somos buenas. Somos las mejores del lote, y lo sabes.

–Ah, con vosotras da gusto. –La enfermera pasó un paquete de goma de mascar de menta, luego quitó el envoltorio de aluminio de uno de fresa para ella–. Con vosotras da gusto, son esos chalados del asilo público los que me sacan de quicio.

–¿O sea que trabajas en los dos sitios? –le pregunté con repentino interés.

–Ya lo creo. –La enfermera me lanzó una mirada directa, y me di cuenta de que pensaba que yo no pintaba nada en Belsize–. Aquello no te gustaría un pelo, damisela.

Me pregunté por qué me llamaba así cuando siempre me llamaba por mi nombre de pila.

–¿Por qué? –insistí.

–Ah, no es un sitio bonito, como este. Caramba, esto es un club de campo. Allí no tienen nada. No hay talleres terapéuticos, ni paseos...

–¿Por qué no pueden dar paseos?

–No hay suficiente per-so-nal. –La enfermera ganó la baza y Loubelle gruñó–. Creedme, señoras, cuando reúna los cuartos para comprarme un coche, me largo.

–¿Te largarás de aquí también? –quiso saber Joan.

–Ya lo creo. Solo pacientes privados, en adelante. Cuando me apetezca...

Pero yo había dejado de escucharla.

Me pareció que le habían pedido a la enfermera que me mostrara mis alternativas. O mejoraba, o caería, más y más, igual que una estrella fugaz, hasta extinguirme, de Belsize a Caplan, a Wymark, y al final, después de que la doctora Nolan y la señora Guinea me dieran por imposible, al asilo público de al lado.

Me envolví con la manta y retiré la silla.

–Qué, ¿tienes frío? –me preguntó la enfermera con brusquedad.

–Sí –dije, encaminándome hacia el pasillo–. Me he quedado helada.

Desperté arropada plácidamente en mi capullo blanco. Una franja pálida del sol invernal se reflejaba en el espejo y en los vasos de la cómoda y los picaportes de metal. Desde el otro lado del pasillo llegaba el trajín de las sirvientas en la cocina a primera hora de la mañana, preparando las bandejas del desayuno.

Oí a la enfermera llamar a la puerta de al lado, cerca del final del pasillo. La voz somnolienta de la señora Savage retumbó, y la enfermera entró con su bandeja tintineante. Pensé, con un leve escalofrío de placer, en la cafetera humeante de porcelana azul y el tazón de porcelana azul y en la gruesa jarra de porcelana azul para la crema de leche con las margaritas blancas pintadas.

Empezaba a resignarme.

Si iba a caer, por lo menos me mantendría fiel a esas pequeñas comodidades todo el tiempo que pudiera.

La enfermera llamó a la puerta y, sin esperar una respuesta, entró.

Era una enfermera nueva –cambiaban constantemente– con la cara chupada y pajiza, un pelo pajizo y unas pecas grandes que salpicaban su nariz huesuda. Ver a esa enfermera me asqueó de todo corazón sin saber por qué, y solo cuando cruzó la habitación para abrir la persiana verde me di cuenta de que parte de su extrañeza era que viniese con las manos vacías.

Abrí la boca para preguntarle dónde estaba mi bandeja del desayuno, pero en el acto me callé. Seguro que me tomaba por otra persona. Las enfermeras nuevas a menudo se liaban. Debían de estar haciéndole tratamiento de electrochoque a alguna paciente de Belsize, alguien a quien yo no conocía, y era comprensible que la enfermera me confundiera con ella.

Esperé hasta que la enfermera acabara de hacer el circuito por mi habitación, mullendo, alisando, ordenando, y llevara la siguiente bandeja a Loubelle, una puerta más allá en el pasillo.

Entonces me puse las chinelas y, arropada con la manta, porque era una mañana espléndida pero muy fría, crucé rápidamente hasta la cocina. Había una sirvienta con uniforme rosa llenando una hilera de cafeteras de porcelana azul de una gran cazuela abollada que había encima de los fogones.

Miré amorosamente las bandejas preparadas: las servilletas blancas de papel, dobladas en pulcros triángulos isósceles, cada una bajo el ancla de un tenedor plateado, las cúpulas pálidas de los huevos escalfados en sus hueveras azules, los cuencos de confitura de naranja en forma de vieira. Bastaba con que alargara el brazo y reclamara mi bandeja, y el mundo estaría en perfecto orden.

–Ha habido una confusión –le dije a la sirvienta, inclinándome sobre el mostrador y en voz baja, como para ser discreta–. La enfermera nueva se ha olvidado de traerme la bandeja del desayuno.

Conseguí poner una sonrisa radiante, para demostrar que no había resquemores.

–¿Qué nombre es?

–Greenwood. Esther Greenwood.

–Greenwood, Greenwood, Greenwood... –El dedo índice verrugoso de la sirvienta recorrió la lista de los nombres de las pacientes de Belsize, clavada con chinchetas en la pared de la cocina–. Greenwood, hoy no tiene desayuno.

Agarré el borde del mostrador con ambas manos.

–Debe de haber un error. ¿Está segura de que es Greenwood?

–Greenwood –repitió con decisión la sirvienta justo cuando entraba la enfermera.

La enfermera nos observó inquisitivamente.

–La señorita Greenwood quería su bandeja –dijo la sirvienta evitando mirarme.

–Ah –la enfermera me sonrió–, ya le llevaremos la bandeja más tarde a lo largo de la mañana, señorita Greenwood. Tiene...

Pero no esperé a oír lo que me decía. Caminé ciegamente por el pasillo, no a mi habitación, porque allí era donde irían a buscarme, sino a la galería, muy inferior a la galería de Caplan, pero galería a fin de cuentas, en un rincón tranquilo del pasillo, donde no vendrían Joan o Loubelle o Deedee o la señora Savage.

Me acurruqué en el rincón del fondo, tapándome la cabeza con la manta. No me indignaba tanto el tratamiento de choque como la traición descarada de la doctora Nolan. Me gustaba la doctora Nolan, la quería, le había puesto mi confianza en bandeja y se lo había contado todo, y ella me había prometido, dándome su palabra, que me avisaría con antelación si alguna vez tenía que pasar por lo mismo.

Si me lo hubiera dicho la noche antes no habría pegado ojo, desde luego, llena de temor y aprensión, pero por la mañana ya me habría serenado y estaría preparada. Habría ido por el pasillo entre dos enfermeras, pasando por delante de Deedee y Loubelle y la señora Savage y Joan dignamente, como una persona resignada con entereza a la ejecución.

La enfermera se inclinó hacia mí y me llamó por mi nombre.

Me aparté y me acurruqué aún más hacia el rincón. La enfermera desapareció. Supe que enseguida volvería, con dos fornidos celadores, y que me llevarían a rastras, aullando y pataleando, delante del público sonriente reunido ahora en el salón.

La doctora Nolan me pasó un brazo por la espalda y me abrazó como una madre.

–¡Me dijo que me avisaría! –le grité a través de la manta revuelta.

–Pero si te estoy avisando –dijo la doctora Nolan–. He venido temprano a propósito para avisarte, y yo misma te voy a acompañar.

La escruté a través de los párpados hinchados.

–¿Por qué no me lo dijo anoche?

–Solo porque pensé que te desvelarías. De haberlo sabido...

–Usted dijo que me avisaría.

–Mira, Esther –dijo la doctora Nolan–. Voy a acompañarte. Estaré a tu lado en todo momento, para asegurarme de que todo salga bien, como te prometí. Estaré allí cuando te despiertes y te traeré de nuevo aquí.

La miré. Parecía consternada.

–Prométame que estará allí –dije al cabo de unos instantes.

–Prometido.

La doctora Nolan sacó un pañuelo blanco y me lo pasó por la cara. Luego enlazó su brazo con el mío, como una vieja amiga, y me ayudó a levantarme, y empezamos a caminar por el pasillo. La manta se me enredó en los pies, así que la solté, pero la doctora Nolan no pareció darse cuenta. Pasamos por delante de Joan, que salía de su habitación, y con una sonrisa desdeñosa, elocuente, retrocedió y esperó hasta vernos pasar.

Entonces la doctora Nolan abrió con una llave una puerta al final del pasillo y me condujo por un tramo de escaleras hasta los misteriosos corredores del sótano que unían, en una elaborada red de túneles y recovecos, los distintos pabellones del hospital.

Las paredes brillaban, había baldosas sanitarias blancas con bombillas desnudas colocadas a intervalos en el techo negro. Había camillas y sillas de ruedas arrimadas aquí y allá contra las tuberías de la pared, que siseaban y retumbaban, ramificándose en un intrincado sistema nervioso a lo largo de las paredes relucientes. Me aferré al brazo de la doctora Nolan como a un salvavidas, y de vez en cuando ella me la estrechaba para alentarme.

Finalmente nos detuvimos ante una puerta verde donde se leía ELECTROTERAPIA impreso en letras negras. Di un paso atrás y la doctora Nolan aguardó. Entonces dije:

–Acabemos de una vez. –Y entramos.

En la sala de espera, aparte de la doctora Nolan y de mí, nada más había un hombre pálido con un albornoz granate raído y la enfermera que lo acompañaba.

–¿Quieres sentarte?

La doctora Nolan señaló un banco de madera, pero me notaba las piernas muy pesadas y pensé que me costaría horrores levantarme de nuevo cuando me tocara entrar.

–Prefiero estar de pie.

Por fin, una mujer alta y cadavérica con una bata blanca entró en la sala desde una puerta interior. Pensaba que iría a buscar al hombre del albornoz granate, porque había llegado primero, así que me sorprendí cuando vino hacia mí.

–Buenos días, doctora Nolan –dijo la mujer, pasándome un brazo por los hombros–. ¿Esta es Esther?

–Sí, señorita Huey. Esther, te presento a la señorita Huey, ella te cuidará. Le he hablado de ti.

Me dio la impresión de que aquella mujer medía más de dos metros. Inclinó la cabeza en un gesto cariñoso y vi que su cara, con los dientes saltones en el centro, estaba llena de marcas por el acné. Parecía un mapa de los cráteres de la luna.

–Creo que podemos pasarte ahora mismo, Esther –dijo la señorita Huey–. Al señor Anderson no le importará esperar, ¿a que no, señor Anderson?

El señor Anderson no dijo nada, así que con el brazo de la señorita Huey alrededor del hombro y seguida por la doctora Nolan, pasé a la sala contigua.

Entreabriendo los ojos, sin atreverme a abrirlos del todo para no morirme del susto, vi la cama elevada con la sábana blanca, tirante como un tambor, y la máquina detrás de la cama, y la persona enmascarada –no distinguí si era hombre o mujer– detrás de la máquina, y otra gente enmascarada flanqueando la cama por ambos lados.

La señorita Huey me ayudó a subir y a tenderme de espaldas.

–Hábleme –dije.

La señorita Huey empezó a hablar en una voz grave, tranquilizadora, mientras me untaba un bálsamo en las sienes y me colocaba los botoncitos eléctricos a ambos lados de la cabeza.

–Todo irá perfectamente, no sentirás nada, muerde esto y ya está…

Y me puso algo encima de la lengua y, presa del pánico, lo mordí, y la oscuridad me borró como la tiza de una pizarra.

18

–Esther.

Emergí de un sueño profundo, empapada, y lo primero que vi fue la cara de la doctora Nolan flotando delante de mí y diciendo:

–Esther, Esther.

Me froté los ojos con una mano entumecida.

Detrás de la doctora Nolan distinguí el cuerpo de una mujer con una bata arrugada de cuadros blancos y negros tendida en una camilla, con los brazos y las piernas abiertos, como si acabara de caer de una gran altura. Pero antes de que me diera tiempo de ver nada más, la doctora Nolan me condujo por una puerta y salimos al aire fresco, bajo un cielo azul.

Todo el calor y el miedo se habían purgado. Me sentía asombrosamente en paz. La campana de cristal colgaba, suspendida, a unos palmos por encima de mi cabeza. Estaba abierta al aire libre que corría alrededor.

–Ha sido como te dije que sería, ¿no? –dijo la doctora Nolan, mientras volvíamos juntas a través de la hojarasca.

–Sí.

–Bueno, pues siempre será igual –dijo con firmeza–. Recibirás tratamientos de electrochoque tres veces por semana: martes, jueves y sábado.

Tomé una larga bocanada de aire.

–¿Cuánto tiempo?

–Eso depende –dijo la doctora Nolan– de ti y de mí.

Empuñé el cuchillo plateado y casqué la punta del huevo. Luego dejé el cuchillo y lo miré. Intenté pensar por qué antes me gustaban tanto los cuchillos, pero mi conciencia se liberó de la soga del pensamiento y se balanceó, como un pájaro, en medio del vacío.

Joan y Deedee se habían sentado juntas en el banco del piano, y Deedee estaba enseñando a Joan los bajos de *Palillos chinos*, mientras ella tocaba los agudos.

Pensé que era una pena que Joan fuese tan caballuna, que tuviese los dientes tan grandes y los ojos, como dos guijarros grises, desencajados. Si ni siquiera podía pescar a un chico como Buddy Willard. Y era obvio que el marido de Deedee tenía una amante y la estaba amargando como a una gata vieja y cascarrabias.

–He recibido una car-ta –canturreó Joan, asomando la cabeza despeinada por la puerta de mi cuarto.

–Enhorabuena.

No aparté la vista de mi libro. Desde que se habían acabado los electrochoques, tras una tanda de solo cinco sesiones, y me daban permiso para ir al pueblo, Joan revoloteaba a mi alrededor como un moscardón, como si la recuperación fuese un almíbar que pudiera absorber por el mero hecho de estar cerca. Le habían quitado los libros de física y todos los cuadernos de espiral llenos de apuntes que antes cercaban su cuarto, y volvía a estar confinada en el recinto.

–¿No quieres saber de quién?

Joan entró despacio en la habitación y se sentó en mi cama.

Me dieron ganas de mandarla al infierno, decirle que me daba repelús, pero no fui capaz.

–De acuerdo. –Metí el dedo en la página y cerré el libro–. ¿De quién?

Joan sacó un sobre celeste del bolsillo de la falda y me lo enseñó con picardía.

–¡Vaya, qué coincidencia! –dije.

–¿Cómo que coincidencia?

Fui hasta mi cómoda, cogí un sobre celeste y se lo enseñé, agitándolo como un pañuelo de despedida.

–Yo también he recibido una carta. Me pregunto si dirán lo mismo.

–Está mejor –dijo Joan–. Ha salido del hospital.

Se hizo una pequeña pausa.

–¿Vas a casarte con él?

–No –dije–. ¿Y tú?

Joan sonrió furtivamente.

–No me gustaba mucho, de todos modos.

–¿En serio?

–No, era su familia la que me gustaba.

–¿Te refieres al señor y la señora Willard?

–Sí. –La voz de Joan me bajó por la columna como un escalofrío–. Me encantaban. Eran tan amables, tan felices, nada que ver con mis padres. Iba a visitarlos siempre… –se interrumpió–. Hasta que llegaste tú.

–Lo siento. –Luego añadí–: ¿Por qué no seguiste visitándolos, si tanto te gustaban?

–Ah, no podía –dijo Joan–. No, mientras tú salías con Buddy. Podría haber parecido…, no sé, sospechoso.

Me detuve a pensarlo.

–Supongo que sí.

–¿Vas a… –Joan vaciló– dejar que venga?

–No lo sé.

Al principio había pensado que sería horrible que Buddy

viniese a visitarme al manicomio; probablemente solo querría regodearse y codearse con los otros médicos. Pero luego me pareció que sería un paso, ponerlo en su sitio, renunciar a él, a pesar de no tener a nadie: contarle que no había ningún intérprete simultáneo, nadie, pero que él no era para mí, que yo había tirado la toalla.

–¿Y tú?

–Sí –Joan suspiró–. Quizá traiga a su madre. Voy a pedirle que traiga a su madre…

–¿A su madre?

Joan hizo un mohín.

–Me gusta la señora Willard. La señora Willard es una mujer maravillosa, maravillosa. Ha sido una verdadera madre conmigo.

Imaginé a la señora Willard, con sus trajes de espiguilla color brezo y sus zapatos cómodos, y sus máximas maternales y sensatas. El señor Willard era su nene, y tenía una voz aguda y clara, como la de un nene. Joan y la señora Willard. Joan… y la señora Willard…

Había llamado a la puerta de Deedee esa mañana, porque quería pedirle algunas partituras a cuatro manos. Esperé unos minutos y, al no oír respuesta y pensando que Deedee estaba fuera, se me ocurrió que podía coger las partituras de la cómoda, así que abrí la puerta y entré en la habitación.

En Belsize, incluso en Belsize, las puertas tenían cerraduras, pero los pacientes no tenían llave. Una puerta cerrada significaba intimidad, y se respetaba, como si estuviera echada la llave. Llamabas, y volvías a llamar, y dabas media vuelta. Recordé todo eso cuando estaba, medio deslumbrada después de la luz del pasillo, en medio de la oscuridad fragante de la habitación.

Cuando mis ojos se acostumbraron a la poca luz, vi una silueta que se levantaba de la cama. Alguien se rio por lo bajo. La silueta se arregló el pelo, y dos ojos pálidos de guijarro me escrutaron a través de la penumbra. Deedee estaba recostada en las almohadas, con las piernas desnudas bajo el batín verde de felpa, y me observó con una sonrisa burlona. Un cigarrillo encendido brillaba entre los dedos de su mano derecha.

–Solo quería… –dije.

–Ya lo sé –dijo Deedee–. La música.

–Hola, Esther –dijo entonces Joan, y su voz quebrada me dio ganas de vomitar–. Espérame, Esther, iré a tocar los bajos contigo.

Ahora Joan dijo rotundamente:

–La verdad es que nunca me gustó Buddy Willard. Cree que lo sabe todo. Cree que lo sabe todo de las mujeres…

Miré a Joan. A pesar del repelús que me daba, y a pesar de la manía que le tenía de siempre, Joan me fascinaba. Era como observar a un marciano, o a un sapo particularmente horrendo. Su manera de pensar no tenía nada que ver con la mía, ni su sensibilidad con la mía, pero nos entendíamos tanto como para que sus pensamientos y sus sentimientos pareciesen una imagen negra y retorcida de los míos.

A veces me preguntaba si no habría inventado a Joan. Otras veces me preguntaba si seguiría apareciendo en cada crisis de mi vida para recordarme lo que yo había sido, y por lo que había pasado, y atravesaría su propia crisis personal pero similar delante de mis narices.

«No sé lo que ven las mujeres en otras mujeres –le había comentado yo a la doctora Nolan en la entrevista ese mediodía–. ¿Qué ve una mujer en otra mujer que no pueda ver en un hombre?»

La doctora Nolan guardó silencio. Luego dijo: «Ternura». Eso me dejó muda.

–Tú me gustas –estaba diciendo Joan–. Me gustas más que Buddy.

Y mientras se estiraba en mi cama con una sonrisa boba, me acordé de un escándalo menor que hubo en la residencia de nuestra universidad cuando una chica de cuarto gorda y pechugona, fea como una abuela y estudiante devota de religión, y una alumna alta y desgarbada de segundo, a la que abandonaban siempre en las citas a ciegas con excusas ingeniosas, empezaron a verse demasiado. Siempre estaban juntas, y una vez alguien se las había encontrado abrazadas, según el rumor, en la habitación de la gorda.

–Pero ¿qué estaban haciendo? –había preguntado yo.

Siempre que pensaba en hombres con hombres, y mujeres con mujeres, en realidad nunca podía imaginar qué era exactamente lo que hacían.

–Ah –había dicho la espía–, Milly estaba sentada en la silla y Theodora tumbada en la cama, y Milly le acariciaba el pelo a Theodora.

Fue una decepción. Esperaba una revelación específica de la perversidad. Me pregunté si lo único que hacían las mujeres con las mujeres en la cama era abrazarse.

Por supuesto, la famosa poeta de mi universidad vivía con otra mujer; una erudita de clásicas vieja y retacona con el pelo cortado a lo paje. Y cuando yo le había dicho a la poeta que quizá algún día me casara y tuviese una caterva de hijos, me miró horrorizada. «¿Y qué será de tu carrera?», exclamó.

Me dolía la cabeza. ¿Por qué atraía a esas mujeres mayores y extrañas? Estaba la famosa poeta, y Philomena Guinea, y Jay Cee, y la señora de la Ciencia Cristiana y sabe Dios quién más, y todas querían adoptarme de alguna manera, y, en virtud de su interés y su influencia, conseguir que me pareciese a ellas.

–Me gustas.

–Mala suerte, Joan –dije, levantando mi libro–. Porque tú a mí no me gustas. Me das ganas de vomitar, si quieres saberlo.

Y salí de la habitación, dejando a Joan tendida en mi cama, pesada y torpe como un caballo viejo.

Esperaba al médico, preguntándome si debía echar a correr. Sabía que lo que estaba haciendo era ilegal, por lo menos en Massachusetts, porque había católicos para parar un tren, pero la doctora Nolan dijo que ese médico era un viejo amigo suyo, y un hombre prudente.

–¿Para qué tienes visita? –quiso saber la enérgica recepcionista del uniforme blanco, tachando mi nombre de una lista escrita en un cuaderno.

–¿Cómo que para qué? –No me había planteado que nadie salvo el propio médico me hiciera esa pregunta, y la sala de espera compartida estaba llena de pacientes de otros médicos, la mayoría embarazadas o mujeres con bebés, y sentí sus miradas en mi vientre liso y virgen.

La recepcionista levantó la vista para mirarme, y me puse colorada.

–Vienes a tomar medidas, ¿no? –dijo con amabilidad–. Solo quería asegurarme para saber cuánto cobrarte. ¿Eres estudiante?

–Sí…

–Entonces te haremos mitad de precio. Cinco dólares, en lugar de diez. ¿Quieres que te mande la factura?

Iba a darle la dirección de mi casa, donde seguramente estaría cuando llegara la factura, pero entonces pensé que quizá mi madre abriría el sobre y vería de qué se trataba. La única otra dirección que podía dar era un inocuo apartado de correos, que alguna gente usaba para no ir anunciando que vivía en un manicomio, pero pensé que la recepcionista podría reconocer el número.

–Mejor le pago ahora –dije, y saqué cinco dólares en billetes del rollo que llevaba en la cartera.

Los cinco dólares eran parte de lo que Philomena Guinea me había enviado como una especie de regalo para que mejorara pronto. Me pregunté qué opinaría si supiera el fin al que estaba destinando su dinero.

Tanto si lo sabía como si no, Philomena Guinea estaba comprando mi libertad.

–No soporto pensar que un hombre me tiene en un puño –le había contado a la doctora Nolan–. Un hombre no ha de preocuparse por nada, mientras que yo llevo un bebé en vilo por encima de mi cabeza, como un garrote, para tenerme a raya.

–¿Actuarías de otra manera si no tuvieras que preocuparte por un bebé?

–Sí –dije–, pero...

Y le hablé a la doctora Nolan sobre la abogada casada y su Defensa de la Castidad.

La doctora Nolan me dejó acabar. Entonces se echó a reír. «¡Propaganda!», dijo, y anotó el nombre y la dirección de ese médico en una receta.

Hojeé con nerviosismo un ejemplar de *Baby Talk*. Las caras rollizas y radiantes de los bebés me sonreían, página tras página: bebés pelones, bebés color chocolate, bebés con cara de Eisenhower, bebés poniéndose bocabajo por primera vez, bebés con sonajeros, bebés comiendo la primera cucharada de comida sólida, bebés superando todos los pequeños obstáculos que hay que salvar para crecer, paso a paso, en un mundo desconcertante y angustioso.

Olía a una mezcla de papilla y leche agria y pañales que apestaban a bacalao en salazón, y me sentí triste y enternecida. ¡Qué desenvoltura tenían con los bebés las mujeres a mi alrededor! ¿Por qué yo era tan poco maternal y distante? ¿Por qué no podía ni siquiera imaginarme criando a un bebé llorón tras otro, como hacía Dodo Conway?

Si me tocaba cuidar a un bebé todo el día, me volvería loca.

Miré al bebé sentado en el regazo de la mujer de enfrente. No tenía ni idea de su edad, nunca lo sabía con los bebés; a lo mejor podía hablar de carrerilla y tener veinte dientes detrás de aquellos labios de corazón. Bamboleaba la cabecita sobre los hombros, porque por lo visto no tenía cuello, y me observaba con una expresión sabia, platónica.

La madre del bebé sonreía, sonreía sosteniendo a aquel bebé como si fuese la primera maravilla del mundo. Miré a la madre y al bebé, en busca de alguna pista para entender su mutua satisfacción, pero antes de descubrir nada el médico me hizo pasar.

–Quieres tomar medidas –dijo animadamente, y pensé con alivio que no era uno de esos médicos que hacen preguntas incómodas.

Había barajado la idea de contarle que me iba a casar con un marinero en cuanto su barco atracase en el muelle de la Marina de Charlestown, y que si no tenía anillo de compromiso era porque éramos pobres, pero en el último momento rechacé aquella fascinante historia y contesté simplemente:

–Sí.

Me subí en la mesa de exploraciones, pensando: «Subo hacia la libertad, la libertad del miedo, la libertad de casarme con alguien a quien no quiero, como Buddy Willard, solo por el sexo, la libertad de no ir nunca a los hospicios adonde acaban las chicas pobres que caen en desgracia y que deberían haber tomado medidas como yo, porque de todos modos habrían hecho lo que hicieron, igualmente…».

Mientras volvía en el autobús con la caja en el regazo, envuelta en papel de estraza corriente, podría haber sido una señora casada cualquiera volviendo de un día en la ciudad, con un pastel de Schrafft's para su tía solterona o un sombrero de Filene's. Poco a poco la sospecha de que los católicos tenían rayos equis en los ojos fue disminuyendo, y me relajé. Había aprovechado bien mi permiso para ir de compras, pensé.

Era una mujer dueña de mí misma.

El siguiente paso era encontrar al tipo de hombre adecuado.

19

–Voy a ser psiquiatra.

Joan hablaba con su habitual entusiasmo jadeante. Estábamos tomando sidra en el salón de Belsize.

–Ah –dije secamente–, qué bien.

–He tenido una larga charla con la doctora Quinn, y ella cree que es una opción factible.

La doctora Quinn era la psiquiatra de Joan, una señora brillante, sagaz y soltera, y a menudo yo sospechaba que si me hubiesen asignado a la doctora Quinn aún estaría en Caplan o, más probablemente, en Wymark. La doctora Quinn tenía una cualidad para la abstracción que a Joan le atraía, pero a mí me ponía los pelos de punta.

Mientras Joan seguía hablando de egos e ids, me puse a pensar en otra cosa: el paquete con el papel de estraza desenvuelto en mi último cajón. Yo nunca hablaba de egos e ids con la doctora Nolan. No sabía bien de qué hablaba, en realidad.

–... voy a vivir fuera, ahora.

Entonces volví a sintonizar a Joan.

–¿Dónde? –pregunté, intentando ocultar mi envidia.

La doctora Nolan me había dicho que en la universidad me aceptarían de nuevo en el segundo semestre, con su recomendación y la beca de Philomena Guinea, pero como entre tanto los médicos se oponían a que viviera con mi madre, me quedaría en el manicomio hasta que empezaran las clases de invierno.

Aun así, me pareció injusto que Joan me ganara justo en las puertas.

–¿Dónde? –insistí–. No te dejarán vivir sola, ¿verdad?

Joan acababa de recuperar los permisos para ir al pueblo la semana anterior.

–Ah, no, claro que no. Voy a vivir en Cambridge con la enfermera Kennedy. Su compañera de piso acaba de casarse, y necesita a alguien con quien compartir el alquiler.

–Felicidades. –Levanté mi vaso de sidra y brindamos. A pesar de mis reservas más profundas, pensé que siempre apreciaría a Joan. Era como si la vida nos hubiera unido por una fuerza mayor, como la guerra o la peste, y compartíesemos un mundo propio–. ¿Cuándo te vas?

–A principios de mes.

–Qué bien.

Joan empezó a ponerse nostálgica.

–Vendrás a visitarme, ¿no, Esther?

–Por supuesto –dije, aunque en mi fuero pensé: «No lo creo».

–Duele –dije–. ¿Es normal que duela?

Irwin no contestó.

–A veces duele –dijo luego.

Había conocido a Irwin en la escalinata de la Biblioteca Widener. Yo estaba arriba de todo, contemplando los edificios de ladrillo rojo que cercaban el patio interior nevado y preparándome para ir a coger el tranvía de vuelta al manicomio, cuando un hombre joven, alto, feúcho y con gafas pero de cara inteligente, se acercó a mí.

–¿Te importa decirme qué hora es, por favor? –me preguntó.

Eché un vistazo a mi reloj.

–Las cuatro y cinco.

Entonces se cambió de brazo el montón de libros que cargaba, como si fuera la bandeja de la cantina, y dejó ver una muñeca huesuda.

–Vaya, ¡pero si tienes reloj!

Miró su reloj con aire compungido. Se lo acercó a la oreja y lo sacudió.

–No funciona. –Puso una sonrisa encantadora–. ¿Adónde vas?

Estuve a punto de decir «Vuelvo al manicomio», pero el tipo me dio buena espina, así que cambié de idea.

–A casa.

–¿Te gustaría tomar antes un café?

Titubeé. Debía estar de vuelta a la hora de la cena, y no quería llegar tarde cuando me faltaba tan poco para que me diesen de alta.

–¿Y un cafecito?

Decidí poner en práctica mi nueva personalidad normal con aquel hombre que, mientras yo titubeaba, me dijo que se llamaba Irwin y que era un profesor de matemáticas con un buen sueldo, así que le dije «De acuerdo» y, acompasando mis pasos a los suyos, a su lado bajé la larga escalinata cubierta de hielo.

Fue solo después de ver el estudio de Irwin cuando decidí seducirlo.

Irwin vivía en un sótano tenebroso, cómodo, en una de las calles decadentes a las afueras de Cambridge, y me llevó allí en su coche –para tomar una cerveza, dijo– después de tres tazas de café solo en una cafetería estudiantil. En su estudio nos sentamos en unas butacas mullidas de cuero marrón, rodeados por pilas de libros polvorientos e incomprensibles con largas fórmulas insertadas artísticamente sobre la página, como si fuesen poemas.

Mientras tomaba mi primer vaso de cerveza –la verdad es que nunca se me había ocurrido tomar cerveza fría en pleno invierno, pero acepté el vaso para tener algo sólido a lo que agarrarme–, sonó el timbre de la puerta.

Irwin pareció avergonzado.

–Creo que puede ser una dama.

Irwin tenía la rara y anticuada costumbre de llamar damas a las mujeres.

–Bien, bien. –Hice un gesto magnánimo–. Hazla pasar.

Irwin negó con la cabeza.

–Harías que se disgustara.

Sonreí al cilindro ámbar de mi cerveza fría.

El timbre sonó otra vez con una estocada perentoria. Irwin suspiró y fue a abrir. En cuanto desapareció, me lancé hacia el cuarto de baño y, escondida detrás de la persiana sucia de aluminio, vi aparecer la cara monacal de Irwin por la rendija de la puerta.

Una dama eslava, corpulenta y pechugona, con un grueso jersey de lana natural de oveja, pantalones morados y galochas negras de tacón alto, con manguitos de astracán y toca a juego, exhalaba palabras blancas e inaudibles en el aire glacial. La voz de Irwin fluctuaba hasta mí a través del pasillo helado.

«Lo siento, Olga… Estoy trabajando, Olga… No, no creo, Olga», mientras la boca roja de la dama se movía sin cesar, y las palabras, traducidas a humo blanco, flotaban entre las ramas del lilo desnudo que había junto a la puerta. Y luego, al final, «Quizá, Olga… Adiós, Olga».

Admiré la inmensa estepa de la pechera de la dama cubierta de lana cuando se retiró, a escasos centímetros de mis ojos, por la destartalada escalera de madera, con una especie de amargura siberiana en sus intensos labios.

–Supongo que tienes montones y montones de aventuras en Cambridge –le dije alegremente a Irwin, mientras atravesaba un caracol con un pincho en uno de los restaurantes decididamente franceses de Cambridge.

–Por lo visto –reconoció Irwin con una sonrisa modesta–, me entiendo bien con las damas.

Me llevé a la boca el caparazón vacío del caracol y bebí la salsa verde. No tenía ni idea si era apropiado, pero después de meses con la dieta sana y aburrida del manicomio, me pirraba por la mantequilla.

Había llamado a la doctora Nolan desde un teléfono de pago en el restaurante y le había pedido permiso para quedarme a dormir en Cambridge con Joan. Desde luego no sabía si Irwin iba a invitarme a volver a su piso después de la cena, pero que hubiera despedido a la dama eslava, esposa de un colega, parecía prometedor.

Eché atrás la cabeza y vacié de un trago la copa de Nuits-Saint-George.

–Te gusta el vino –observó Irwin.

–Solo Nuits-Saint-George. Me lo imagino… con el dragón…

Irwin me acarició la mano.

Deseaba que el primer hombre con el que me acostara fuese inteligente, para así poder respetarlo. Irwin era profesor titular en la universidad con veintiséis años, y tenía la piel pálida y lampiña de un niño prodigio. Necesitaba también a alguien experimentado, para compensar mi falta de experiencia, y las damas de Irwin eran una tranquilidad en ese sentido. Además, para ir sobre seguro, quería que fuese alguien a quien no conociera y no tuviera que conocer más a fondo: una especie de maestro de ceremonias impersonal, como en las historias de los ritos tribales.

Al final de la velada no me quedaba ninguna duda sobre Irwin.

Desde que me había enterado de la vileza de Buddy Willard, la virginidad me pesaba como una losa colgada al cuello. Había sido de tantísima importancia para mí, y durante tanto tiempo, que la defendía a toda costa por mera costumbre. Llevaba cinco años defendiéndola y ya estaba harta.

Solo cuando Irwin me abrazó, al volver a su apartamento, y me llevó medio a rastras, aturdida por el vino, hasta el dormitorio oscuro como boca de lobo, murmuré:

–Verás, Irwin, creo que debería contártelo, soy virgen.

Irwin se echó a reír y me soltó encima de la cama.

Al cabo de unos minutos, una exclamación de sorpresa reveló que no había creído que fuese verdad. Pensé en la suerte de haber empezado a tomar precauciones ese mismo día, porque en mi estado de embriaguez aquella noche jamás me habría molestado en llevar a cabo la delicada y necesaria operación. Y allí me quedé, absorta y desnuda, sobre la áspera manta de Irwin, esperando a sentir el cambio milagroso que se obraba en mí.

Pero solo sentía un dolor agudo, tan fuerte que me alarmó.

–Duele –dije–. ¿Es normal que duela?

Irwin no contestó.

–A veces duele –dijo luego.

Al cabo de un rato Irwin se levantó y fue al cuarto de baño, y oí el chorro del agua en la ducha. No estaba segura de si Irwin había hecho lo que se proponía o por alguna razón mi virginidad se lo había impedido. Quise preguntarle si ya no era virgen, pero me sentía demasiado turbada. Noté un fluido tibio que resbalaba entre mis piernas. Tentativamente, alargué el brazo y lo toqué.

Cuando levanté la mano hacia la luz que salía del cuarto de baño, me vi las yemas de los dedos negras.

–Irwin, tráeme una toalla –dije, nerviosa.

Irwin volvió tan tranquilo, con una toalla de baño enrollada a la cintura, y me lanzó otra toalla, más pequeña. La apreté entre las piernas y la retiré casi al momento. Estaba medio teñida de sangre.

–¡Estoy sangrando! –anuncié, incorporándome del susto.

–Ah, suele pasar –me tranquilizó Irwin–. No te asustes.

Entonces las historias de sábanas nupciales manchadas de sangre y cápsulas de tinta roja para novias desfloradas volvieron flotando a mi memoria. Sin saber cuánto sangraría, me tumbé, acunando la toalla. Se me ocurrió que la sangre era la respuesta a mi pregunta. Ya no podía ser virgen. Sonreí en la oscuridad. Me sentí parte de una gran tradición.

Con disimulo, me puse una esquina intacta de la toalla entre las piernas, pensando que en cuanto dejara de sangrar, volvería en el último tranvía al manicomio. Quería meditar sobre mi nuevo estado en paz absoluta. Pero la toalla salió negra y empapada.

–Creo... creo que será mejor que me marche a casa –dije débilmente.

–Pero no tan pronto.

–Sí, creo que será mejor.

Le pregunté a Irwin si podía llevarme prestada la toalla, y la enrollé y me la coloqué entre los muslos, como una venda. Volví a ponerme la ropa, toda sudada. Irwin se ofreció a llevarme a casa, pero como no podía dejar que me acompañara al manicomio, busqué en mi bolso la dirección de Joan. Irwin conocía la calle y salió a arrancar el coche. Estaba demasiado preocupada para decirle que seguía sangrando. Confiaba en que iba a parar de un momento al otro.

Pero mientras Irwin me llevaba por las calles desiertas y bordeadas de nieve, sentí que la humedad tibia calaba la toalla y la falda y manchaba el asiento del coche.

Cuando llegamos y frenamos delante de las casas iluminadas, pensé que era una suerte no haberme deshecho de la virginidad mientras estaba en la universidad o en casa, porque habría sido imposible de ocultar.

Joan abrió la puerta con una expresión de grata sorpresa. Irwin me besó la mano y le pidió a Joan que cuidara bien de mí.

Cerré y me recosté contra la puerta, sintiendo que me quedaba lívida.

–Esther –dijo Joan–, ¿se puede saber qué te pasa?

Me pregunté cuándo se fijaría Joan en la sangre que me goteaba por las piernas y se colaba, pegajosa, en el zapato negro de charol. Pensé que me podía estar muriendo de una herida de bala y Joan seguiría mirándome perpleja, esperando que le pidiera una taza de café y un bocadillo.

–¿Está en casa aquella enfermera?

–No, tiene turno de noche en Caplan…

–Bien. –Hice una pequeña mueca al notar que otro borbotón traspasaba la compresa y emprendía el tedioso viaje hacia mis zapatos–. Quiero decir… mal.

–Te veo rara –dijo Joan.

–Mejor llama a un médico.

–¿Por qué?

–Rápido.

–Pero…

Aún no se había percatado de nada.

Me agaché, con un breve gruñido, y me quité uno de los zapatos negros de Bloomingdale, agrietados por el invierno. Levanté el zapato y ante los ojos de Joan, abiertos y redondos como guijarros, le di la vuelta y me aseguré de que viera caer la cascada de sangre en la alfombra beis.

–¡Dios mío! ¿Qué ha pasado?

–Tengo una hemorragia.

Joan me acompañó medio a rastras hasta el sofá y me ayudó a acostarme. Luego me puso varias almohadas debajo de los pies manchados de sangre. Entonces, irguiéndose, me preguntó:

–¿Quién era ese hombre?

En un momento de locura pensé que Joan se negaría a llamar a un médico hasta que le confesara toda la historia de mi velada con Irwin, y que después de mi confesión seguiría negándose, como una especie de castigo. Pero enseguida me di cuenta de que no dudaría de mi palabra, que a ella le resultaba totalmente incomprensible que me hubiese ido a la cama con Irwin y que su aparición solo empañaba el placer de mi llegada.

–Ah, un tipo –dije con un vago gesto de rechazo. Un nuevo borbotón de sangre se liberó y contraje los músculos del vientre, alarmada–. Trae una toalla.

Joan salió y volvió al momento con una pila de toallas y sábanas. Como una enfermera diligente, me quitó la ropa ensangrentada, tomó aire al llegar a la primera toalla roja imperial y me puso una nueva venda. Me tumbé, intentando que se me calmara el corazón, porque cada latido impulsaba otro chorro de sangre.

Recordé un curso angustioso de novela victoriana donde las mujeres morían, una tras otra, pálidas y nobles, entre torrentes de sangre después de un parto difícil. Tal vez Irwin me había lastimado de un modo espantoso, oscuro, y mientras estaba allí tumbada en el sofá de Joan en realidad me estaba muriendo.

Joan acercó una otomana india y empezó a telefonear a la larga lista de médicos de Cambridge. En el primer número no contestaron. Joan empezó a explicar mi caso en el segundo número, donde sí contestaron, pero entonces se interrumpió y dijo:

–Entiendo.

Y colgó.

–¿Qué pasa?

–Solo atiende a clientes habituales o urgencias. Es domingo.

Intenté levantar el brazo para consultar el reloj, pero mi mano era una roca junto a mi cuerpo y no se movía. Domingo, ¡el paraíso del médico! Médicos en los clubes de campo, médicos en la costa, médicos con amantes, médicos con esposas, médicos en la iglesia, médicos en yates, médicos en todas partes decididos a ser personas, no médicos.

–Por el amor de Dios –dije–, diles que soy una urgencia.

El tercer número no contestó y, en el cuarto colgaron en cuanto Joan mencionó que era por un periodo. Se echó a llorar.

–Mira, Joan –dije, haciendo de tripas corazón–, llama al hospital municipal. Diles que es una urgencia. Tendrán que atenderme.

Joan se animó y marcó el quinto número. En el servicio de urgencias le prometieron que si podía llegar allí, un médico de guardia me visitaría. Entonces Joan llamó a un taxi.

Insistió en acompañarme. Apreté la nueva compresa de toallas casi con desesperación mientras el chófer, impresionado por la dirección que Joan le había dado, atajaba por las esquinas de las calles a la pálida luz del amanecer y se detenía con un frenazo en la entrada de urgencias.

Dejé a Joan pagando al taxista y me apresuré hacia la sala solitaria e iluminada con luces deslumbrantes. Enseguida salió una enfermera de detrás de una mampara blanca. En pocas palabras, conseguí explicarle rápidamente el apuro en el que me encontraba antes de que Joan entrara por la puerta, parpadeando y abriendo los ojos como un búho miope.

Entonces apareció el médico de urgencias y, con la ayuda de la enfermera, me subí a la mesa de exploraciones. La enfermera habló en susurros con el médico, que asintió y empezó a retirar las toallas ensangrentadas. Noté que me palpaba con los dedos, mientras Joan se quedaba conmigo, apostada como un soldado, dándome la mano, no sé si para que yo me calmara o para calmarse ella.

–¡Ay! –me quejé al notar un pinchazo particularmente doloroso.

El médico silbó.

–Eres una entre un millón.

–¿Qué quiere decir?

–Quiero decir que esto solo le ocurre a una entre un millón.

El médico le habló con voz grave y cortante a la enfermera, y ella se apresuró a traer unos rollos de gasa y varios instrumentos plateados de una mesilla.

–Veo exactamente –el médico se inclinó– de dónde viene el problema.

–Pero ¿puede arreglarlo?

El doctor se rio.

–Ah, puedo arreglarlo, cómo no.

Me despertó una llamada en la puerta. Era más de medianoche y el manicomio estaba silencioso como la muerte. No se me ocurría quién podía estar levantado a esas horas.

–¡Adelante! –Encendí la lámpara de la mesilla de noche.

La puerta se abrió con sigilo, y vi aparecer la cabeza morena y enérgica de la doctora Quinn. Me sorprendió verla, porque aunque sabía quién era, y a menudo la saludaba al cruzármela por el pasillo, nunca había hablado con ella.

–Señorita Greenwood, ¿puedo pasar un momento? –me dijo.

Asentí.

La doctora Quinn entró en la habitación y cerró la puerta con cuidado. Llevaba uno de sus inmaculados trajes azul marino, y por el escote de pico se veía una blusa blanca como la nieve.

–Siento molestarla, señorita Greenwood, y más a estas horas de la noche, pero pensé que tal vez nos podría echar una mano con Joan.

Por un instante me planteé si la doctora Quinn iba a culparme de que Joan volviera a estar ingresada. Seguía sin tener claro cuánto sabía Joan después de nuestra excursión a la sala de urgencias, pero unos días después había vuelto a Belsize, aunque conservando todos los privilegios para ir a la ciudad.

–Haré lo que pueda –le contesté a la doctora Quinn.

Se sentó en el borde de mi cama con ademán serio.

–Nos gustaría saber dónde está Joan. Hemos pensado que quizá tenga alguna idea.

De repente quise desvincularme completamente de Joan.

–No lo sé –dije con frialdad–. ¿No está en su cuarto?

La hora del toque de queda en Belsize había pasado de sobra.

–No, Joan tenía permiso para ir al cine esta noche y todavía no ha vuelto.

–¿Con quién estaba?

–Sola. –La doctora Quinn hizo una pausa–. ¿Alguna idea de dónde podría ir a pasar la noche?

–Seguro que volverá. Se habrá entretenido con algo.

Aun así, no entendía qué podría haber entretenido a Joan en la apacible noche de Boston.

La doctora Quinn negó con la cabeza.

–El último tranvía pasó hace una hora.

–Quizá vuelva en taxi.

La doctora Quinn suspiró.

–¿Han probado con la chica Kennedy? –continué–. ¿Donde vivía Joan?

Asintió.

–¿Y con su familia?

–Nunca iría allí... Pero también he probado.

La doctora Quinn se demoró unos minutos, como si pudiese olfatear alguna pista en la calma de la habitación.

–Bueno, haremos lo que podamos –dijo entonces, y se marchó.

Apagué la luz e intenté dormirme otra vez, pero la cara de Joan flotaba delante de mí, incorpórea y sonriente, como la cara del gato de Cheshire. Incluso me pareció oír el rumor de su voz bisbiseando a través de la oscuridad, hasta que me di cuenta de que era solo el viento en los árboles del manicomio…

Me desperté cuando llamaron de nuevo a la puerta, en el alba gris de escarcha.

Esta vez fui a abrir yo misma.

Me encontré de frente con la doctora Quinn. Estaba firme, como un frágil sargento de instrucción, pero sus rasgos parecían curiosamente borrosos.

–Pensé que debías saberlo –me dijo–. Han encontrado a Joan.

Esa frase impersonal me cuajó la sangre.

–¿Dónde?

–En el bosque, junto a los estanques congelados.

Abrí la boca, pero no salió ninguna palabra.

–Uno de los celadores la encontró –prosiguió la doctora Quinn–, justo ahora, viniendo a trabajar…

–No estará…

–Muerta –dijo la doctora Quinn–. Me temo que se ha ahorcado.

20

Una nevada reciente cubría los jardines del manicomio; no eran los cuatro copos de Navidad, sino una ventisca de enero con la altura de un hombre, una de esas tormentas que cierran escuelas y oficinas e iglesias, y deja, al menos por un día, una página en blanco, pura, en lugar de los cuadernos, las agendas y los calendarios.

En una semana, si superaba la entrevista con el tribunal médico, el gran coche negro de Philomena Guinea me llevaría hacia el oeste y me depositaría en las puertas de hierro forjado de la entrada de mi universidad.

¡El corazón del invierno!

Massachusetts estaría sumido en una calma marmórea. Imaginé las aldeas nevadas de la abuela Moses, las vastas ciénagas donde susurraban las eneas secas, las charcas donde la rana y el bagre soñaban en una vaina de hielo, y los bosques temblorosos.

Pero bajo la engañosa capa limpia y lisa la topografía era la misma, y en lugar de San Francisco o Europa o Marte reconocería el antiguo paisaje, el arroyo, el monte, el árbol. En cierto modo parecía insignificante empezar, tras un lapso de seis meses, donde con tanta vehemencia había abandonado.

Todo el mundo sabría lo mío, naturalmente.

La doctora Nolan me había dicho, sin muchos rodeos, que mucha gente me trataría con cautela, o incluso me evitaría, igual que a una leprosa con la campana. Me vino a la memoria la cara de mi madre, pálida como una luna, llena de reproches, en su última y primera visita al manicomio desde que cumplí veinte años. ¡Una hija en el manicomio! Eso era lo que le había hecho. Y sin embargo, evidentemente había decidido perdonarme.

«Continuaremos a partir de donde lo dejamos, Esther –me había dicho con su dulce sonrisa de mártir–. Haremos como si todo hubiese sido una pesadilla.»

Una pesadilla.

Para quien está en la campana de cristal, vacía e inerte como un bebé muerto, el mundo es la pesadilla.

Una pesadilla.

Me acordaba de todo.

Me acordaba de los cadáveres y de Doreen y del cuento de la higuera y del diamante de Marco y del marinero en el parque y de la enfermera bizca del doctor Gordon y de los termómetros rotos y del negro con sus dos tipos de judías y de los nueve kilos que gané con la insulina y de la roca que asomaba entre el cielo y el mar como un cráneo gris.

Tal vez el olvido, como un generoso manto de nieve, los atenuara y los cubriera.

Pero eran parte de mí. Eran mi paisaje.

–¡Un hombre pregunta por ti!

La enfermera sonriente, con la cofia como un pico nevado, asomó la cabeza por la puerta y, durante un segundo de confusión, pensé que en realidad ya había vuelto a la universidad y ese mobiliario blanco de picea, ese paisaje blanco de árboles y montañas, eran mucho mejores que las sillas y la mesa desvencijadas y la vista al patio pelado de mi vieja habitación. «¡Un hombre pregunta por ti!», me había dicho la chica de guardia por el teléfono de la residencia.

¿Qué nos hacía, en Belsize, tan diferentes de las chicas que jugaban al bridge y cotilleaban y estudiaban en la universidad a la que yo iba a regresar? También esas chicas, en cierto modo, vivían bajo campanas de cristal.

–¡Adelante! –dije, y Buddy Willard, con una gorra caqui en la mano, entró en la habitación.

–Vaya, Buddy –dije.

–Vaya, Esther.

Nos miramos, frente a frente. Esperé a sentir algún indicio de emoción, un ligero escalofrío. Nada. Nada salvo un aburrimiento inmenso, entrañable. La figura de Buddy con su cazadora caqui me resultaba tan anodina y ajena como los postes de madera en los que se había recostado aquel día, un año antes, al final de la pista de esquí.

–¿Cómo has venido? –pregunté por fin.

–En el coche de mi madre.

–¿Con toda esta nieve?

–Bueno –Buddy sonrió–, estoy atascado fuera en un montículo. La cuesta fue demasiado para mí. ¿Sabes dónde me pueden prestar una pala?

–Podemos pedir una pala a alguno de los encargados de mantenimiento.

–Estupendo. –Buddy dio media vuelta.

–Espera, que voy y te ayudo.

Entonces Buddy me miró, y en sus ojos vi una sombra de extrañeza: la misma mezcla de curiosidad y recelo que había visto en los ojos de la señora de la Ciencia Cristiana y en mi antiguo profesor de lengua y en el cura unitario que solían visitarme.

–Vamos, Buddy –me reí–, estoy bien.

–Oh, ya lo sé, ya lo sé, Esther –se apresuró a decir.

–Eres tú quien no debería andar desenterrando coches, Buddy. No yo.

Y me dejó hacer la mayor parte del trabajo.

El coche había patinado en la cuesta helada que llevaba al manicomio y al recular se había hundido, con una rueda sobre el bordillo de la entrada, en un ventisquero.

El sol, tras emerger de la mortaja gris de nubes, resplandecía con el brillo del verano en las laderas intactas. Deteniéndome a contemplar la extensión prístina, me recorrió el mismo estremecimiento que siento al ver los árboles y los pastos altos inundados hasta la cintura bajo el agua de la crecida: como si el orden habitual del mundo se hubiera alterado ligeramente, y entrara en una nueva etapa.

Agradecí que el coche hubiese encallado en la nieve. Distrajo a Buddy de preguntarme lo que sabía que me iba a preguntar, y lo que al final me preguntó, en voz baja, nervioso, mientras tomábamos el té en Belsize. Deedee nos espiaba como un gato celoso por encima del borde de su taza. Después de la muerte de Joan, habían trasladado a Deedee un tiempo a Wymark, pero ya volvía a estar con nosotras una vez más.

–He estado pensando… –Buddy, torpemente, soltó la taza en el platito.

–¿En qué has estado pensando?

–He estado pensando… o mejor dicho, me preguntaba si tú podrías aclararme una cosa.

Buddy me miró a los ojos y vi, por primera vez, cuánto había cambiado. En lugar de la sonrisa segura que antes destellaba con tanta facilidad y frecuencia como la bombilla de un fotógrafo, mantenía una expresión seria, incluso vacilante; la cara de un hombre que a menudo no consigue lo que quiere.

–Si puedo, te lo aclararé, Buddy.

–¿Crees que hay algo en mí que vuelve locas a las mujeres?

No pude contener una carcajada. Quizá por el contraste de la seriedad en su cara y el sentido que suele tener la palabra «loca» en una frase así.

–A ver –insistió Buddy–. Es que salí con Joan, y luego contigo, y primero tú… te fuiste… y luego Joan…

Con un dedo, empujé una miga de bizcocho hasta una gota oscura de té.

«¡Claro que no ha sido por ti!», oí decir a la doctora Nolan. Había ido a verla para hablar de Joan, y fue la única vez que la recuerdo enfadada. «¡No ha sido por nadie! ¡Lo hizo ella!» Y entonces la doctora Nolan me contó que hasta los mejores psiquiatras tienen suicidios entre sus pacientes, y que si hubiera que echar la culpa a alguien, sería a ellos, y en cambio ellos mismos no se culpan...

–Tú no tuviste nada que ver con nosotras, Buddy.

–¿Estás segura?

–Completamente.

–Bueno –Buddy exhaló un suspiro–. Me alegro.

Y apuró el té como si fuera un tónico medicinal.

–He oído que te vas.

Paseé al lado de Valerie, en el pequeño grupo supervisado por la enfermera.

–Solo si los médicos dicen que sí. Mañana tengo la entrevista.

La nieve apelmazada crujía al pisarla, y por todas partes se oía el tintineo musical de las gotas y los hilillos de agua mientras el sol de mediodía derretía los carámbanos y la nieve endurecida que volvería a congelarse antes de caer la noche.

Las sombras del macizo de pinos negros eran violetas con aquella luz radiante, y caminé junto a Valerie un rato, por el conocido laberinto de los senderos despejados de nieve. Los médicos y las enfermeras y los pacientes que paseaban en los senderos colindantes parecían moverse sobre ruedecitas, como torsos cortados por la nieve amontonada.

–¡Entrevistas! –resopló Valerie–. ¡No sirven de nada! Si van a soltarte, te sueltan.

–Ojalá.

Delante de Caplan me despedí de Valerie, c
doncella serena como la nieve, tras la que tan poco,
ni bueno, podía ocurrir, y seguí andando sola, exha
vaharadas blancas incluso en el aire inundado de sol.

–¡Hasta pronto! Ya nos veremos –había sido el alegre grito de despedida de Valerie.

«No, si depende de mí», pensé.

Pero no estaba segura. No estaba nada segura. ¿Cómo podía saber que un día, en la universidad, en Europa, en alguna parte, en cualquier parte, la campana de cristal, con sus distorsiones asfixiantes, no descendería de nuevo?

Y no había dicho Buddy, como para vengarse de que le desenterrara el coche mientras él se quedaba de brazos cruzados:

–Me pregunto quién se casará contigo ahora, Esther.

–¿Qué? –exclamé, echando nieve a paladas en un montículo y con los ojos irritados por la lluvia de copos sueltos.

–Me pregunto con quién te casarás ahora, Esther. Ahora que has estado... –y el gesto de Buddy abarcó la colina, los pinos y los severos pabellones, con nieve en los tejados a dos aguas que rompían el paisaje sinuoso– ...aquí.

Y por supuesto yo no sabía quién se casaría conmigo ahora que había estado donde había estado. No tenía ni la menor idea.

–Tengo aquí una factura, Irwin.

Hablé en voz baja, pegando la boca al teléfono público del vestíbulo del edificio de administración. Al principio sospeché que la operadora podía estar escuchando desde la centralita, pero siguió conectando y desconectando sus cables sin pestañear.

–Sí –dijo Irwin.

–Es una factura de veinte dólares por atención de urgencia cierta fecha de diciembre, y una revisión una semana después.

...me dicen que me envían la factura a mí ...la que te enviaron.

...acuerdo, ahora les mando un cheque. Les ...en blanco. –La voz de Irwin se alteró su-...lo volveré a verte?

...uieres saberlo?

–Desde luego.

–Nunca –dije, y colgué con decisión.

Me pregunté, fugazmente, si Irwin mandaría el cheque al hospital después de eso, y luego pensé: «Claro que lo mandará, es profesor de matemáticas: no querrá dejar cabos sueltos».

Sentí una inmensa debilidad y un inmenso alivio.

La voz de Irwin no me había causado ningún efecto.

Era la primera vez, desde nuestro primer y único encuentro, que hablaba con él, y supe con razonable certeza que sería la última. Irwin no podía ponerse en contacto conmigo por ningún medio, a menos que fuera al piso de la enfermera Kennedy, y después de la muerte de Joan, la enfermera Kennedy se había mudado a otro sitio sin dejar ni rastro.

Me sentí completamente libre.

Los padres de Joan me invitaron al funeral.

Yo había sido, según la señora Gilling, una de las mejores amigas de Joan.

–No tienes por qué ir, ya lo sabes –me aseguró lo doctora Nolan–. Siempre puedes escribir y decir que no te sientes con ánimos.

–Iré –dije, y fui, y durante el modesto funeral no dejé de preguntarme qué creía que estaba enterrando.

En el altar, el ataúd descollaba entre la blancura nívea de las flores, la sombra negra de algo que no estaba allí. Las caras en los bancos de alrededor se veían cenicientas a la luz de las velas, y las guirnaldas de pino, que quedaron en Navidad, despedían un incienso sepulcral en el aire frío.

A mi lado, las mejillas de Jody lucían como ricas manzanas, y aquí y allá entre la pequeña congregación reconocí otras caras de otras chicas de la universidad y de mi ciudad que habían conocido a Joan. Deedee y la enfermera Kennedy inclinaban la cabeza, cubierta con un pañuelo, en uno de los bancos de adelante.

Entonces, detrás del ataúd y las flores y la cara del cura y las caras de los allegados, vi las lomas de hierba del cementerio municipal, ahora cubiertas de nieve hasta las rodillas, donde asomaban las lápidas como chimeneas sin humo.

Habría un foso negro de dos metros, cavado en el duro suelo. Esa sombra se casaría con esta sombra, y la peculiar tierra amarillenta de nuestra región sellaría la herida en la blancura, y una nueva nevada borraría las huellas frescas de la tumba de Joan.

Respiré hondo y escuché el antiguo reto de mi corazón.

Soy, soy, soy.

Los médicos del centro se habían reunido en la junta directiva semanal: temas pendientes, temas nuevos, ingresos, altas y entrevistas. Hojeando ciegamente un ejemplar manoseado de *National Geographic* en la biblioteca, esperaba mi turno.

Varios pacientes, acompañados de sus enfermeras, recorrían las estanterías surtidas y conversaban, en voz baja, con la bibliotecaria del centro, una antigua interna del manicomio. La miré de reojo –miope, solterona, eclipsada– y me pregunté cómo podía saber que ella de verdad había salido y, a diferencia de los pacientes a los que atendía, estaba sana y curada.

«No tengas miedo», me había dicho la doctora Nolan. «Estaré allí, con el resto de los médicos que ya conoces, además de algunos visitantes, y el doctor Vining, el jefe de psiquiatría, que te hará unas preguntas y luego podrás marcharte.»

A pesar de los intentos de la doctora Nolan por tranquilizarme, estaba muerta de miedo.

Había esperado que, al marcharme, me sentiría segura y confiada ante todo lo que me aguardaba; a fin de cuentas, me habían «analizado». En cambio, solo veía interrogantes.

Seguí lanzando miradas impacientes hacia la puerta cerrada de la sala de juntas. Llevaba las costuras de las medias bien rectas, los zapatos negros un poco agrietados, pero lustrosos, y un traje de paño rojo, flamante como mis planes. Algo viejo, algo nuevo…

Pero yo no iba a casarme. Debería haber, pensé, un ritual para la gente que vuelve a nacer: reparada, arreglada y aprobada para volver a la carretera. Estaba intentando pensar en uno apropiado cuando la doctora Nolan apareció de la nada y me puso una mano en el hombro.

–Vamos, Esther.

Me puse de pie y la seguí hasta la puerta abierta.

Desde el umbral, deteniéndome a tomar aire, vi al médico de pelo plateado que me había hablado de los ríos y los peregrinos el día que llegué, y la cara cadavérica y marcada de la señorita Huey, y ojos que creí reconocer por encima de mascarillas blancas.

Los ojos y las caras se volvieron hacia mí y, guiándome por ellos como siguiendo un hilo mágico, entré en la habitación.

Esta obra se terminó de imprimir
en el mes de marzo de 2026,
en los talleres de Impresora y Editora Infagon, S.A. de C.V.,
Ciudad de México.